帝塚山派文学学会

—創立10周年記念論集　論文編—

まえがき

　帝塚山派文学学会は学校法人帝塚山学院創立百周年記念事業の一つとして平成二七年（二〇一五）一一月一日に設立され、二年後に学院から独立して、現在に至っています。学校法人が文学学会を設立するに至った経緯は本書収載の鶴崎裕雄「『春泥集』と『ヴェルジェ』――帝塚山派文学への帝塚山学院の貢献」に書かれている通りで、平成二五年五月に行なわれた学院泉ケ丘中学校高等学校開校三〇周年記念の際の木津川計氏の記念講演「大阪の都市格と〝帝塚山派〟の文学」に端を発しています。立命館大学名誉教授で雑誌『上方芸能』の編集者であった木津川氏の講演の主旨は次のようなものでした。昭和二〇年代以降に帝塚山界隈に居住していた作家には一般に大阪の文学として考えられている作品とは違った品の良い、知的な文学があった。藤澤桓夫、長沖一、小野十三郎、石濱恒夫、庄野英二、庄野潤三、阪田寛夫、杉山平一等だが、それらは一括りにして「帝塚山派文学」と名づけることが出来る。その特徴は「含羞の文学」である。「帝塚山派文学」を再評価するために文学学会を設立し、地域文化、ひいては〝地盤沈下〟した大阪の文化、大阪の都市格の向上に貢献していただきたい。この提言を受けて帝塚山学院は文学学会を創設したのです。

　学会は平成二七年一一月一日の木津川計氏による記念公演「大阪文化への期待　羞じらいの文化に光を」から活動を始めました。翌年に第一回研究会を開催し、以後、コロナ感染拡大防止のために研究会を中止せざるをえなかった時を除いて、年に三回の研究会、六つの研究発表、総会時の講演、公開講座、紀要の刊行、と活発で意欲的な研究活動を続けてきました。令和七年三月末には研究会は二六回目を迎え、紀要は第九号を刊行します。帝塚山派文学の研究は現代文学の中では未開拓の分野ですので、研究発表は毎回新事実を掘り起こした、刺激的で楽しいものになっています。

本学会の特徴は藤澤桓夫、長沖一、秋田實、庄野英二、庄野潤三、阪田寛夫と言った著名な作家のご子息、ご息女、ご親戚の方々が会員として参加し、講演をして下さっていること、及び文学研究の専門家でない一般の方々の研究を奨励し、発表の機会を提供していることです。本書にもその方たちの論文を収録しております。

学会は活動拠点がないなどの事情により紀要は今後も非売品として出版せざるをえません。より多くの方々に帝塚山派文学を知っていただき、会員として研究していただきたいという願いから、学会創立一〇周年に当たり論文集・講演集の刊行を企画いたしました。論文集に収録しました一三編の論文は五人の編集委員が紀要掲載の全ての論文四五編を読み直して選びました。帝塚山派文学の広がり、深さ、面白さを十分に味わっていただけると確信しております。ご批判も含め多くの方々からご意見、ご感想をいただければ幸いです。本書に収載できなかった論文については今後発表される論文を加えて選考し、次の機会に刊行したいと考えています。

帝塚山派文学学会代表　河崎良二

目次

『春泥集』と『ヴェルジェ』
――帝塚山派文学への帝塚山学院の貢献――

鶴崎裕雄

はじめに

まず冒頭にお断りしておきたいのは、本稿で扱う帝塚山派文学の作家や詩人の名前は総て敬称を省略したことである。論文での敬称省略は当然のことであるが、帝塚山学院を卒業し、永年そこに勤めた私にとって、たとえば庄野英二先生は中学生としては恩師であり、高校・大学の教師としては校長・学長という上司であった。長沖一先生も高校生としては恩師であり、短期大学では学長として上司であった。杉山平一先生も中学時代から親しくしていただいた尊敬すべき先生である。「先生」抜きでは筆は進みにくいが、敢えて敬称は省略した。

平成二十七年（二〇一五）十一月一日、帝塚山派文学学会が発足した。[1] これは平成二十五年五月、帝塚山学院泉ヶ丘中学校高等学校開校三〇周年記念事業の一つに、木津川計氏を講師として招いた記念講演があって、その席上、木津川氏は、昭和二〇年代以降、大阪市内の帝塚山に居住する作家たちにより、新しい傾向の文学、小説や詩歌が誕生したことを指摘し、「帝塚山派文学」の名称で一括することができると述べた。その新しい傾向とは、気品の良さがあり、知性的な内容で、物質的にも経済的にも恵まれた環境によって育まれたものである。

実はこの傾向については、昭和の終わり頃、一九八〇年代、帝塚山学院の大学や短期大学の研究室で、気の置けない杉山平一たちと話していたのであるが、気品の良さとか、知性的、恵まれた環境などといった言葉は我々自身の形容になってしまうので、気恥ずかしくて「正面切ってはいえないなぁ」と話していたものである(2)。

ところが木津川氏の講演を機会に改めて、帝塚山界隈に居住した小説家や詩人たちに正面切って取り組んでも良いのではないかと思うようになった。まず対象となる作家や詩人たち、藤澤桓夫や長沖一、石濱恒夫、庄野英二・潤三兄弟、阪田寛夫、杉山平一はみな鬼籍の人になってしまった。また時代が激しく変動した。特に昭和から平成への移行期、高級住宅地として知られていた帝塚山界隈の変化は大きい。昭和の初期、大企業の社長の邸宅が、高名な料亭となり、さらに瀟洒なマンションとなった。確かに瀟洒なマンションではあるが、大邸宅ではない。

加えて「帝塚山派文学学会」の作家や詩人たちと因縁が深い帝塚山学院が平成二十八年に創立一〇〇周年を迎え、A4判七七六頁からなる大部な『帝塚山学院一〇〇年史(3)』を刊行した。この編集・刊行も「帝塚山派文学」研究の道を拓くことになったと思う。まずは契機となった木津川氏の講演に感謝申し上げたい。木津川氏は「帝塚山派文学」研究の背中を暖かく押してくれたのである。

一　『春泥集』という冊子

神奈川県の庄野潤三邸に『春泥集』という冊子が長らく保存されてきた。和綴本の冊子で、その冊子に寄書きをした七人は、まさに帝塚山派文学の作家たちであり、詩人たちであった。冊子の体裁は、縦20・3㎝、横13・3㎝、全25丁、和紙の袋綴本で、各丁に10行の罫線が印刷されている。表紙は薄黄色の和紙で、左端の題簽に毛筆で「春泥集　桓夫題」とある。藤澤桓夫の自筆である。以下に各丁の寄書きを画像で示すが、これは初公開であり、その公開については庄野家の了解を得ている。

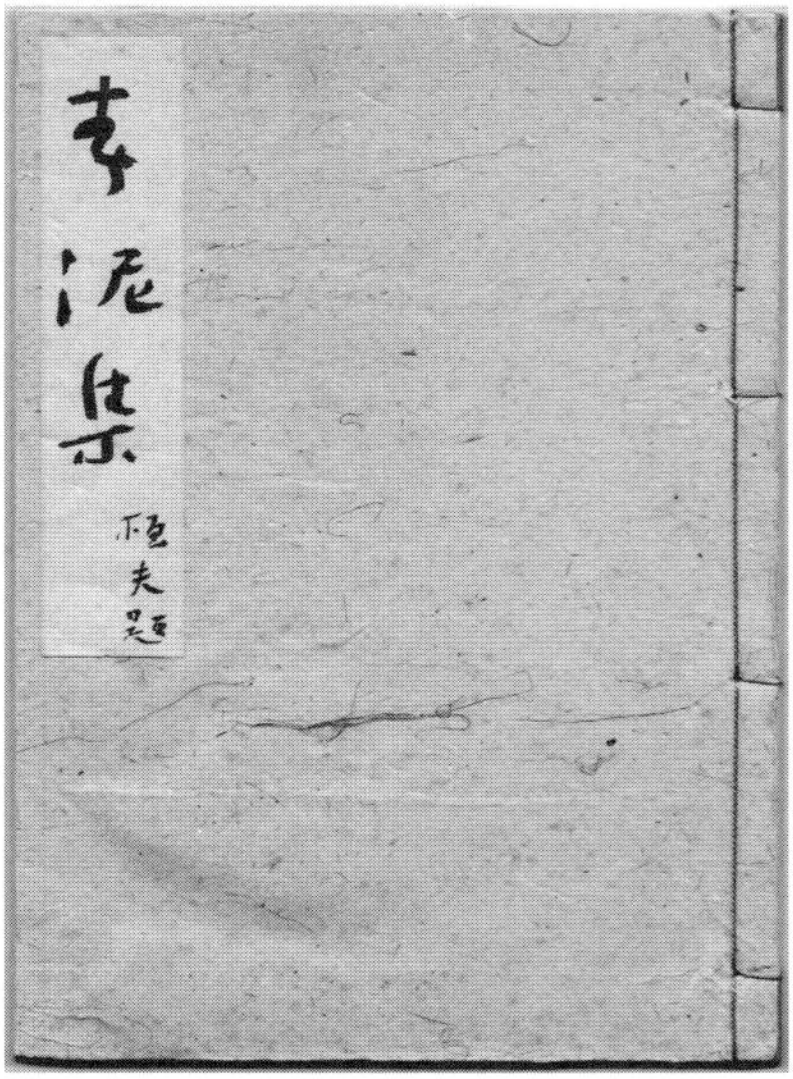

『春泥集』表紙

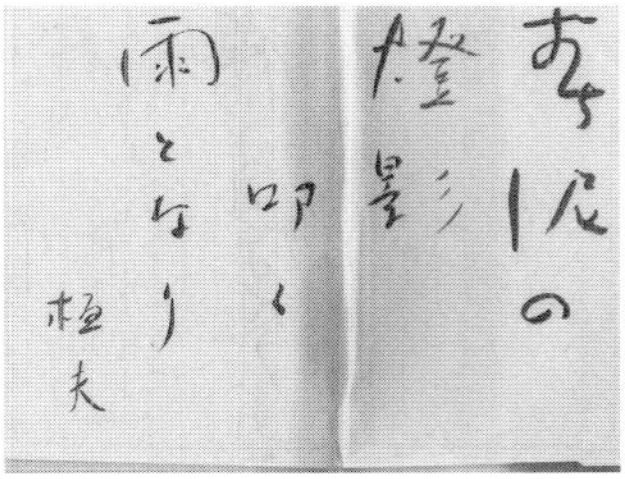

（2丁裏・3丁表の見開）

春泥の
燈影叩く
雨となり

桓夫

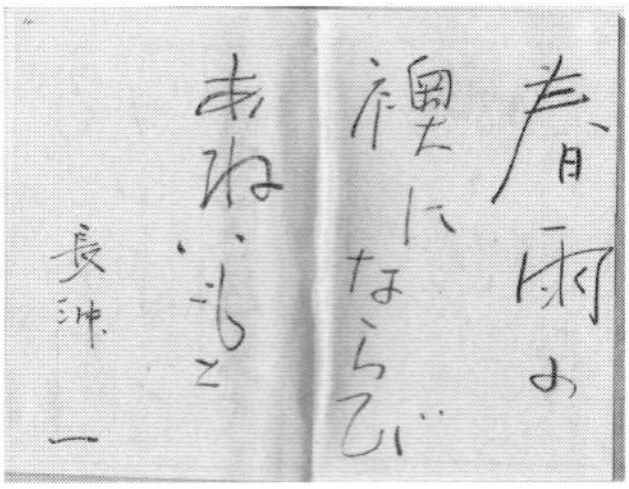

（3丁裏・4丁表の見開）

春雨の
襖にならび
あねいもと

長沖一

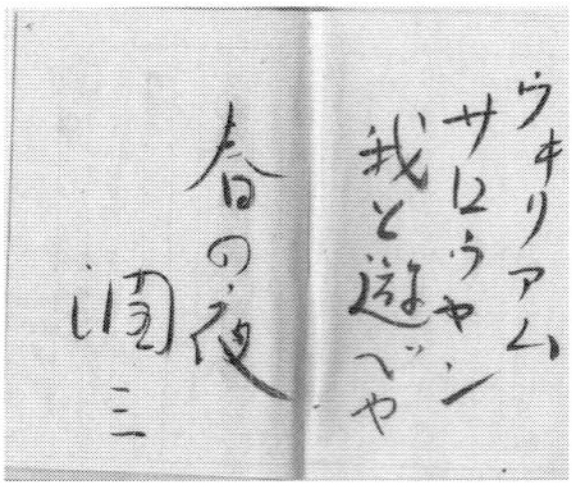

（4丁裏・5丁表の見開）

ウヰリアム
サロウヤン
我と遊べや
春の夜

潤三

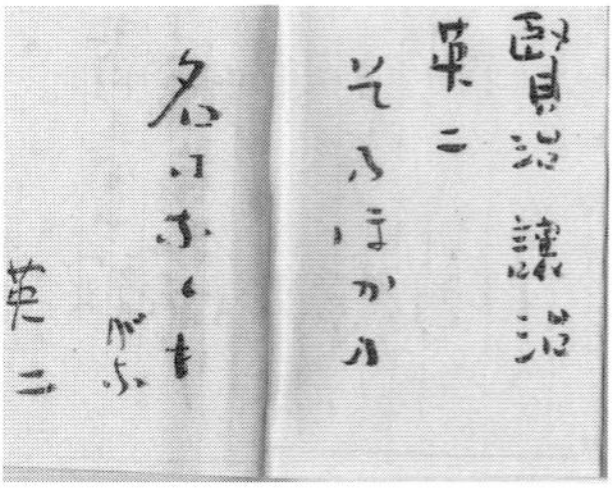

（5丁裏・6丁表の見開）

賢治　譲治
英二
そのほかの
名はなくも
がな

英二

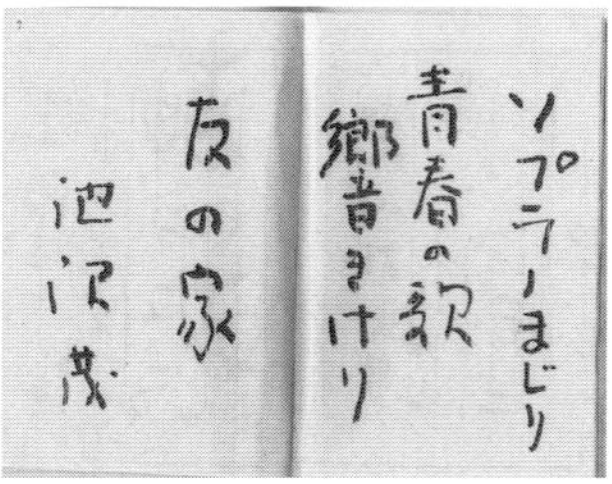

（6丁裏・7丁表の見開）

ソプラノまじり
青春の歌
響きけり
友の家

池沢茂

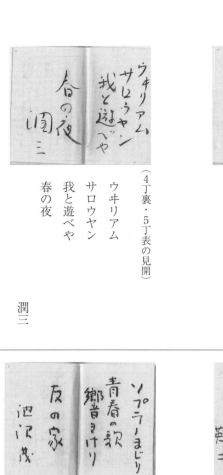

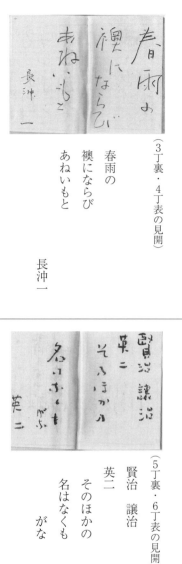

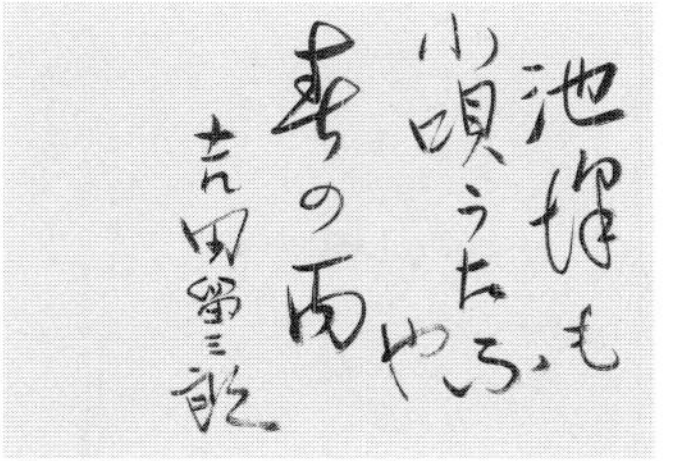

（7丁裏・8丁表の見開）

池澤も
小唄うたふや
春の雨

吉田留三郎

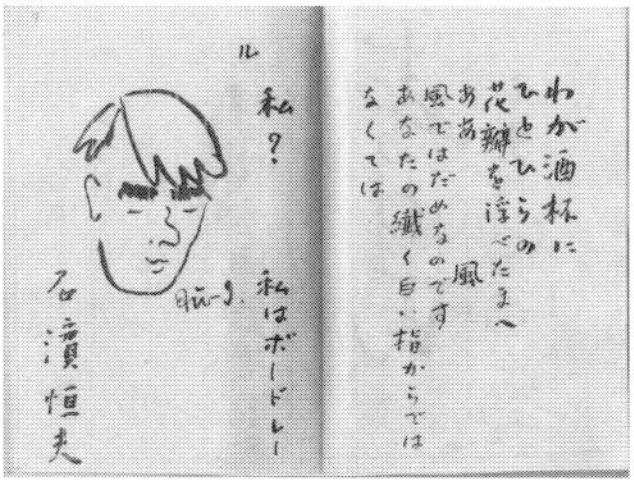

（8丁裏・9丁表の見開）

わが酒杯に
ひとひらの
花瓣を浮べたまへ
ああ　　風
風ではだめなのです
あなたの織く白い指からでは
なくては
私？　　私はボードレール
石濱恒夫

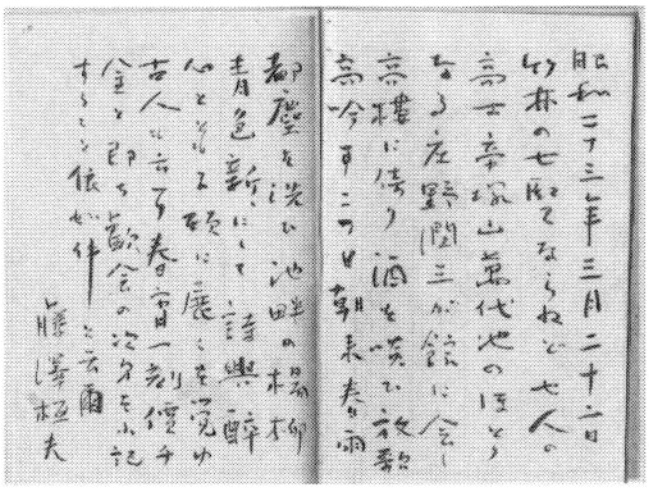

（9丁裏・10丁表の見開）

昭和二十三年三月二十二日
竹林の七賢ならねど七人の
高士帝塚山萬代池のほとり
なる庄野潤三が館に会し
高樓に倚り酒を啖ひ放歌
高吟す この日朝来春雨
都塵を洗ひ池畔の楊柳
青色新にして詩興酔
心とともに頓に展くを覚ゆ
古人も云へり春宵一刻價千
金と 即ち歓会の次第を小記
すること依如件と云爾
藤澤桓夫

（10丁裏～12丁表寄書きなし）

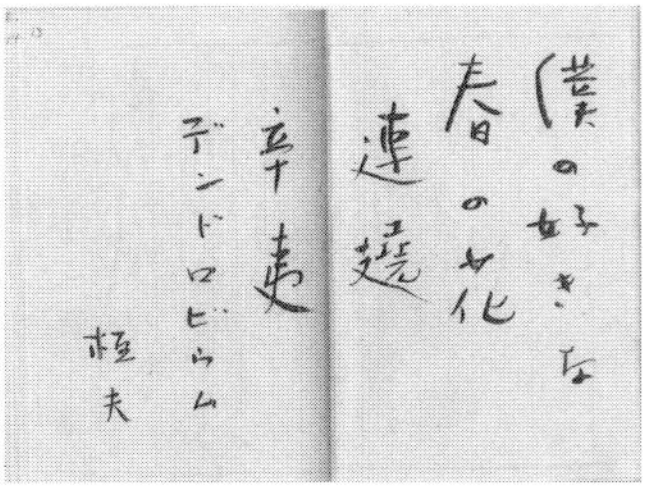

（12丁裏・13丁表の見開）

僕の好きな
春の花
連翹
辛夷
デンドロビウム

桓夫

（13丁裏・14丁表の見開）

花野ゆき花を
見ざりき
ほそぼそと
赭土道の
つづけるばかり

石濱恒夫

（14丁裏・15丁表寄書きなし）

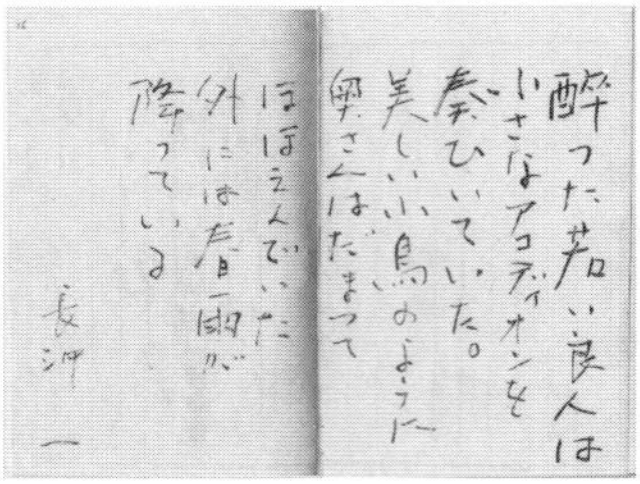

（15丁裏・16丁表の見開）

酔った若い良人は
小さなアコディオンを
奏ひいていた。
美しい小鳥のように
奥さんはだまって
ほほえんでいた
外には春雨が
降っている

長沖　一

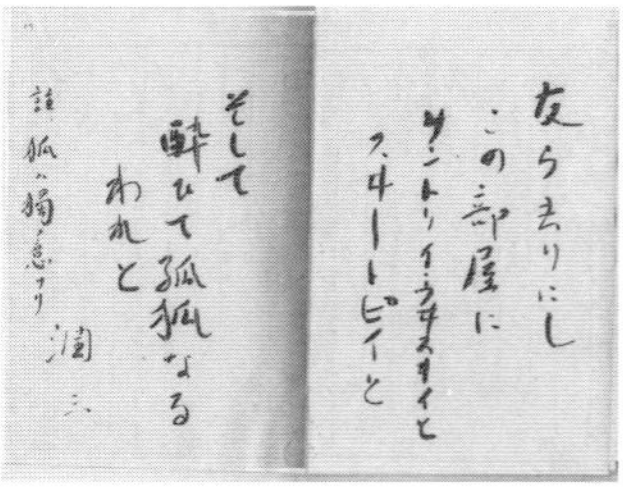

（16丁裏・17丁表の見開）

友ら去りにし
この部屋に
サントリイウヰスキイと
スヰートピイと
そして
酔ひて孤狐なる
われと

潤三

註、狐ハ獨ノ意ナリ

（17丁裏～20丁表寄書きなし）

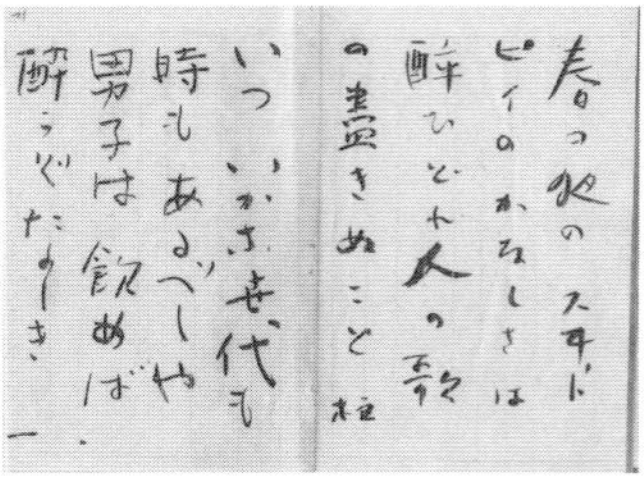

（20丁裏）

春の夜のスヰート
ピイのかなしさは
酔ひどれ人の歌
の盡きぬこと

桓

（21丁表）

いついかな世代も
時もあるべしや
男子は飲めば
酔うぞたのしき

一

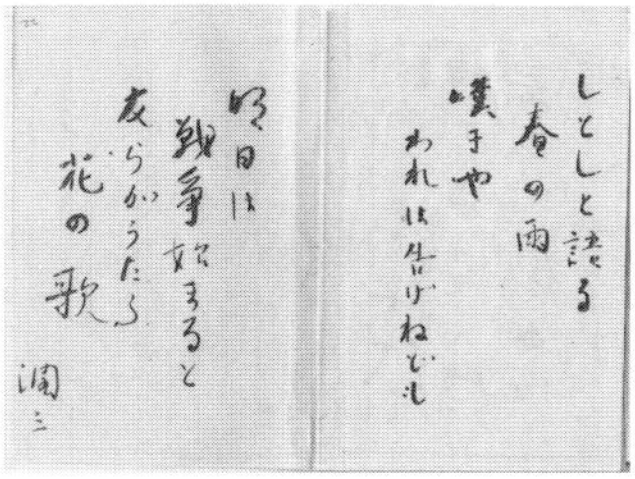

（21丁裏・22丁表の見開）

しとしと語る
　春の雨
嘆きや
　われは告げねども
明日は
　戦争始まると
友らがうたふ
花の歌

潤三

（22丁裏～25丁表寄書きなし）

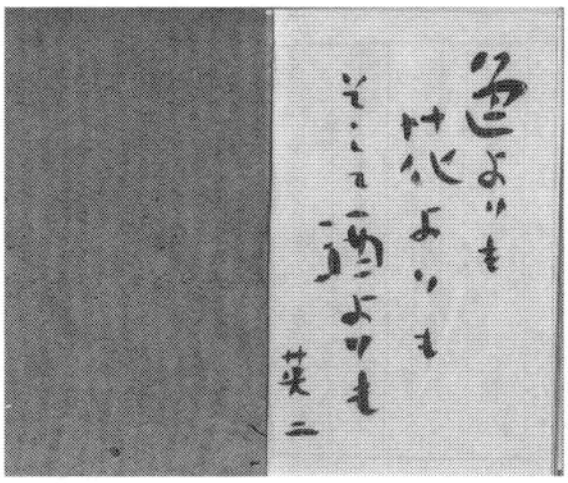

（最後の25丁裏、すぐに裏表紙の見返）

色よりも
　花よりも
そして酒よりも

英二

二　万代池と『春泥集』成立の昭和二十三年三月二十二日

藤澤桓夫が書くように、『春泥集』は、昭和二十三年三月二十二日、庄野潤三の自宅に「竹林の七賢」ならぬ七人の高士が集まり、酒を飲み、食事をし、気炎をあげた産物である。この時、潤三の家は帝塚山東三丁目、万代池にほど近い、まさに「万代池のほとり」にあって、同じ並びの二軒南には父親の庄野貞一の家があった。つまり潤三自身が育った家の二軒隣であった。

この頃、藤澤は朝日新聞に小説『私は見た』を連載していた。

これ以前に、万代池は大改修が行われていた。万代池公園内の東北域に建つ「整地記念碑」（住吉大社権禰宜小出英詞氏調査）には次のようにある。

（正面碑文）

本整理地区ハ元大阪府東成郡住吉村ニ属スル農業地ナリシガ　大正十四年大阪市域ニ編入セラレ　住吉区住吉町ト改称セラル　全地ハ元来地味概ネ肥沃ナレドモ　耕地ノ区画錯雑シテ灌漑運輸ノ便ニ乏シク　為ニ耕作上ノ不利ヲ忍ブコト久シ　村当局此ニ鑑ミル所アリ　耕地ノ一大整理ヲ断行シテ　以テ産業ノ発達ヲ図ラムト数次関係地主ト協議ヲ遂ゲ　明治四十五年六月先ヅ住吉第一　次イデ大正十四年四月住吉第一及ビ住吉第二ノ各耕地整理組合ヲ創設ス　爾来苦心経営事業着々トシテ進ミ　住吉第一ハ大正三年十月　住吉第二ハ昭和十六年二月　夫々之ガ完成ヲ告グ　其ノ整理地区ノ広域三十六万二千百十二坪　即チ一・一二平方粁道路延長二五・二粁　水路延長八・八粁ニ達ス　当地区ハ其ノ後都市膨張ノ趨勢ニ伴ヒテ殆ンド住宅地ト化シ　今ヤ全ク其ノ旧観ヲ改ムルニ至レリ

本事業開始以来　関係当局ノ労苦洵ニ多大ナルモノアルヲ認ム　茲ニ記念碑ヲ建設スルノ挙アリ　余ニ撰文ヲ需ム　仍チ当地開発由来ヲ叙シ　以テ嘱ニ応スルコト爾リ

昭和十六年四月廿六日

　大阪府知事従三位勲二等　三邊長治撰

　寧楽史邑　辻本勝巳書

（背面碑文）

　住吉第二耕地整理組合建之

万代池の改修工事はこの「耕地記念碑」建立の前後に行われたのである。その改修工事以前、万代池周辺の道路は雨が降ると泥濘《ぬかる》んで、跳ね回る豆粒ほどの黒い蛙が群がっていた。庄野英二の『帝塚山風物誌』(4)の「万代池」に描かれている通りであった。その冒頭と末尾の部分を引用する。

いまとちがって私の子供のころの万代池には風趣があった。いまは大阪市の公園となって、桜も植えられ周囲は平坦になっているが、昔はススキの生《お》い茂った起伏の多い土堤《どて》で、草のなかに細い径《みち》があった。お月見になるとみんなススキをとりにいった。私の小学校の二年生か三年生のころ、ある日、先生につれられて池の周囲の土堤を歩いていた。散歩かメダカの観察か、なにかそんなことで一列になって歩いていた。草のなかの径は一列でないと歩けなかった。土堤は起伏が多くて冒険にみちていた。(中略)水草に花が咲いてイトトンボがとまっていた。ラッポやベニもいっぱい集まってくるし、コイ、フナ、メダカ、ドジョウ、モロコのほか、ナマズもカメもいた。カメは池のほとりにあがって散歩をするし、大雨が降ると、万代池のドジョウが道にあふれて私の家の前まで流れてきた。

ところが今日の万代池にはぜんぜん魅力がない。私は散歩にいこうともしない。しかし私の子供たちは万代池へエビガニや魚をとりにいって日の暮れるのを忘れている。

『春泥集』が書かれた昭和二十三年は太平洋戦争の終戦三年後である。アスファルトで舗装されている道などは珍しい時代であった。さすがに庄野順三の家の前をドジョウや豆粒ほどの黒い蛙が泳ぎ回り、飛び跳ねることはなかったろうが、大雨の日は道は泥沼のようであった。日本中、普段に見られる光景であった。

『春泥集』が書かれた昭和二十三年三月二十二日の大阪の天気を気象庁の「過去の気象データ検索」によって

調べてみると、右の表のように、前日の二十一日は降水量四〇・八㎜、二十二日当日は六・五㎜。まさに春泥の日。その日は、私が中学生として帝塚山学院の通学を再開する半月ほど前のことであった。

大阪　1948年3月（日ごとの値）　主な要素

日	降水量（mm）			気温（℃）		
	合計	最大		平均	最高	最低
		1時間	10分間			
1	0.0	0.0	0.0	3.1	6.2	0.2
2	0.0	0.0	0.0	2.6	7.5	−0.6
3	——	——	——	3.1	11.2	−3.5
4	——	0.0	0.0	5.5	12.3	−2.2
5	0.0	——	——	5.4	11.3	1.0
6	2.9	1.4	0.5	3.9	8.0	−1.4
7	2.1	0.3	0.2	5.5	8.8	4.6
8	——	——	——	3.4	8.3	−0.6
9	——	——	——	4.1	10.7	−2.6
10	0.3	0.3	0.1	6.1	12.6	−0.9
11	0.1	0.1	0.1	8.6	11.5	6.3
12	——	——	——	13.3	19.6	8.3
13	15.8	6.9	1.3	14.1	17.7	10.0
14	20.9	8.0	2.6	8.2	10.4	5.1
15	——	——	——	6.9	10.3	2.7
16	1.1	0.9	0.2	9.0	15.1	5.1
17	26.5	2.5	×	6.0	7.5	4.9
18	2.4	0.5	×	7.4	12.2	3.4
19	——	——	——	9.4	17.9	0.9
20	1.0	0.9	×	13.2	17.3	10.4
21	40.8	10.1	1.7	10.6	12.6	8.5
22	6.5	1.6	0.4	8.3	10.4	6.6
23	5.8	0.6	0.2	7.5	10.9	4.6
24	0.0	0.0	0.0	5.5	12.1	1.2
25	——	——	——	3.1	8.3	−0.3
26	——	——	——	3.7	8.8	−2.1
27	——	——	——	6.1	13.4	−1.8
28	——	——	——	9.0	15.0	2.2
29	——	——	——	9.2	17.3	4.1
30	——	——	——	8.2	15.4	0.5
31	——	——	——	10.6	19.5	1.6

三 『春泥集』成立までの戦後の日本

昭和二十年八月十五日、日本は太平洋戦争に敗北し、終戦を迎えた。この日を境にわが国の政治も経済も大打撃を受け、大きく変動した。困難の道を歩み出したのである。勿論、戦時中も経済的に苦しく、出征兵士は外地で、子供たちは疎開先で困難な生活を余儀なくされた。然し終戦は、それまでの価値観、生活の信条を払拭しなければならないほどの変化をもたらした。そうした中で、出征していた帝塚山派文学の作家や詩人たちはぼつぼつ帰国し[5]、わが家へ帰ることができた。帝塚山派の作家や詩人たちを語る時、背景となる終戦後のわが国の政治・経済を眺めておきたい。以下、主な歴史的事柄を帝塚山学院の歩みとともに、簡単な年表にまとめる。

昭和20年（以下、アラビア数字は月・日）

8・15　終戦。正午、玉音放送。太平洋戦争終結。

8・17　東久邇宮稔彦内閣成立。

8・28　連合国最高司令官ダグラス・マッカーサー、厚木飛行場到着。

9・11　戦争犯罪人逮捕命令。東條英機元陸軍大臣、自殺未遂。

9・25　大阪駐留アメリカ軍先発隊、和歌浦上陸。

9・27　昭和天皇、マッカーサーを訪問。アメリカ軍第一軍団第九八師団一万人、大阪進駐。
帝塚山学院校舎にも駐留（それまで帝塚山学院にいた日本軍と交代）。

10・5　帝塚山学院小学生、奈良の帝塚山学園校舎での集団疎開から帰阪。

10・9　幣原喜重郎内閣成立。外相に吉田茂就任。

11・6　GHQ（連合国日本占領軍司令部）、財閥解体を政府に勧告。
12・9　GHQ、「農地改革についての覚書」によって農地改革を指令。
12・16　近衛文麿元内閣総理大臣服毒自殺。

昭和21年

1・1　天皇、人間宣言。
1・4　軍国主義者、公職追放。
2・17　新円発行、幣価切り下げ。
2・19　昭和天皇、神奈川県を初め、各地巡幸。
3・5　米国教育使節団来日、教育の民主化促進。
3・31　「教育基本法」「学校教育法」公布。
4・10　新選挙法による衆議院総選挙。
5・3　帝塚山学院、保護者・卒業生対象に「女子自由大学」開設。
5・22　第一次吉田茂内閣成立。
11・3　日本国憲法公布。

昭和22年

1・31　GHQ、2・1ゼネラルストライキ中止命令。
4・1　新学制による小学校・中学校発足。
4・25　衆議院選挙。社会党145人、自由党131人、国民協同党31人当選。
5・3　日本国憲法施行。

6・1　社会党片山哲内閣成立。
7・4　経済白書発表。副題に「財政も企業も家計も赤字」。
7・5　ラジオドラマ「鐘の鳴る丘」放送開始。
11・2　帝塚山学院創立三〇周年式典挙行。
11・29　帝塚山学院文化総合雑誌『ヴェルジェ』創刊号発行。

昭和23年

3・10　芦田均内閣成立。
3・22　庄野潤三宅にて『春泥集』成立。
4・1　新制高等学校発足。

（付録年表　帝塚山派文学学会設立関係）

平成23年

5・7〜6・4　大阪狭山市公民館成人大学講座「帝塚山学院ゆかりの作家」開催。

平成25年

5・11　帝塚山学院泉ヶ丘中学校高等学校開校三〇周年式典で木津川計氏が記念講演。

平成27年

11・1　帝塚山派文学学会設立総会。

平成28年

1・1　『大阪春秋』第一六一号発行、「帝塚山モダニズム」を特集。

3・31　『帝塚山学院一〇〇年史』刊行。
5・8　帝塚山学院創立一〇〇周年記念式典挙行。招待者に『帝塚山学院一〇〇年史』贈呈。

右の年表中、（付録年表　帝塚山派文学学会設立関係）について補足する。

平成二十三年の成人大学講座「帝塚山学院ゆかりの作家」は、大阪狭山市立公民館と帝塚山学院大学共催で行った、帝塚山学院ゆかりの五人の作家たちについての講演である。作家と講演者は次の通りである。

庄野英二　帝塚山学院大学教授　彭佳紅氏
庄野潤三　プール学院大学教授　西尾宣明氏
杉山平一　帝塚山学院大学教授　梅本宣之氏
長沖　一　帝塚山学院大学名誉教授　鶴﨑裕雄
阪田寛夫　梅花女子大学名誉教授　谷悦子氏

平成二十八年一月に発行された『大阪春秋』新年号は「帝塚山モダニズム」特集で、八木孝昌氏の「帝塚山学院の創立と庄野貞一の教育理念」[6]は、さすが『一〇〇年史』編纂の中心にあっただけに、学院の創立と今日までの経緯を簡単明瞭に著述している。「帝塚山学院文学学会設立記念講演会・設立総会開催報告」[7]は、学会の設立の要旨と経緯がよくわかり、高橋俊郎氏の「帝塚山文化圏という文学の土壌――帝塚山派の作家・詩人たち――」[8]は、四期に分けて帝塚山派の作家・詩人たちの交流を描いている。本稿において、この『大阪春秋』の「帝塚山モダニズム特集」は大きな参考となった。

もうひとつ参考にしたのは、帝塚山学院創立一〇〇周年記念誌編纂委員会編集・執筆の『帝塚山学院一〇〇年史』[9]である。前述のようにA４判七七六頁に及ぶ大著であって、私も「第Ⅲ部戦後編」の執筆を担当した。

四 『ヴェルジェ』創刊

昭和二十二年十一月、帝塚山学院は季刊誌『ヴェルジェ』[10]を創刊した。帝塚山学院の二学期は学校行事の多い時期で、特に昭和二十二年の十一月は、二日の体育祭に始まり、二十九日の文化祭、三十日の創立三〇周年記念式典と学院の行事が続いたが、教職員も児童・生徒も難なくこの諸行事をこなして無事終了した。

その中で、『帝塚山学院新聞』第六号（昭和二十二年（一九四七）十一月二日発行）の一隅に、季刊『ヴェルジェ』創刊号十一月二十九日発行の予定広告が載り、執筆者に藤澤桓夫・石濱恒夫・西垣脩・坪田譲治・小野十三郎・佐澤波弦・石濱純太郎・江口乙矢・橋本多佳子・泉田行夫・岩崎次男・名和統一・伊東静雄の名が見える。関西の文化界を代表する顔触れである。この季刊誌に生徒の作品も載せられるのである。著名な執筆陣に交って生徒の作品を掲載、これが帝塚山学院の一つの特徴である。

しかし、発行間際まで困難は続いたようである。それは雑誌の名称の変遷からもうかがわれる。以下、『帝塚山学院新聞』に掲載された名称の変遷と『ヴェルジェ』の創刊号の内容を紹介しよう。

最初の発行広告は九月の『帝塚山学院新聞』（第五号、昭和二十二年九月二十四日発行）に載る。

三十年の伝統を誇る学院の歴史を顧み、文化革命の先陣としての使命を痛感する本誌編集部では、諸兄姉待望の文化総合雑誌「学院季刊」を、清新な情熱を以て発行致します。どうぞ末長くご愛読を願います。

論評　石浜純太郎　前芝確三
　　　岩崎次男　橋本利一
詩　伊東静雄　小野十三郎

『学院季刊』発刊

◎短歌　佐沢　波弦　◎俳句　橋本多佳子
小説　坪田譲治　藤沢桓夫
　　　石濱恒夫　庄野潤三　西垣脩
予約募集して居ります。定価二五円。新聞編集室までお申込下さい。（申込には代金不要）
帝塚山学院新聞編集室

とある。二度目の発行広告は十一月の『帝塚山学院新聞』（第六号、十一月二日発行）に、

（執筆者）

藤沢桓夫、石浜恒夫、西垣　脩
坪田譲治、小野十三郎、佐沢波弦
石浜純太郎、江口乙矢、橋本多佳子
泉田行夫、岩崎次男、名和統一
伊東静雄

〝VERGE〟

季刊『学院季刊』は季刊『べえるじえ』と改題
致しました　創刊号は十一月二十九日文
化祭を期して発売致します
予約募集中　　定価二五円

とある。このように雑誌名は『学院季刊』から『べえるじえ』に変更し、さらに『ヴェルジェ』となって創刊された。『ヴェルジェ』の名称の由来については、創刊号の表紙裏に次のようにある。

ヴェルジェ（果樹園）
これは田園の新鮮な産物である。
我等は田園の風と光の中からつややか
な果実や、青い蔬菜と一緒にこれらの
心象スケッチを世間に提供するもので

ある。

宮沢賢治

この一文は宮沢賢治が童話集『注文の多い料理店』を出版するに際して書いた広告文の一節であった。それを『ヴェルジェ』刊行の趣旨に転用したのである。

創刊号の目次は次のようである。

新しい雑誌『ヴェルジェ』創刊号には注目すべき記事や作品が載る。そのひとつ「座談会　新しい時代を語る」に注目したい。児童や生徒（女学生）の写真と三行ほどの短文が三カ所にあって、プロ編成も生徒、アナウンサーも生徒の校内放送、ゆくゆくは「施設学院放送局」として全国放送をする計画でいる。

編輯も経営も生徒でやっている学院新聞、自由の精神をくもらしてはならない。

「アソビ」は幼児の生活である。「子供の天国」は「少国民」の温床であってはならない。

などの発言が注目される。終戦直後において、このような夢の教育を実践しようとした庄野貞一を頂点とする帝塚山学院の教育方針をここに見ることができる。

『ヴェルジェ』は昭和二十五年の第七号まで続いて廃刊となるが、その後も帝塚山学院の自由な思想に深く影響することになった。

五　『ヴェルジェ』の執筆者たち

このユニークな『ヴェルジェ』創刊号の執筆者たちをアイウエオ順に、帝塚山学院との関係を中心にして眺めたい。執筆者は先に見た『春泥集』の顔触れと重なる。

伊東静雄　明治三十九年生まれ。長崎県出身。京都大学卒。旧制住吉中学校・阿倍野高等学校教諭。「コギト」所属。日本浪漫派の代表詩人。昭和二十八年没。

泉田行夫　大正三年生まれ。秋田県出身。早稲田大学卒。帝塚山学院小学校教諭。児童劇団「ともだち劇場」主宰。後年、大阪芸術大学教授。平成七年没。

石濱恒夫　大正二年生まれ。大阪府出身。父は東洋史学者石濱純太郎。大阪高等学校より東京帝国大学に進み、卒業後、川端康成に弟子入り。作家・詩人。代表作『大阪詩情　住吉日記・ミナミ――わが街』。平成十六年没。

岩崎次男　明治三十八年生まれ。東京帝国大学美学美術史科卒。帝塚山学院高等学校教諭。のちに、帝塚山学院短期大学・帝塚山学院大学教授。昭和四十九年没。

潮無良志　西尾連のペンネーム。明治三十七年生まれ。大阪府、中河内の素封家の出身。旧姓久保田。皇學館大学卒。帝塚山学院小学校教諭。西尾家の養子となり、のち、帝塚山学院中学校長・高等学校長・副学院長を歴任。昭和六十三年没。

江口乙矢　明治四十四年生まれ。青森県出身。モダンダンス家。姫松に住み、帝塚山学院高等学校のダンス部を指導。昭和五十四年紫綬褒章受章。平成十六年没。

小野十三郎　明治三十六年生まれ。大阪府出身。旧制天王寺中学校を経て、東洋大学卒。詩人。大阪文学学校創設。帝塚山学院短期大学・帝塚山学院大学教授。平成八年没。

川澄健一　大正七年生まれ。滋賀県出身。帝塚山学院高等女学校教諭・帝塚山学院高等学校教諭。のち、神戸女学院大学教授。作曲家。校歌・市歌・社歌など作曲三〇〇曲以上。帝塚山学院の準校歌「祝歌（あかね雲）」の作詞は小野十三郎、作曲は川澄健一。平成二十七年没。

熊澤安定　大正九年生まれ。大阪府出身。東京大学経済学部卒。帝塚山学院高等学校教諭。のち、帝塚山学園の帝塚山大学教授・副学長。平成十二年没。

佐澤波弦　本名は儀平。明治二十一年生まれ。徳島県出身。小学校の教職の傍ら国語漢文科中等教員免許修得。府立富田林高等女学校ほか勤務。昭和五年、帝塚山学院高等女学校教諭。歌人。昭和七年ＪＯＢＫから短歌を朗詠し、佐澤節と称さる。昭和二十一年『あめつち』創刊。昭和五十八年没。

庄野貞一　明治二十年生まれ。徳島県出身。田中家の次男。徳島師範学校卒。庄野家の養子になり、山口県の萩中学校の英語教員時代に桃山中学校淺野勇校長の招きで桃山中学校の英語教員を約一年間つとめたあと、大正六年の帝塚山学院小学校開校時に校長に推挙されて着任。独自の教育理念で、「帝塚山教育」を樹立。初代学院長。戦後間もなく教育委員公選制がとられたときに立候補して当選。大阪府教育委員長をつとめる。帝塚山学院短期大学を開学した。昭和二十五年に没。

庄野英二[11]　大正四年生まれ。山口県萩市出身。庄野貞一の次男。関西学院文学部哲学科卒。将校として中国・東南アジアに出征。ジャワ俘虜収容所副所長。昭和二十二年、帝塚山学院中学校教諭。以後、帝塚山学院高等学校教諭・帝塚山学院短期大学教授・帝塚山学院大学教授・帝塚山学院大学学長をつとめる。大阪市教育委員長。児童文学作家・エッセイスト。代表作『ロッテルダムの灯』『星の牧場』『アレン中佐のサイン』。平成五年没。なお、庄野英二は創刊号に執筆していないが、編集に関わっていたので、ここに挙げる。

庄野潤三　大正十年生まれ。大阪出身。庄野貞一の三男。旧制今宮中学校・大阪外国語学校を経て、九州帝国大学卒。朝日放送に就職したときに、帝塚山学院小学校同窓生の阪田寛夫と同じ課に配属された話は有名。旧制住吉中学校の伊東静雄に師事して作家を目指した。『プールサイド小景』で芥川賞受賞。代表作『夕べの雲』。日本芸術院会員。平成二十一年没。

坪田譲治　明治二十七年生まれ。岡山県出身。早稲田大学卒。児童文学雑誌『びわの実学校』を主宰。庄野英二に影響を与える。代表作『お化けの世界』『風の中の子供』『子供の四季』。日本芸術院会員。昭和五十七年没。

西垣　脩　大正八年生まれ。帝塚山学院小学校から旧制住吉中学校へ進学したときに国語教諭伊東静雄から強い影響を受ける。東京帝国大学文学部卒。出征して復員後、しばらく帝塚山学院高等女学校で教鞭をとった。俳人。詩人。明治大学教授。昭和五十三年没。

橋本多佳子　明治三十二年生まれ。東京都出身。杉田久女に俳句を習う。昭和四年帝塚山に転居。山口誓子に師事。疎開で奈良市あやめ池に移り、永住。句集に『海燕』『命終』など。三女美代子も俳人。昭和三十八年没。

日野忠夫　明治四十三年生まれ。京都市出身。京都大学文学部美学美術史科卒。帝塚山学院高等女学校教諭。のち、帝塚山学院短期大学・帝塚山学院大学教授。平成七年没。

藤澤桓夫　明治三十七年生まれ。大阪出身。著名な漢学者藤沢南岳の孫。石濱純太郎は母方の叔父。したがって、石濱恒夫とは従兄弟の関係。旧制今宮中学校・旧制大阪高等学校を経て、東京帝国大学文学部国文科卒。旧制高等学校の時代から新感覚派的な斬新な小説を発表。戦後、新築した自宅の書斎「西華山房」は、作家や文化人のサロンとなった。代表作『新雪』。将棋の腕前は日本棋院五段。平成元年没。

以上、一八人の執筆者のうち、泉田行夫は演劇人、特にラジオ放送の声優として活躍し、また、川澄健一は作曲家として著名であった。

このほか、明記しておきたい人物に、書道家の田中塊堂（本名英市）と日本舞踊家花柳有洸（本名塩満純子）がいる。塊堂は明治二十七年生まれ、岡山県矢掛出身。かな文字を得意とし、写経の研究にも功績を残した。昭和五十一年没。

有洸は大正十三年生まれ、大阪出身。帝塚山学院高等女学校・同短期大学卒。花柳流日本舞踊。「娘大黒」「円」「花ざかり」などの創作舞踊がある。長年、帝塚山学院の舞踊部の顧問をつとめた。昭和四十五年、大阪万博（日本万国博覧会）で「豊太閤と淀君」を踊り、翌昭和四十六年、四七歳の若さで没した(12)。

文学という範疇ではないが、舞踊家の江口乙矢・声優の泉田行夫や作曲家、文化人たちがこのように帝塚山派文学の周辺で活動していたのである。

六　帝塚山派文学への帝塚山学院の貢献

帝塚山派文学の起点はいつか。これは帝塚山派文学とは何かを論ずるのに重要な課題である。

先に挙げた『大阪春秋』の「帝塚山モダニズム」特集号所収の高橋俊郎氏「帝塚山文化圏という文学の土壌──帝塚山派の作家・詩人たち──」[13]が、この課題に一つの指針を示すのではないかと私は考える。高橋氏は四期に分けて、帝塚山派の作家・詩人たちの交流を描いている。高橋氏のいう四期を簡単に述べると、

第一期　草創期　文化的土壌の育成＝大正三年（一九一四）東成土地建物株式会社によって帝塚山住宅地が開発され、帝塚山学院小学校が開校された時期（大正六年）。

第二期　開花期　咲き誇る文化人たち＝大正十四年（一九二五）四月の大阪市域拡張により、帝塚山が東成郡住吉村から大阪市住吉区になり、石濱恒夫や庄野英二・潤三たちが帝塚山学院小学校を卒業した。

第三期　再耕期　終戦後の立て直し＝昭和二十年（一九四五）日本が太平洋戦争に敗戦し、終戦直後の混乱の中で新しい文化活動が始まる。本稿で扱う『春泥集』や『ヴェルジェ』の創刊号はまさにこの第三期の前半期にあたる。

第四期　新芽期　新たな息吹き＝昭和二十九年（一九五四）庄野潤三の『プールサイド小景』が下期の第三二回芥川賞を受賞した。それまでにも、昭和二十八年以降、いくつかの潤三の小説が芥川賞の候補に挙げられていた。高橋氏はこの第四期を帝塚山派文学の一つの到達点と見るようである。私もこの考えには賛成である。これののち、昭和四十九年（一九七四）に阪田寛夫の『土の器』が第七二回昭和四十九年後期芥川賞を受賞した。

私は庄野潤三・阪田寛夫の芥川賞受賞作品は、これまでの藤澤桓夫や石濱恒夫・長沖一の小説とは一皮も二皮も剥けて脱皮した作品だと思う。

たとえば、長沖の作品の背景には、帝塚山学院短期大学が盛んに顔を出す。[14] 昭和二十九年（一九五四）、東京文芸社刊行の『やんちゃ娘行状記』の主人公は元陸上ヘルシンキオリンピック選手で、短期大学卒業後は新聞社に臨時勤務している。自宅は帝塚山である。

帝塚山学院短期大学はこの小説よりも四年前、昭和二十五年四月に開学した。初め文芸科と服飾科であったが、二年後、文芸科と家政科に改組された。その時の担当教授・講師の一覧表が『帝塚山学院四十年史』にあって、前出の高橋氏の「帝塚山文化圏という文学の土壌」にも掲載されている。重複するが、再度掲載する（次頁）。

一覧のように、長沖一は「創作鑑賞」「文芸研究」を、小野十三郎は「詩論」を担当している。その頃、父の会社の手助けをしていた杉山平一も「映画演劇論」を講義した。「言語学」を担当する石濱純太郎は中国語など東洋言語の権威であり、石濱恒夫の父、藤澤桓夫の叔父にあたる。このように帝塚山派の作家や詩人たちが帝塚山学院短期大学のいくつかの授業を担当していた。それは親しい者同士の助け合いといった雰囲気であった。その中心というか、連絡係は庄野英二であったろう。

庄野英二の、英国の「桂冠詩人」をもじった『鶏冠詩人伝』[15] という作品に、次のような一文がある。

　一九四八年（昭和二十三年）（中略）四月から帝塚山学院中学部に勤めることになった。[16] 六・三・三・四制の新制度ができたばかりで教員が不足していた。私は男女五十人のクラス担任をしたが、教員が性に合っていたのか毎日が楽しくてならなかった。五十名の生徒中十三人の男子生徒がいて、私はまるでガキ大将であった。放課後、暗くなるまで生徒と野球をしたり、教室の窓の外で伝書鳩を飼ったりした。日曜日も男生徒が遊びに誘いに来た。

学科目担当教授及講師

担当学科目	学位称号其他	氏名
言語学	文学士	石浜純太郎
心理学	文学士	伊藤博
法学 憲法学	家事調停委員 法学士	岩田渉
美学 美術史	文学士	岩崎次男
被服学 デザイン	伊東衣服研究所卒	岩橋節子
家庭看護学	医学博士	長谷川洋子
英語 英語講読	文学士	林あさ
英作文 英語講読	府教育委員会指導主事	飯田昌男
食品化学	農学博士	原田篤也
国語学 国文学	文学士	西宮一民
被服工作	タケウチ洋裁学院卒	藤内桂子
教育原理 教育心理	文学博士 Ph・D	大伴茂
英語学	文学博士	大塚高信
詩論	詩人	小野十三郎
社会学	経済学士	音田正己
経済学 家庭経済学	経済学士	金子多美子
体育実技	大阪女子大学教授	河井富美恵
仏語	文学士	川西良三
数学	理学士	川端直太郎
英語音声学	関西学院英文科卒	川口徳彦
音楽	作曲家	川澄健一
音楽	音楽評論家	吉村一夫
保健衛生	医学博士	頼尊豊治
デザイン 被服工作	タケウチ洋裁学院長	武内幸子
英会話	コンベント・オブ・ジーザス卒	ダフネ・マドックス
文学概論 西洋文学	文学博士	太宰施門
歴史 漢文	文学士	田中克己
書道	日展審査員 書家	田中塊堂
英語	文学士	田辺濟市
衣料学 染色学	理学博士	高岡斉
栄養化学 栄養実験	前大阪大学医学部助教授	須原喬
図画工作 色彩学	工学士	小出泰弘
創作鑑賞 文芸研究	作家	長沖一
住居学	中西建築事務所長	中西六郎
近代文学	府立図書館長	中村祐吉
生活科学 栄養実験	前和歌山医大研究員	長崎多美子
経済学	経済学士	永島濟
英語 英語講読	文学士	楳垣実
デザイン 被服工作	カロン洋裁研究所長	国松恵美子
経済学	経済学士	熊沢安定
被服衛生学	京都府立医大研究員	山田幸
英語 英語講読	大阪府立大学講師	藤井啓一
新聞学	朝日新聞大阪本社	藤原恵
創作鑑賞	作家	藤沢桓夫
育児学	医学博士	藤本玉枝
保健衛生	医学士	秋岡收
被服工作	伊東衣服研究所卒	小西美智子
被服工作 デザイン	伊東衣服研究所卒	佐々木種子
国語学	文学士	佐野道
生物学	理学博士	佐藤磐根
食品衛生 公衆衛生	医学博士	佐守信男
心理学	文学士	沢井幸樹
英米文学史 図書学	文学博士	寿岳文章
英語	文学士	東田千秋
哲学 服飾美学	文学士	日野忠夫
被服文化史	市立美術館長	望月信成
生活科学 栄養学	農学士	守本文生
教育原理 教育実習	帝塚山学園長	森磯吉
色彩学	芸術院会員 二紀会々員	鍋井克之
教育心理	文学博士	鈴木治太郎
映画演劇論	評論家	杉山平一

特別講義講師

担当学科目	学位称号其他	氏名
国文学 特別講義	学士院会員 文学博士	新村出
食物栄養 特別講義	学士院会員 医学博士	古武弥四郎
英文学 特別講義	京大名誉教授 文学博士	石田憲次

学科目担当教授および講師・特別講義講師

文中の伝書鳩は、運動場に面した教室の一角の窓枠を外して鳩小屋を作り、そこで飼育していた二羽のことである。更に教室に近い裏庭に山羊を飼い、教室の隅にハツカネズミを飼った。ハツカネズミは鼠算的に子供が産まれた。生徒の意見で大阪市立大学医学部に持参して、実験用に提供された。まさにガキ大将の英二が帝塚山学院の教授集めを助け、その帝塚山派の作家や詩人たちが短大教育の一翼を担っていたのである。

注

（1）帝塚山派文学学会事務局「帝塚山派文学学会設立記念講演会・設立総会開催報告」『大阪春秋』平成28新年号　特集「帝塚山モダニズム——花咲いたモダン大阪の文化圏——」平成28・1

（2）高橋俊郎「帝塚山文化圏という文学の土壌——帝塚山派の作家・詩人たち——」『大阪春秋』平成28新年号（前掲）

（3）創立一〇〇周年記念誌編纂委員会『帝塚山学院一〇〇年史』平成28

（4）庄野英二『帝塚山風物誌』垂水書房　昭和40（『庄野英二全集』第九巻　偕成社　昭和54）

（5）高橋俊郎「帝塚山文化圏という文学の土壌」（前掲）に、長沖一も杉山平一も、庄野鴎一も英二も出征した。三男の潤三は（中略）海軍に入隊した。帝塚山学院出身の阪田寛夫も同様に学徒出陣をしていたから、彼らの文壇への登場は終戦を待たなければならなかった」とある。

（6）八木孝昌「帝塚山学院の創立と庄野貞一の教育理念」『大阪春秋』平成28新年号（前掲）。八木孝昌は昨年十一月、不慮の死で亡くなられた。帝塚山派文学学会設立に特に熱心であった。敢えて明記しておきたい。

（7）帝塚山派文学学会事務局「帝塚山派文学学会設立記念講演会・設立総会開催報告」『大阪春秋』平成28新年号（前掲）

（8）高橋俊郎「帝塚山文化圏という文学の土壌」（前掲）

（9）帝塚山派文学学会事務局「帝塚山派文学学会設立記念講演会・設立総会開催報告」『大阪春秋』平成28新年号（前掲）

（10）『ヴェルジェ』創刊号　帝塚山学院　昭和22・11

（11）帝塚山学院関係者の庄野英二に関する論文に次のものがある。

佐貫新造「庄野英二全集を読んで」『こだはら』3　昭和55・3
杉山平一「庄野作品のユーモア」『こだはら』17　平成7・3
彭佳紅「庄野英二文学試論――『猫とモラエス』に見る詩情と愁」帝塚山学院大学日本文学研究35　平成16・2
「庄野英二が『抑留者』を書かねばならぬ理由――『木曜島』を『アレン中佐のサイン』の姉妹編として読む」人間科学部研究年報16　平成26・2
鶴﨑裕雄「熊野と庄野英二先生――一地域に見る文学の系譜――」『こだはら』30　平成20・3
(12) 塩間トシ『花柳有洸』(私家本)
(13) 高橋俊郎「帝塚山文化圏という文学の土壌」(前掲)
(14) 鶴﨑裕雄「長沖一先生と大阪・帝塚山――史料としての通俗小説の魅力――」『こだはら』37　平成27・3
(15) 庄野英二『鶏冠詩人伝』創元社　平成2
(16)『帝塚山学院一〇〇年史』(前掲) の巻末「役職員一覧」に庄野英二の中学校教員着任は「昭和22・11」とある。昭和二十二年十一月から帝塚山学院に勤務し (事務局か)、翌昭和二十三年四月の新学年から教壇に立ったのであろう。

帝塚山派文学学会―紀要創刊号―より

藤澤桓夫の大阪回帰、『街の灯』に込められた決意

高橋俊郎

はじめに

二十歳で文壇にデビューした小説家ならば誰しも、三十歳までの十年間は混迷と確信が日々に交錯する悩ましい時期に違いない。藤澤桓夫にとってもその例に漏れることはなかったが、病床にあった二十九歳の時に、その後の小説スタイルを確立することになった。その主人公設定と文体は、五十五年に及ぶ創作活動でぶれることなく堅持された。そのきっかけが昭和八年（一九三三）五月から八月にかけて夕刊大阪新聞に連載された『街の灯』である。

藤澤桓夫の創作活動は四期に分けられる。大正十四年（一九二五）三月に同人雑誌「辻馬車」を創刊し、シュールレアリズムタッチの都会的小説『首』で新感覚派の新人と目された。大阪高校（旧制）生の二十歳から東京

帝国大学に入学した三年間の「辻馬車時代」。昭和三年（一九二八）七月に東京帝国大学の左派学生で組織する同人雑誌「大學左派」に参加し、プロレタリア文学を創作の場とした二十四歳から二十七歳まで四年間の「プロレタリア文学の時代」。『街の灯』以降、新聞連載小説を中心に都会的な中間小説を量産した二十八歳から五十歳まで二十二年間の「流行作家の時代」。五十歳で初婚し、将棋小説や随筆に新境地を見出し、八十四歳で没するまで三十四年間の「大阪文壇の大御所の時代」である。(1)

藤澤桓夫の著作は上梓されたものだけでも二百冊を超えるが、その真骨頂は「流行作家の時代」にある。『花粉』、『花ある氷河』、『淡雪日記』、『大阪五人娘』、『花は偽らず』、『新雪』、『生活の樹』、『翼』、『彼女は答へる』、『東京マダムと大阪夫人』、『白蘭紅蘭』、『妖精は花の匂いがする』、『天使の羽根』などの版を重ね、再版もされた小説群は、都会的な独自の小説世界を展開して、大衆に支持された。大正十四年から平成元年にかけてが創作期間であるから、正しく「昭和最後の文士」である。(2)

そして、多くの小説の主人公に共通するのは「自立した青年」であり、脇役には極悪非道の悪人が登場することなく、悲惨なストーリーは皆無である。なぜその路線から外れることがなかったのか、その謎解きをしてくれるのが『街の灯』に他ならない。

一　転地療養に明け暮れた学生生活

藤澤桓夫の『街の灯』は、富士見サナトリウムでの療養中に執筆された。その療養生活は、大阪高校一年生の大正十二年（一九二三）三月に肋膜炎を発症して進級試験を受けられずに落第した時から始まっていた。つまり、文壇デビューの当時から、その創作活動は結核の不安の中にあったと言える。そして、東京帝大に入学した翌年、昭和二年（一九二七）二月には突然に喀血し、横光利一の薦めで東京市ヶ谷の久野病院に二週間入院し、三月十四日には伊豆湯ヶ島温泉の湯本館に滞在していた川端康成を頼ることになった。そこでの予後の療養は半年間に及んだ(3)。

同人誌「文藝時代」の川端康成、横光利一、片岡鉄平、そして「文藝春秋」の菊池寛は、藤澤桓夫の才能を認めて世に出してくれた恩人である。プロレタリア文学に在らずば文学ではないという状況の中で、彼等は「新思潮」から「新感覚派」を標榜して一線を画したため、小ブルジョワジーの芸術派と呼ばれることもあった。

ようやく昭和三年（一九二八）、東大二年生の秋になって、湯ヶ島温泉から東京に戻った藤澤桓夫は、今宮中学校（旧制）以来の親友である武田麟太郎が住む、本郷の下宿屋「長栄館」に入った。昭和二年には「辻馬車」の編集長は武田に代っていたが、左傾が著しくなり、同人たちも離れていく中で、結局十月の三十二号で終刊してしまう。

そして、武田とともに東大新人会に入り、マルクス主義に浴することになる。社会の矛盾に対して行動しようとする発想は健康であるが、体調に不安を抱える藤澤は「活動」にのめり込むことができなかった。一方、武田は柳島の東大新人会セツルメントの労働学校を拠点に活動を始めた(4)。

藤澤桓夫は武田麟太郎や長沖一らとともに東大左派の文芸誌「大学左派」の創刊に加わり、長栄館の武田が出たあとの隣室が編集室になって、昭和三年七月十日に創刊号が発行された。プロレタリア文学を書き始めたが、翌昭和四年（一九二九）一月に体調が悪化して、再び湯ヶ島温泉に転地療養に赴き三、四か月滞在した。東大での出席日数が足らず、英文科の口頭試問は英語で行われて厳しいため、結局国文科に転科した。要するに、東京帝国大学に入学はしたが、授業出席は思いのほか少なかった。昭和四年二月十日には日本プロレタリア作家同盟

（ナルプ）が結成されて加入した。「文藝春秋」に『生活の旗』、「文學」に『ローザになれなかった女』を発表した。のちに、マルクス主義のおかげで一人前になれた気がしたと書いている。

プロレタリア文学の学生作家としての実活動は四年に満たない。しかも、その間は湯ヶ島温泉への転地療養を繰り返していた。のちの数ある回想録類を参照しても正確な期日があいまいなため、湯本館に取材したが、ここでも藤澤桓夫に関する記録は見当たらなかった。いずれにせよ、この間のプロレタリア小説は湯本館で執筆することが多かったと推測できる。しかも、横光利一、川端康成、片岡鉄平、菊地寛との接触が続き、文学の方向が定まったようには見えない。

昭和五年（一九三〇）三月、東大を卒業する月に、文藝春秋社の「オール読物」初代編集長の馬海松が、信州富士見高原サナトリウムで完全恢復したことを聞いて、自分も入院する決心をした。そこで、菊地寛が所長の正木不如丘博士宛に「入院料を安くしてやってくれ」との紹介状を書いてくれた。(5)

二　富士見高原サナトリウムでの創作活動

藤澤桓夫の文献調査をしても、富士見高原サナトリウムに入院していた正確な時期が不明なため、現在「旧富士見高原診療所資料館」が所蔵している正木不如丘博士の入所台帳を調査した。氏名のイロハ順に記載され、藤澤桓夫の項では「〃22／3〜〃26／12全快」と記されていて、共に昭和八年を同じくとしているが、退所日に記入したらしく、他の展示資料と合わせて解明して昭和五年（一九三〇）三月二十二日入所、昭和八年（一九三三）十二月二十六日全快退所であることが判明した。【図1】

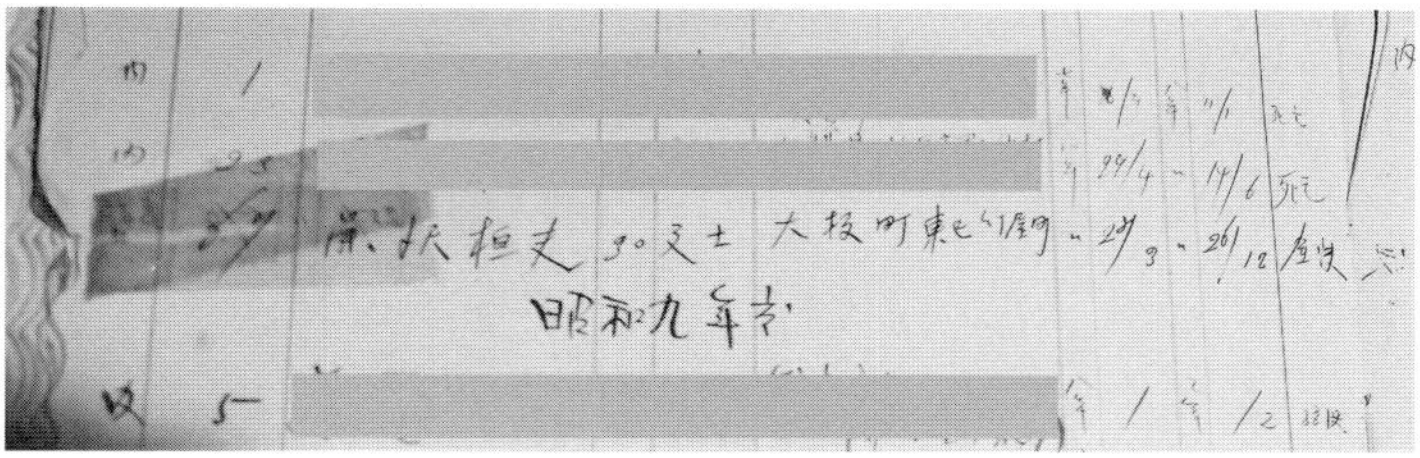

図１　旧富士見高原診療所資料館所蔵「入所台帳」の部分・藤澤桓夫の項

この入所中に執筆、または出版された著作を列挙すると、昭和五年五月『生活の旗』、七月『傷だらけの歌』、十一月『辻馬車時代』、十二月『航海一週間』（翻訳）、昭和六年一月『作家の感想』改造十三巻一号、二月『現代日本文学全集六十二・プロレタリア文学集』、六月『ナップ傑作集』、『日本小説集』、十二月『村の床屋』朝日新聞、昭和七年五月『晴れ——或る生活風景——』新潮二十九巻五号、八月『こそどろ顛末』文藝春秋十巻八号、昭和八年一月『漁夫』、『林檎の身代わりをした子供』新潮三十巻一号、『新しい夜』中央公論四十八巻一号、五月『新大阪風俗』文藝春秋十一巻五号、六月『鼠』新潮三十巻六号、七月『新作三十三人集』、十二月『街の灯』春秋社単行本。

他に昭和十六年十月十八日秩父書房刊の初の随筆集『大阪手帖』に富士見高原で書いた『高原新緑』や『雪と太陽との風景』など五編の随筆を所収している。富士

図２　富士見高原サナトリウムの別棟でのスナップ写真

見高原の風景が藤澤桓夫の心を癒し始めた。【図2】

プロレタリア文学から徐々に中間小説風に変化しているのが見て取れる。しかし、新感覚派に戻ったのではない。昭和五年十一月十日改造社刊の新鋭文学叢書『辻馬車時代』の序にこう記している。（傍線は筆者）

ここに収めた十七篇の小説を、僕は、一九二四年と二六年との間で、書きました。ここには、二十五歳以前の僕が――數へ年で二十一歳から二十三歳までの僕が、寄せ集められてゐます。

或る人たちは、僕にかう言ふ美しさのなかにゐた時代のあることを知つて、恐らく吃驚するでせう。が、さう言ふ人たちこそ、微笑のうなづきをもつて、僕の「辻馬車時代」を振り返つてみてくれるに相違ない、と僕は思ひます。何故ならさう言ふ人たちこそ、現在の僕を一番よく理解してくれる人たち、「辻馬車時代」から「傷だらけの歌」につづいて来た道――光彩の抒情詩から激情の抒情詩への道を一番正しく跡づけてくれる人たちであり、そして、これが最も重要なことなのですが、これからさき僕がさらにどのやうに變化して行くかを一番嚴格に監視してくれる人たちでせうから。

ここに収めた十七篇の小説を書いた頃、僕は十人ばかりの仲間と「辻馬車」と言ふ同人誌に拠つてゐました。僕は、この本に「辻馬車時代」と言ふ題名を選び、この本を、「辻馬車時代」からの僕のよき友人たちに、そして、その頃から僕の書くものを愛し僕とともに變化して今もなほ僕の書くものを愛してくれてゐる人たちに、おくります。

ともあれ、「辻馬車時代」を版にするに當つての僕の感想は、二十五歳以前の自分――今の自分から見ればまさに顚倒した世界で歌つてゐた自分への強い決別です。高まる豹變を輝かしい美徳だと信じてゐる僕に取つて、強い決別は限りなく快い感想だ。人たちはここに「藤澤桓夫前派」の標石を見るでせう。

一九三〇年秋　信濃高原

藤澤桓夫

そして、恐らくは藤澤桓夫にとって本格的なプロレタリア小説の最終作とも言える『漁夫』を昭和七年一月から三月にかけて「中央公論」に発表した。これは全日本無産者芸術連盟（ナップ）の「芸術大衆化に関する決議」（「戦旗」昭和五年七月）の「3．何を題材にするか？」「7．農民、漁民等の大衆闘争の意義を明らかにするやうな作品。」に合致する小説である。(6)

岩手県旧山田合同労働組合に取材した小説で、藤澤のそれまでの情緒的なプロレタリア小説から一歩踏み出した感がある。逆に、プロレタリア文学への決別記念に書いたとも受け取れる。

岩手県川畑漁港の漁夫たちはイカ釣り漁船で生計を立てているが、漁業組合の旦那衆はトロール船を仕立ててイカをごっそり獲るようになる。トロール船の過酷な労働につかざるを得ない者も多くなり、そうでなくとも漁業組合に搾取され、ますます生活が苦しくなる中で、合同労働組合が組織される。朝鮮人の漁夫も入ってきて軋轢も生じてくる。主人公は言う。「な、みんな同じ人間だど。どこの人間だって人間の値打ちに変りはねぇんだ。世界中の貧乏人はみな同じ仲間で、一つになって手を繋えでやって行（え）がなけァいけねえんだど」。

『漁夫』は翌昭和八年一月十五日に春陽堂日本小説文庫で単行本化された。同年二月二〇日には、小林多喜二が築地警察署で虐殺されている。

三　夕刊大阪新聞編集長・佐藤卯兵衛宛の書簡

富士見高原サナトリウムでの療養中の昭和八年、二十九歳にしてプロレタリア文学から転換して、その後の中間小説へと移行していく様子には、もうひとつ解せない感じを持たざるを得なかった。単に菊池寛に勧められ、療養費を得るために新聞小説の分野に踏み込み、職業作家として筆一本で生活していくために通俗小説に転換したとすれば、その後の藤澤桓夫独自の都会的な流行小説を生み出すには動機が希薄に過ぎる。昭和三十六年（一九六一）十一月十七日の朝日新聞大阪版に『わが小説』と題して寄稿し、「純文学のトリデの狭さに強い抵抗を感じ、あらゆる階層の人たちが読んでくれ。しかも芸術の高い香りのものを書いて来た」と書いてはいるが、なぜ青年男女ばかりを描くのか、藤澤桓夫自身の言葉で知りたいと思っていた時、一通の封書を古書オークションで発見した。それは藤澤桓夫が夕刊大阪新聞の編集者佐藤卯兵衛に宛てた昭和八年三月三十一日付の書簡である。

【図3～6】（傍線は筆者）

宛先：大阪市北区堂島浜通四丁目三
　夕刊大阪新聞社　佐藤卯兵衛様

差出人：長野県富士見高原療養所
　藤澤桓夫

三月三十一日、富士見。

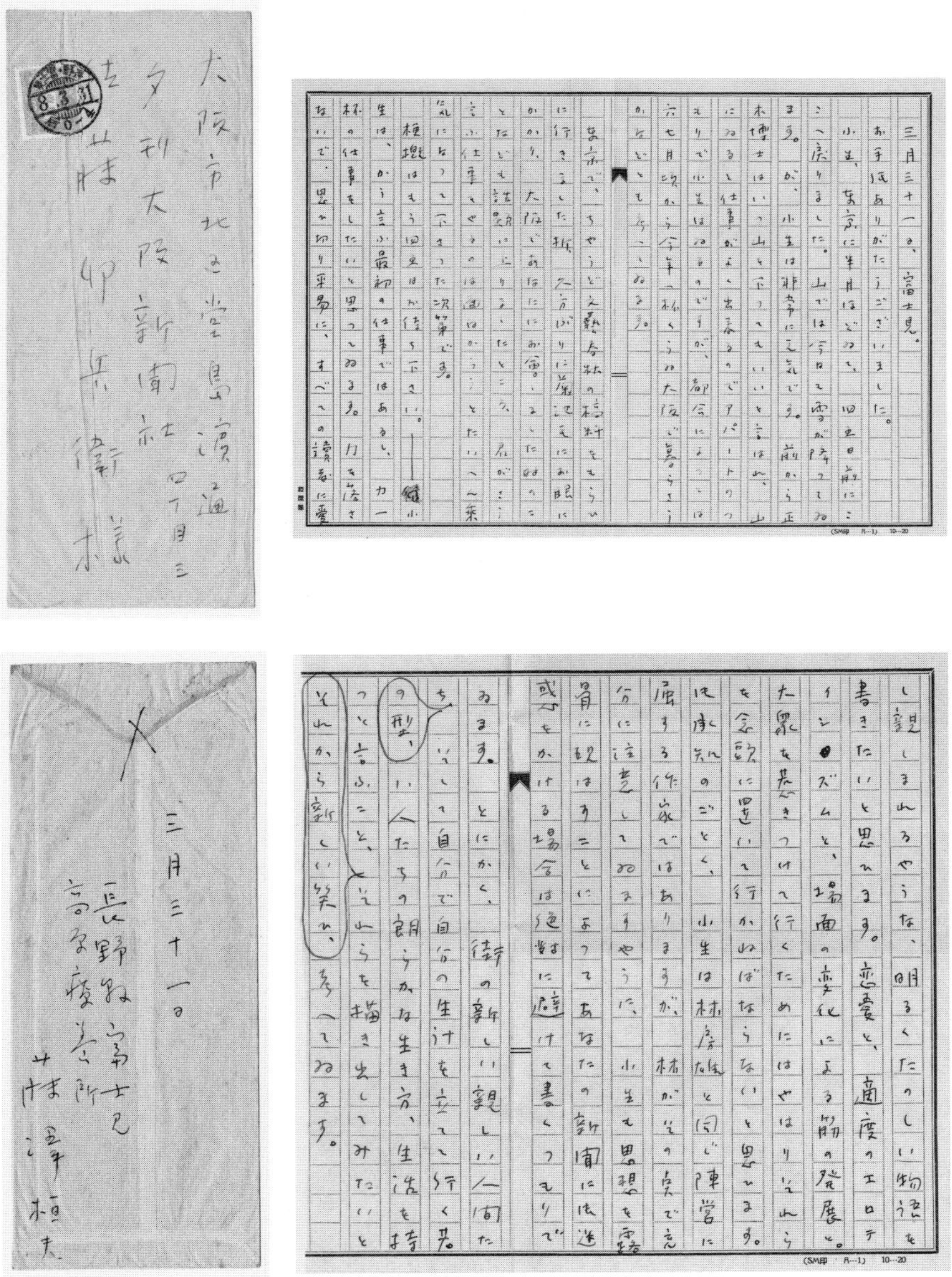

大阪市北区堂島浜通 四丁目三
夕刊大阪新聞社
佐藤卯兵衛様

三月三十一日、富士見。
お手紙ありがたうございました。
小生、東京に半月ほどゐて、四五日前にこ
こへ戻りました。山では今日も雪が降つてゐ
ます。
が、小生は非常に元気です。前から正
木博士はいつ山を下つてもいいと言はれ、山
にゐると仕事がよく出来るのでアパートの
[illegible]りで小生はゐるのですが、都合によつては
六七月頃から今年一杯くらゐ大阪で暮らさう
かなどとも考へてゐます。
東京で、ちやうど文藝春秋の稿料をもらひ
に行きました折、久方ぶりに菊池氏にお眼に
かかり、大阪であなたにお會ひした時のこ
となども話題にのぼりました。ところ[illegible]
言ふ仕事をやるのは[illegible]とたいへん乗
気になつて下さつた次第です。
梗概はもう四五日お待ち下さい。——縦小
生は、かう言ふ最初の仕事ではあるし、力一
杯の仕事をしたいと思つてゐます。力を落さ
ないで、思ひ切り平易に、すべての読者に愛

し親しまれるやうな、明るくたのしい物語を
書きたいと思ひます。恋愛と、適度のエロテ
イシズムと、場面の変化による筋の発展と。
大衆を惹きつけて行くためにはやはりそれら
を念頭に置いて行かねばならないと思ひます。
従来のごとく、小生は林房雄と同じ陣営に
属する作家ではありますが、林が左の立場で充
分に注意してゐますやうに、小生も思想を露
骨に現はすことによつてあなたの新聞に迷
惑をかける場合は絶対に避けて書くつもりで
ゐます。
とにかく、街の新しい親しい人間た
ち[illegible]して自分で自分の生計を立てて行く若
の型、いい人たちの朗らかな生き方、生活を持
つて言ふこと、それらを描き出してみたいと
それから新しい笑ひ、考へてゐます。

三月三十一日
長野縣富士見
高原療養所
藤澤桓夫

図３～６　夕刊大阪新聞社佐藤卯兵衛宛藤澤桓夫差出書簡写真

お手紙ありがたうございました。

小生、東京に半月ほどゐて、四五日前にここへ戻りました。山では今日も雪が降ってゐます。が、小生は非常に元気です。前から正木博士はいつ山を下ってもいいと言はれ、山にゐると仕事がよく出来るのでアパートのつもりで小生はゐるのですが、都合によっては六七月頃から今年一杯くらゐ大阪で暮らさうかなどとも考へてゐます。

東京で、ちゃうど文藝春秋の稿料をもらひに行きました折、久方ぶりに菊池氏にお眼にかかり、大阪であなたにお會しました時のことなども話題に上りましたところ、君がさう言ふ仕事をやるのは面白からうとたいへん乗気になって下さった次第です。

梗概はもう四五日お待ち下さい。——小生は、かう言う最初の仕事ではあるし、力一杯の仕事をしたいと思ってゐます。力を落さないで、思ひ切り平易に、すべての讀者に愛し親しまれるやうな、明るくたのしい物語を書きたいと思ひます。恋愛と、適度のエロティシズムと、場面の変化による筋の発展と。大衆を惹きつけて行くためにはやはりそれらを念頭に置いて行かねばならないと思ひます。

御承知のごとく、小生は林房雄と同じ陣営に属する作家ではありますが、林がその点で充分に注意してゐますやうに、小生も思想を露骨に現はすことによつてあなたの新聞にご迷惑をかける場合は絶對に避けて書くつもりでゐます。

とにかく、街の新しい親しい人間たちの型、そして自分で自分の生計を立てて行く若い人たちの朗らかな生き方、生活を持つと言ふこと、それから新しい笑ひ、それらを描き出してみたいと考へています。

『街の灯』を皮切りに、新聞小説家として名を成していく若き藤澤の決意が手に取るように分かる。単にこの仕事を貰わんがばかりの意気込みではない。「街の新しい親しい人間たちの型、そして自分で自分の生計を立てて行く若い人たちの朗らかな生き方、生活を持つと言ふこと、それから新しい笑ひ、それらを描き出してみたい」という言葉は、以後三四年間にわたって藤澤桓夫の小説に一貫する信条になった。以降に書かれた新聞小説では、『街の灯』が昭和八年までの作品とそれ以後の作品を分け、かつ橋渡しをしたのである。

この書簡でもうひとつのポイントは「小生は林房雄と同じ陣営に属する作家ではありますが」の部分である。林房雄は藤澤桓夫と同年生れだが、大正十二年（一九二三）に東大法学部に入学した。藤澤桓夫が東大文学部に入学した時点では、文学部の学生を新人会に勧誘する目的で林は社会文芸研究会を作っていた。プロレタリア文学では藤澤桓夫の直近の先輩に当たる。林は大正十四年十一月十五日の京都学連事件で治安維持法の初の適用で検挙され、ほどなく釈放されたがこの一件で有名になっていた。昭和三年（一九二八）十月の「戦旗」に『プロレタリア大衆文学の問題』を発表し、「プロレタリア作家の作品は労農大衆の読者を持っていない。大衆に愛読されなければならない」と宣言していた[7]。

また、昭和四年（一九二九）十月から東京朝日新聞に連載した『都会双曲線』は通俗性を持つ小説として、片岡鉄平に近いものだった。ここで「林房雄と同じ陣営」と書いたのは、単に「ナップ」の作家であるという意味以上のニュアンスを伝えようとしたのだろう。藤澤桓夫の蔵書を収めた大阪府立中之島図書館の「藤沢文庫」には、林房雄の献呈署名付きの『文学のために』（昭和九年ナウカ社刊）が遺されている。林房雄は昭和八年十月には川端康成、小林秀雄、武田麟太郎らと「文學界」を創刊することになる。「大衆のための文学」については林房雄に同調するところが大きかったことを示しているとも考えられる。

さらに、この連載が「夕刊大阪新聞」であることが、『街の灯』の舞台を大阪にする要因と考えられるが、これに先立つ昭和八年八月に書かれた『新大阪風俗』は、大阪歌舞伎座の六階にあるアイススケートリンクで滑る和服姿の娘と大阪商科大学の学生の恋愛模様を描き、大軌（大阪電気軌道）の沿線や心斎橋を舞台にしている。既に大阪への帰還を決めていただけでなく、テーマそのものにも「大阪」が大きな要素として入ってきている。つまり、藤澤桓夫文学の「大阪回帰」である。

四　『街の灯』のストーリー

『街の灯』は夕刊大阪に昭和八年（一九三三）五月から連載された。単行本で確認すると、三〇章一七七回分となる。夕刊大阪新聞は大正十二年（一九二三）六月一日に、天下茶屋で新聞販売店を経営していた前田久吉によって日刊の「夕刊大阪」が創刊され、昭和八年には僚紙として「日本工業新聞」も創刊された。これらがのちの「産業経済新聞社」である(8)。

連載のあと同年十二月に春秋社から単行本化され、昭和三十四年（一九五九）三月に東方社から再刊された。その著者あとがきに次のように記している。

あとがき

「街の灯」は私の最初の新聞小説です。大学を出てまだ間のない頃でした。今は亡き菊池寛先生の推薦で、「大阪新聞」（今日の「産経新聞」）に半年余にわたって連載されました。当時の新聞小説は大体百二十回で終るのがしきたりで、「街の灯」もその約束で書き始めましたが、幸いに意外に反響を得て、編集者の要請で、二百回まで延ばしたのを記憶します。完結とともに映画にもなりました。

その後、この小説は永い間絶版になっていました。私の作品を支持して下さる人々のなかにも、私に「街の灯」という長篇のあることを御承知の方は少いのではないかと考えます。このたび、「街の灯」は東方社の好意で再刊されることになりましたが、作者としましては、読者諸賢が私の最初の新聞小説をどのような興味で改めて吟味して下さるか、その点に大きな愉しさを覚えます。

また、この作品の登場人物たちの生活への情熱や設計、青春の在り方の評価が、作者自身には今日の若い世代の人々のそれと、案外相通じるものが多分にあるのではないかと言う気がしてならないのです。その意味でも、「街の灯」の再刊に作者は少なからぬ期待を抱く次第であります。

昭和三十四年二月　　　　大阪住吉にて　　　藤澤桓夫

初版本発刊から二十六年を経ての著者自らの感想である。それは現代に読み返している私自身の感想とも重なる。藤澤文学は古びることがない。では、『街の灯』の内容を見てみたい。(9)

①　主な登場人物

松井荘吉　天下茶屋生れ。東京帝国大学医科を卒業し、助手を務めたあと、東京深川の貧民街に無産者診療所を開所する。

松井信子　荘吉の妹。女学校を卒業し、荘吉の診療所を手伝う。

貴志雪絵　三年前まで荘吉の婚約者。春潮会系の女流画家。奔放で男性関係が複雑。目白文化村の近代アパートに住んでいる。

貴志滋夫　雪絵の弟。旧制高校三年生。東京帝国大学の独文科を目指す。南海諏訪ノ森駅近くの洋館に住んでいる。

横田朱美子　女学校を卒業し、細工谷の石原にフランス語を習っていて、そこで貴志滋夫と知り合い恋仲になる。天王寺椎寺町の退役軍人の娘。

伊藤冬野　東京に家出した朱美子は品川の下宿に住むが、伊藤冬野の偽名を使う。

名取秀三　深川の貧民街の長屋に住み、郵便局に勤めている。バイオリンに才能がある。

小松ハル代　深川の貧民街の長屋に住んでいる銀座のデパートガール。秀三と幼馴染。山崎襄に言い寄られる。

清水三郎　私立大学文科の学生で詩人。山形県の議員の三男。雪絵に恋慕しているが、適当にあしらわれている。

山崎　襄　新興劇団の二枚目俳優。女性に気が多い。雪絵と付き合っているが、小松春代に言い寄り、伊藤冬野（朱美子）にも手を出そうとする。鶯谷のアパートに住んでいる。

② 主な舞台とあらすじ

ある年の五月から翌年六月までの十四ヶ月間の出来事である。

【大阪駅　荘吉・信子・滋夫・雪絵】

五月、大阪駅にて兄松井荘吉と妹信子が東京への列車を待つ。荘吉は二人の唯一の財産だった天下茶屋の家を売って、東京の場末の貧民窟で貧乏人相手の医者を開業する予定だった。彼は東京の大学で助手を勤めていた時に、本所の帝大セツルメント実費診療所の仕事を手伝い、貧しい労働者たちが病院にもかかれない実情を見て、貧民街の医者になることを決意したのだった。先に荘吉が東京に行き、落ち着いたら信子を呼び寄せる予定。そこで肥料会社社長の子息、貴志滋夫を見かける。

滋夫も姉の雪絵を見送りに来たのだった。雪絵は奔放な美貌の女流洋画家として世間に知られていた。そして三年前までは荘吉の婚約者だったが、彼女の派手で消費的な性格が荘吉と合わず、結局婚約破棄していた。荘吉と雪絵は強引な彼女の希望により、同じ三等車で東京に向かうはめになった。

【大阪・細工谷　心斎橋　滋夫・朱美子】

二人を見送った後、滋夫は心斎橋にタクシーを飛ばした。滋夫は一年半前から週に三度、天王寺の細工谷に住む石原という篤学者にフランス語を習いに行っていた。

滋夫はそこで横田朱美子という、恩給生活の退役軍人の娘でつつましい家の娘である女学生と知り合った。南海沿線の諏訪ノ森に帰る滋夫と、天王寺の椎寺町へ帰る朱美子は時折上本町七丁目の停留場まで二人きりで一緒に帰ることがあった。昨日朱美子と、八幡筋近くの喫茶店カスターニャで待ち合わせる約束をしていたのだ。想い合っていた二人は、滋夫の告白をきっかけに付き合い始める。

【東京・目白文化村　雪絵・清水三郎】

東京に来てから二十日後の六月中旬、雪絵は東京・目白の文化村の青葉にある近代アパートで、山形県の多額納税議員の三男の清水三郎と逢瀬を重ねていた。私立大学の文科の学生で詩人の彼は、彼女に夢中だったが、彼女はすでに飽いていた。彼女は退屈な毎日から逃れるためにひたすら官能の刺激を求め、それが醒めたあとの退屈と空虚に悩まされ、荘吉がどこで開業したのか気にしていた。

【東京・銀座　深川大工町　山崎襄・小松ハル代】

雪絵には、この一、二年彼女の遊び相手となっていた男がいた。新興劇団の二枚目俳優山崎襄だが、彼は銀座の某百貨店のネクタイ売り場の売り子小松ハル代に執心し、通いつめていた。ハル代は深川の大工町近くで、鉄工所に勤めていたが今は寝たきりの父親と小学校六年生の妹を養っていた。同じ長屋に住む郵便局員の名取秀三はハル代の幼馴染だった。

【東京・深川大工町　荘吉・名取秀三】

この長屋近くに、松井荘吉が無産者診療所を開業していた。診療だけでなく、貧しい一家の高利貸しの借金を肩代わりすることもあった。

初夏の夜、無産者診療所の二階では、荘吉と妹の信子、小松ハル代、看護婦の羽田が、名取秀三のバイオリンに聴き入っていた。秀三には音楽家としての才能があったが、経済的に困窮しているため、それを伸ばすことは出来なかった。秀三はプロレタリアバイオリニストとして大衆を楽しませるつもりだった。

【兵庫・甲子園ホテル　朱美子・滋夫】

八月中旬過ぎのある日、朱美子は暑中見舞いがてら石原氏を訪ね、そこで滋夫と合流した。帰りに二人はタクシーで阪神国道から甲子園ホテルに行き、ロビーでクリームソーダを飲みながら二人の将来のことを話した。滋夫にどこまでもついて行く決意をしている朱美子だが、滋夫は、果たして朱美子を養って生きていくだけの能力が自分にあるのかと、激しい悲哀と社会的生活への不安にさいなまれていた。その日朱美子と滋夫は、甲子園ホテルで結ばれた。

【東京・銀座　深川大工町　山崎襄・ハル代・秀三】

ある日、地方公演を控えた山崎襄が百貨店にハル代を訪ねて来た。仕事帰りのハル代を誘い、銀座の喫茶店ラインでお茶をして、渡したいものがあるからと次の日に山崎のアパートに来る約束をさせた。遅くに帰ったハル代を秀三がからかうが、ハル代の目には山崎と比較して野暮で無骨な秀三が貧弱に映った。

【東京・鶯谷　山崎襄・ハル代・雪絵】

次の日、鶯谷の山崎のアパートに来たハル代に、彼は紅玉の指輪を渡そうとする。そしてハル代が彼に抱きすくめられた瞬間、貴志雪絵が訪ねてきた。

【大阪・諏訪ノ森　朱美子・滋夫・母道子】

朱美子はたった一度甲子園ホテルで結ばれた滋夫の子供を身ごもってしまう。


八月末に、九月から広島の専門学校で教鞭を取ることになった石原氏の送別会が、朝日ビル屋上のアラスカで行われた。その後石原氏の家に行くという口実を失った朱美子は、父の監視が厳しくなかなか外出出来なかった。やっと外出した朱美子は、喫茶店カスターニャで滋夫と合流し、南海駅で電車に乗って大和川に向かった。そこで彼は母に彼女のことを打ち明ける決意を宣言したが、彼女は妊娠を告げられないまま、次の日に遭う約束をした。

その夜、滋夫は母道子に朱美子のことを打ち明けるが、激しく反対される。道子は娘雪絵の恋愛事件以降、滋夫だけは自分の思うとおりに育てて自分の眼鏡に適った娘と添わせようとしていた。道子と言い争っている時に、滋夫は喀血してしまう。

次の日、医者に絶対安静を命じられた滋夫は、朱美子と会う約束を反故にしてしまった。その後も十日ほど連絡もないままに過ぎ、十月となった。滋夫の家に電話しても、外部からの連絡を取り次がないように道子に言い含められた女中に阻まれる。朱美子は思い切って諏訪ノ森の貴志家に行ってみるも呼び鈴を押すこともできずにひとり高師の浜に行き、思い切り泣く。一瞬死の誘惑を感じるも、体内の生命の塊が動いたのを感じ、生きる意欲が湧き、家族の反対を思って家出することを決意する。

【東京・目白　清水三郎・雪絵】

一方、目白の文化村では、毎朝渋谷の高等下宿を出て雪絵のもとに通う清水三郎の姿があった。彼女の部屋で二人で過ごし、夜が来るとダンスホールや酒場に繰り出す毎日だった。

弟滋夫の喀血を知った雪絵は、帝大病院で荘吉の診療所の場所を聞いて彼を訪ねる。彼女の話を聞いて、荘吉は滋夫に手紙を書くことにする。

【東京・品川　朱美子・山崎襄・その姉高子】

十月二十七日に家出を決行した朱美子は、東京へ行き、品川の古下宿屋「高砂屋」にいた。伊藤冬野と名乗り、職を探すも、一向に見つからず、一月下旬になった。ひょんなことから近所の少女茂代と知り合い、その母親高子に招かれて家に行く。

高子は山崎襄の姉で、冬野（朱美子）は彼女にその美貌を見込まれ、女優になるよう勧められる。その頃山崎襄は、小松ハル代をなかなかものにできずイラついていた。久しぶりに姉高子の家に小遣いをせびりに行き、そこで冬野（朱美子）を紹介される。襄はひと目で彼女の美しさに魅了され、彼女は明後日に襄のアパートに行く約束をする。

【東京・目白　ハル代・荘吉】

ハル代は荘吉の診療所に行き、山崎襄の件を荘吉に相談する。彼を愛しているがその言うことを信用できないので、人物を見て欲しいと荘吉に頼む。

【東京・鶯谷　山崎襄・朱美子・荘吉・秀三・ハル代】

舞台的素質のテストのため鶯谷の山崎襄のアパートを訪れた冬野（朱美子）が、俳優の素質を備えていることを襄は見抜く。しかし彼の目的は冬野（朱美子）をものにすることだった。演技テストにかこつけて襄は彼女に迫ったが、その刹那、ハル代が荘吉と秀三を伴ってアパートを訪れた。ノックしようとしたその瞬間、襄に襲われた冬野（朱美子）の悲鳴を聞く。ドアに鍵がかかっているため窓伝いに部屋に侵入した秀三が襄を殴りつける。その隙に冬野（朱美子）は部屋を飛び出した。襄の正体を知ったハル代はすすり泣く。

【大阪・諏訪ノ森　滋夫】

一月の終わりに近づき、滋夫はやっと普通の身体に戻った。朱美子から連絡がないことに焦れた滋夫は隙をみて家を抜け出して横田家に朱美子を訪ね、彼女が家出したことを知る。

【東京・品川　朱美子・高砂屋の夫婦】

三月になり、あと二ヶ月ほどで臨月を迎える冬野（朱美子）を、高砂屋のお内儀がやさしく、ここで産むように言ってくれる。その夜、高砂屋の亭主に襲われた冬野（朱美子）は力任せに彼を突き飛ばしてしまう。彼が呼吸をしていない様子に、冬野（朱美子）は絶望し、死を決意して下宿屋を出た。

【東京　雪絵・清水三郎・大野九一】

雪絵は清水三郎を捨てて、新しい愛人で大野信託会社の社長大野九一と遊び歩いていた。

【東京・目白　荘吉・朱美子・秀三・ハル代】

荘吉はある日の夜遅く、大森の望海楼で同窓会があった帰りに、省線の線路に飛び込み自殺しようとした冬野（朱美子）を助けて診療所に連れ帰っていた。そして本所の産婦人科横川医院に入院させることにした。

冬野（朱美子）から、品川の下宿屋の亭主を殺したと打ち明けられた荘吉は、秀三に頼んで様子を見てもらうことにした。秀三はハル代を伴って品川に行き、亭主が生きていることを確認する。

【東京・目白　荘吉・朱美子・雪絵・大野九一】

冬野（朱美子）は不幸の打撃と肺炎の高熱のため、横川医院に来て五日目に流産してしまう。しかし荘吉に励まされ、ふたたび生きる意欲を取り戻す。冬野（朱美子）に惹かれはじめていた荘吉は、彼女の入院費を借りに雪絵のアパートに行く。たまたま大野九一と過ごしていた雪絵は、彼を洋服ダンスに隠して荘吉を招き入れ、彼の要望を聞くことにした。

冬野（朱美子）は退院して診療所に寄宿していた。彼女は次第に荘吉に惹かれていった。ちょうど一ヶ月後の五月、彼女は置き手紙をして診療所を出た。その夜、荘吉は彼女の失踪に耐えられず、街を歩き、浅草のM百貨店の屋上に行く。そこからの大東京の夜の夜景（街の灯）に、近代資本主義社会の魔法の花園を見る。

【東京・深川大工町　荘吉・滋夫】

荘吉が九時半に家に帰ると、滋夫が訪ねてきていた。上京して本郷に下宿を決めたという。滋夫は荘吉に勧められるまま、自分の恋愛事件を話す。思わぬ符合に荘吉はよもやと思うが、名前が違うのでやっぱり人違いなのだと自分に言い聞かせる。滋夫は彼に、自分のブルジョア家庭に愛想を尽かしたと吐露する。

【東京・目白　雪絵・清水三郎】

同じ夜、雪絵に捨てられ、憔悴しきった清水三郎が雪絵のアパートに向かった。彼女は大野九一が誘う伊豆への温泉旅行の支度をしていた。三郎をすげなく追い返そうとする雪絵に、彼はピストルの銃口を向けるが、結局雪絵の前で自殺してしまう。彼を置いて雪絵は大阪に帰ろうと飛行場に向かった。飛行機に乗り込んだ雪絵は、浅草のM百貨店あたりを見下ろしていて、ついに書置きを残して飛行機から身を投げる。

【東京・深川大工町　荘吉・滋夫・秀三・ハル代・朱美子】

それから半月後の六月、荘吉の家に滋夫、秀三、ハル代、荘吉と信子の五人が雑談し、雪絵を偲んでいた。秀三がバイオリンで「ソルベージュの歌」を弾くと、滋夫は朱美子が思い出された。その窓の外には、やっと職を得た冬野（朱美子）が佇んでいた。窓から彼女を見つけた滋夫が飛び出して行く。

五．『街の灯』のコンセプト

①　無産者診療所の場所

藤澤桓夫は大正十五年（一九二六）四月、二十一歳で東京帝国大学英文科に入学した。同期は武田麟太郎、堀辰雄、船橋聖一、深田久弥、今日出海ら。同人誌「辻馬車」は継続しており、この年から武田麟太郎が加わった。ほどなく東大新人会に参加し、同じく同期の亀井勝一郎をチューターにマルクス主義哲学を学び始める。[10]

東大新人会は学生セツルメント活動の草分けでもあり、藤澤らの入学前の大正十三年（一九二四）六月に柳島元町四十四（現墨田区横川）に建設された。武田麟太郎はここに寝泊まりして労働者教育部の仕事に携わった。藤澤がセツルメントに関わったかどうかは不明だが、武田麟太郎を通じて、状況を把握していたと考えるに不自然さはない。この東大新人会セツルメントは当初深川猿江裏町（現江東区猿江）に建設予定だったが、あまりにも貧困すぎて学生のセツルメント活動には適さないとの意見があって、柳橋元町に決定されたという経過がある。[11]

『街の灯』の無産者診療所は深川大工町に設定されているが、ここは深川猿江裏町の隣町で、同じく貧民街だった。藤澤がこの場所を選んだのは、より貧民窟だという理由で外された街にこそ、松井荘吉の無産者診療所を置きたいとの願いが現れているのではないだろうか。観念的にこのようなプロットにしたのではなく、東大新人会でのセツルメント実践の中から出たリアリズムである。それは、プロレタリア文学の徒として藤澤が描いて来たテーマでもある。

②　目白文化村

貴志雪絵が住んでいるのは、目白文化村の近代アパートという設定になっている。

目白文化村は大正十一年（一九二二）から、堤康次郎の箱根土地株式会社が売り出した分譲地が最初である。官吏やサラリーマン、学者、作家、画家たちが外観は西洋風で、中身は和洋折衷の住宅を続々と建てたところから、目白文化村と呼ばれるようになった。現在の新宿区中落合、西落合、下落合の郊外住宅地に当たるが、吉屋信子や林芙美子の邸宅や佐伯祐三のアトリエもこの中に含まれる。

中でも「目白会館・文化アパート」は大正十三年（一九二四）頃に建てられ、小説家の矢田津世子や芸術家達が住み着いていた。つまり、昭和モダンを象徴するようなアパートだった。これが、貴志雪絵の「近代アパート」になった[12]。

実は、藤澤桓夫が東京に出てきて最初に寄宿したのは、叔父の石濱純太郎が旧制市岡中学で同期だった実業家中谷義一郎の下落合の邸宅だった。今も残る中谷邸はモダンな洋風住宅である。ここから本郷の東京帝大に通っていた藤澤にとって、目白文化村はモダン文化の象徴でもあったのだろう[13]。

加えて言及すれば、『街の灯』には昭和モダンを代表するような品々が登場する。荘吉の吸う煙草は「バット」だが、雪絵は「ミス・ブランシュ」を吸い、香水は「リュシァン・ローレン・A」である。また、朱美子は黒いセルロンの帽子に薄茶鼠のファンシィ・ラテン・クロースの洋服を着ている。喫茶店は心斎橋の「カスターニヤ」や銀座の「ライン」、音楽はイタリアの歌姫ガリクルチが歌う「ソルヴェージュの歌」など、新聞小説だからと言って手を抜かないハイカラぶりである。都会派の萌芽がすでに表れている。

③　大阪の地

藤澤桓夫は船場の備後町に生まれ、五歳から二年間を岸和田で暮らした。島之内の竹屋町に帰って育ち、旧制今宮中学から播磨町の旧制大阪高校に進学した。住吉区千躰町（現墨江）の叔父石濱純太郎の邸にも出入りしていた。南海電車を使ってきた土地勘が舞台設定に出ている。

松井荘吉と信子が生れ育った天下茶屋は、父親が医者を開業していた家があった場所で、南海線が最寄駅である。貴志姉弟の父親である肥料会社社長と松井兄妹の父親が親友だったため、荘吉と雪絵が婚約していた。貴志家は裕福で堺の南海線諏訪ノ森の洋館に設定にして、両者の結びつきを南海線でイメージさせたのだろう。

朱美子は退役軍人の娘であるところから、市内でも閑静な中流の家庭が多い夕陽丘の椎寺町に設定し、むしろ貴志家にはおいそれとは近づけない距離感を持たせたとも考えられる。滋夫と朱美子を結び付けた仏語教師石原は細工谷に住んでいるが、厳格な父親のもとで通える距離感としては同じ区内の設定で、しかも職を辞して住む学者であるから、上町でも下町風の細工谷としたように思える。

④ 浅草松屋百貨店　屋上からの「街の灯」

物語の後段の「都会は怪獣だ」の章がハイライトになっている。退院して診療所に寄宿していた冬野（朱美子）は次第に荘吉に惹かれていく。しかし、彼女は置き手紙を残して診療所を出てしまう。その夜、荘吉は彼女の失踪に耐えられず、街を歩き、浅草のM百貨店の屋上に行く。そこからの大東京の夜の夜景（街の灯）に、近代資本主義社会の魔法の花園を見る。

昇降機が、荘吉の身体を一直線に、M百貨店の屋上へ、運んでいった。（略）
と、忽ち、彼の眼下には、大東京の夜景が、美しい灯の海となって、現れて来た。
すぐ脚下の浅草から、上野、本郷、遠く新宿の灯、左手には丸の内から銀座方面へかけての灯、灯、灯、
五彩に明滅する一帯の灯の海！

美しい蠱惑の街の灯――これこそ近代の資本主義社会が科学の呪文によって生み出した魔法の花園だ。

人類の歴史に於て、われわれは、いつ、地球の表面に、これ以上に眼を奪う豪華な花園を持ったことがあるであろうか?

だが、こうしてじっと見下ろしていると、荘吉の眼には、次第に、この都会の美しい夜景が、眠れる一匹の巨大な怪獣のように見えはじめて来た。

それは息づいている。

「ああ、街の灯よ!」荘吉は、思わず、呟いた。

M(松屋)百貨店の屋上にいる荘吉と同時刻に、雪絵は飛行機の窓から東京を見下ろし、身投げをする。このシーンから『街の灯』のタイトルが取られた。

六 『街の灯』の周辺

① 出版

夕刊大阪に連載された『街の灯』の新聞記事自体は現物確認ができていない。連載の同年十二月十三日に、東京日本橋の春秋社から単行本が刊行された。表紙画・装丁は宮田重雄である。宮田は慶応義塾大学医学部を卒業し、梅原龍三郎を師と仰ぐ画家だった。富士見サナトリウムの正木不如丘と宮田重雄とは、慶応での助教授と生徒の関係であり、正木不如丘が主宰していた同人誌「脈」に「大井九三」の筆名で宮田は執筆と装丁者として参加していた。そうした経緯から、『街の灯』の装丁者として、正木不如丘が宮田重雄を推薦したと推定できる。(14) この表紙画は、昭和モダン期の新感覚モダニズムの装丁画の中でも、出色のものだと評価できるだろう。【図7】

大阪府立中之島図書館の「藤沢文庫」に、「石濱叔父上様恵存　藤澤桓夫」の署名本が所蔵されている。この本の刊行の年に、藤澤は叔父の石濱純太郎邸の離れに住み始めたから、共有の書架の中に所蔵されていたと考えられる。

図７　藤澤桓夫著『街の灯』春秋社昭和八年十二月十三日刊の初版本表紙。装幀画は宮田重雄。

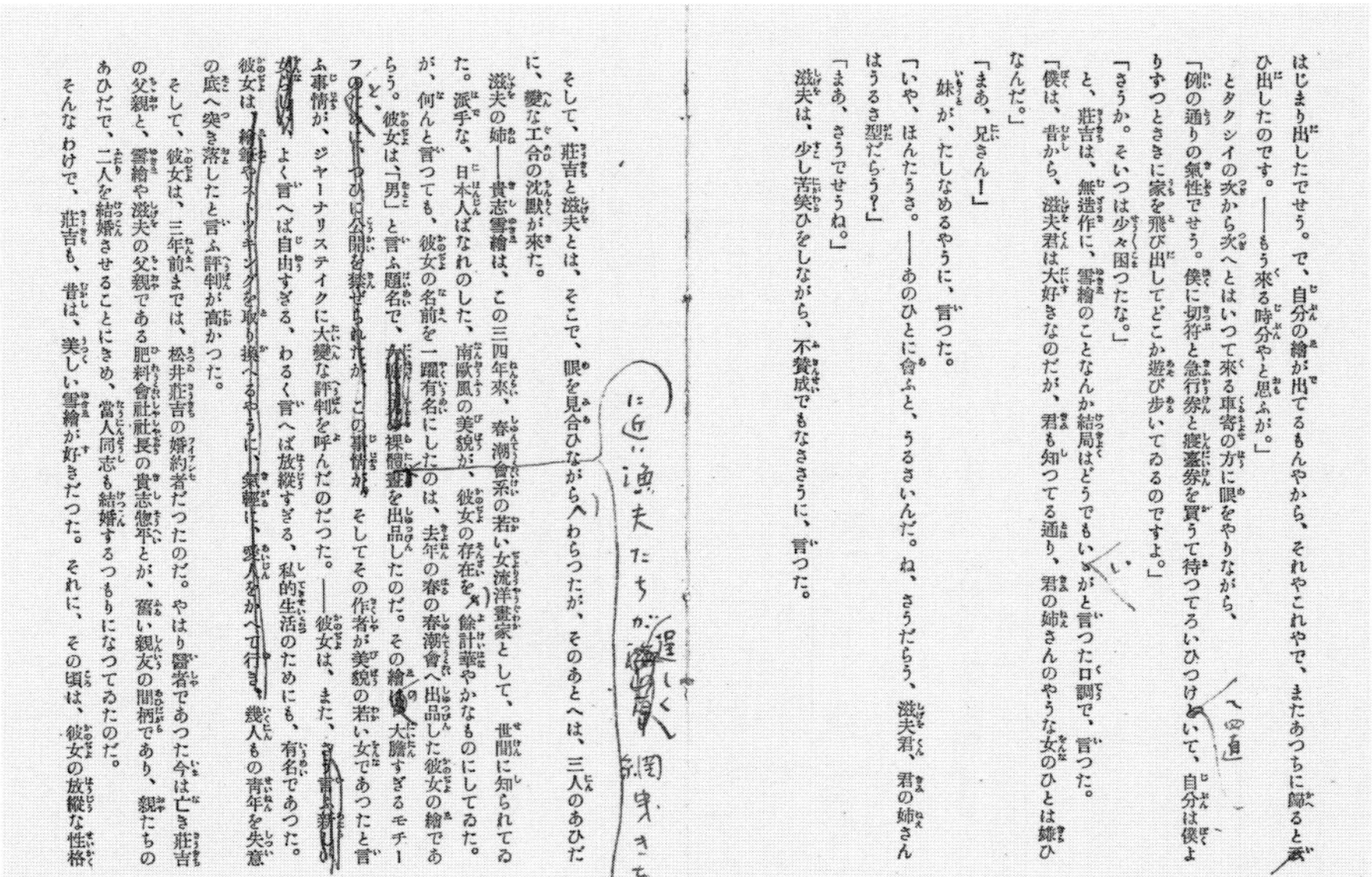

はじまり出したでせう。で、自分の繪が出てるもんやから、それやこれやで、またあつちに歸ると言ひ出したのです。——もう來る時分やと思ふが。」

　とタクシイの次から次へとはいつて來る車寄の方に眼をやりながら、

「例の通りの氣性でせう。僕に切符と急行券と寢臺券を買うて待つてろいひつけといて、自分は僕よりすつとさきに家を飛び出してどこか遊び歩いてゐるのですよ。」

「さうか。そいつは少々困つたな。」

と、莊吉は、無造作に、雪繪のことなんか結局はどうでもいゝがと言つた口調で、言つた。

「僕は、昔から、滋夫君は大好きなのだが、君も知つてる通り、君の姉さんのやうな女のひとは嫌ひなんだ。」

「まあ、兄さん！」

　妹が、たしなめるやうに、言つた。

「いや、ほんたうさ。——あのひとに會ふと、うるさいんだ。ね、さうだらう、滋夫君、君の姉さんはうるさ型だらう？」

「まあ、さうでせうね。」

　滋夫は、少し苦笑ひをしながら、不賛成でもなささうに、言つた。

8
《大阪ステーション》

　そして、莊吉と滋夫とは、そこで、眼を見合ひながらわらつたが、そのあとへは、三人のあひだに、變な工合の沈默が來た。

　滋夫の姉——貴志雪繪は、この三四年來、春潮會系の若い女流洋畫家として、世間に知られてゐた。派手な、日本人ばなれのした、南歐風の美貌が、彼女の存在を餘計華やかなものにしてゐた。が、何んと言つても、彼女の名前を一躍有名にしたのは、去年の春の春潮會へ出品した彼女の繪であらう。彼女は「男」と言ふ題名で、[illegible]裸體畫を出品したのだ。その繪の[illegible]モチーフのために、つひに公開を禁ぜられたが、この事情が、そしてその作者が美貌の若い女であつたと言ふ事情が、ジャーナリスティクに大變な評判を呼んだのだつた。——彼女は、また、[illegible]よく言へば自由すぎる、わるく言へば放縱すぎる、私的生活のためにも、有名であつた。彼女は、[illegible]やストッキングを取り換へるやうに、氣輕に、愛人をかへて行き、幾人もの青年を失意の底へ突き落したと言ふ評判が高かつた。

　そして、彼女は、三年前までは、松井莊吉の婚約者だつたのだ。やはり醫者であつた今は亡き莊吉の父親と、雪繪や滋夫の父親である肥料會社社長の貴志惣平とが、舊い親友の間柄であり、親たちのあひだで、二人を結婚させることにきめ、當人同志も結婚するつもりになつてゐたのだ。

　そんなわけで、莊吉も、昔は、美しい雪繪が好きだつた。それに、その頃は、彼女の放縱な性格

9
《大阪ステーション》

図８　大阪府立中之島図書館「藤沢文庫」所蔵春秋社版『街の灯』の書き込みのあるページの例。

内容は新聞記事をそのまま本にしたもようで、旧仮名使い、総ルビになっている。この本で貴重なのは、藤澤自身の青万年筆でほぼ全頁にわたって校正が書き込まれていることである。例えば第一章「大阪ステーション」では、雪絵の油絵について「彼女は『男』といふ題名で、大胆な男の裸体画」を出品したのだ」という部分では、「大胆な」を消して、「裸体」と「画」の間に「に近い漁夫たちが逞しく網曳きをしてゐる」を挿入している。

これが再刊されたのは、昭和三十四年三月十日刊行の東京都文京区の東方社版であるので、これのための校正かと想定して、春秋社版と比較してみたが、新仮名使いに改められている外は、差異はなかった。何のための校正かは謎である。ただ、初めての新聞連載であったため、単行本化された後に、記述内容に不満が生じたものと推測できる。各ページに筆が入っているところから、詳細な研究が必要と考えている。

また、再刊本は新仮名使いであり、ルビがないため、春秋社版では「乗合自動車」に「バス」のルビがふってあるなどを見ると、なおさらのモダン表現に気づかされる。【図8】

② 映画化

新聞連載、単行本刊行の翌年に東京の大都映画により映画化され、昭和九年（一九三四）三月一日に封切られた。監督は吉村操、出演者は松井荘吉に海江田譲二、妹信子に琴路美津子、貴志雪絵に佐久間妙子、弟滋夫に城英二、朱美子に琴糸路で、無声映画である。【図9】

この映画の宣伝のため道頓堀でパレードが行われ、原作者藤澤桓夫も引っ張り出された。宣伝終了後には、出演俳優達と朝日座の隣のキャバレーに駆け込んだという[15]。

巣鴨にあった大都映画の撮影所は、昭和二十年（一九四五）三月十日の東京大空襲によってフィルムもろとも大半が消失したため、『街の灯』についても今では観ることができない。大都映画自体も、昭和十七年（一九四二）

図９　大都映画『街の灯』のチラシ

一月に軍事統制の一環として企業統合が発令され、日活、新興キネマ、大都映画が合併されて大映が発足し、この三社のスタッフの多くが大映に赴いた。その中で作られ大ヒットしたのが昭和十七年十月一日封切の藤澤桓夫原作映画「新雪」である。(16)

七　まとめ

藤澤桓夫の小説は、『街の灯』の前後で大きく変化した。それを「純文学から遠ざかった」と評価するのがこれまでの文壇における通説である。しかし、それを単純に「新聞小説の名手と見なされ、通俗小説を大量に生産するようになった」と一面的に評価してしまっていいものだろうか。問題はその「遠ざかり」方と、以降の作品の魅力である。その舞台を藤澤桓夫が生れ育った大阪に据えて、東大新人会からプロレタリア文学に飛び込んだ時に馴染んだ無産者階級の街で展開するストーリーにしたのは、プロレタリア文学への決別と大阪回帰の決心の表れに他ならない。つまり、藤澤桓夫が誰にも真似のできない自分の小説を書きたいと願い、実行するに至る橋渡しをしたのが『街の灯』なのである。

発端に佐藤卯兵衛への書簡に書いているように「街の新しい親しい人間たちの型、そして自分で自分の生計を立てて行く若い人たちの朗らかな生き方、生活を持つと言ふこと、それから新しい笑ひ、それらを描き出してみたい」との一念には、筆一本で生計を立てることを決心した二十九歳の藤澤桓夫自身の姿が投影されている。以降の小説家人生を貫き通した藤澤文学は、古典的な「純粋小説」論争や「中間小説」論争を超えて、現代的な文学の課題を提示したものだと考える。現在に『街の灯』を読める環境がなく、その内容を伝えるために詳細なストーリーの解説を試みたが、元来、小説は通して読まなければその魅力に接することはできない。その点、絶版なって久しいこのような小説の運命に、消えゆく文化遺産に対するのと同じ慨嘆を覚える。けだし、そのような文学の再興の任務を負っているのが文学学会であることを忘れてはならない。

注

（1）「昭和最後の文士 藤澤桓夫」（拙著「大阪春秋一五五号・回想の藤澤桓夫」平成二六年七月）一四～一七頁

（2）「藤澤桓夫著書目録」（谷澤永一・肥田晧三編「大阪春秋一五五号・回想の藤澤桓夫」平成二六年七月）五七～六三頁

（3）藤澤桓夫自筆年譜『現代日本文学全集六二 プロレタリア文学集』（改造社 昭和六年二月一五日）二七八頁
藤澤桓夫著『人生座談三四二号』（読売新聞連載 昭和六二年一月一九日）
川端康成著『「伊豆の踊子」の装幀その他』（「文藝時代」昭和二年五月）

（4）『評伝武田麟太郎』（大谷晃一著 河出書房新社 昭和五二年十月二〇日）一〇二～一一六頁

（5）『人生座談』（藤澤桓夫著 昭和五六年九月一九日 講談社）一五二～一五五頁「信濃の思い出」初出・読売新聞連載『人生座談 四九回』

（6）「芸術大衆化に関する決議」日本プロレタリア作家同盟中央委員会『近代文学評論体系六』（昭和四八年一月三一日

角川書店刊）三一二～三三二頁
（7）「プロレタリア大衆文学の問題」（林房雄著『近代文学評論体系六』（昭和四八年一月三一日角川書店刊）一三九～一四六頁
（8）「大阪春秋一二五号特集・大阪の新聞興亡史」（平成一九年一月刊）五九頁
日本工業新聞社にはのちの昭和一四年（一九三九）に織田作之助が記者として入社して夕刊大阪の文芸欄を担当し、翌年には『合駒富士』を「野田丈六」名で連載している。
（9）『街の灯』の春秋社初版本は旧仮名使い。東方社再刊本は新仮名使いに改められている。引用は東方社版による。
（10）『大阪自叙伝』（藤澤桓夫著　昭和四九年九月二〇日朝日新聞社刊）二一八頁～「ビラを撒く大学生」、『人生座談』四〇二回（読売新聞夕刊月曜日連載　平成元年四月二五日）
（11）『だれが風を見たでしょう――ボランティアの原点・東大セツルメント物語』（宮田親平著　平成七年六月文藝春秋刊）三九～六三頁
（12）『目白文化村』（野田正穂・中島明子著　平成三年五月日本経済評論社刊）
（13）『人生座談　三四二回』「青年期の運」（昭和六二年一月一九日　読売新聞夕刊）
（14）旧富士見高原療養所資料館館長荒川じんぺい氏のレポート「藤澤桓夫の療養と『街の灯』について」を参考にした。
（15）『人生座談　九五回』「佳人の思い出」（昭和五七年一二月　読売新聞夕刊）
（16）「大阪春秋特集・没後二五年回想の藤澤桓夫」（平成二六年夏号　通巻一五五号　平成二六年七月一日　新風書房発行）田辺敏雄著「藤澤桓夫原作映画化作品を訪ねて」一二一頁

戦後初期における長沖一の作品とその方向

永岡正己

はじめに

本論文では、長沖一の戦後の作家活動がどのように再開されたか、そして敗戦後の被占領期が終る一九五〇年代初めにかけて、さまざまな制約がある中で、その小説がどのように書かれ、どのような方向を辿ることになっていったかを、いくつかの作品群に分類して内容を整理する。また、その後の放送作家を軸とした活動に至る起点にあったものは何かを考え、戦前、戦時の活動と戦後作品の関係をふまえて、戦後初期にあったいくつかの転機とその過程から、戦後初期作品のもつ意味と評価について考えてみたい。なお、戦後初期は被占領期（一九四五～一九五二年）とほぼ重なるが、ここでは一九四五年から五〇年頃までを指している。

一、戦後作品への戦前・戦時の前提

長沖一の生涯と作品全体の推移についてはすでに紹介したが[1]、戦後の長沖作品を理解する上で、昭和初期の新感覚派からプロレタリア文学へと歩んだ時代ののち、どのような経過を辿ったかが重要である。ここでは、戦後の重要な前提となる出来事だけ四点挙げておきたい。

第一の前提に、東京での活動を完全に終えて一九三七（昭和一二）年正月に帰郷するに至る経緯がある。そこにはさらに三つの出来事がある。一つは、長沖は大学卒業後も日本労働組合全国協議会での活動を続け、秋田実（林廣次）とともに、「大衆のとつつき易い、平易な娯楽的なものに…本領を盛りあげる必要がある」とすでに述べ[2]、労働青年向けの新聞にも読物を書いていたことである[3]。もう一つは、当時『集団』の同人たちと交流していたが、プロレタリア文学の新たな方向を共にめざしていた中野大次郎（永崎貢）が急逝し、一つの転機を迎えたことである[4]。そして三つ目は、『中央公論』に掲載予定だった「肉体交響楽」が軍隊批判のため陽の目を見なかったことである。これらは長沖の戦後作品へとつながる前提となっていた。

第二の前提は、帰阪後の吉本興業時代に経験したことが戦後作品の重要な要素となっていることである。雑誌『ヨシモト』の編集、「漫才学校」（「漫才道場」）の講師、演劇や軽喜劇への協力には、秋田実とはまた異なる役割があった。また一九三八年から朝日新聞社と提携した戦地演芸慰問団「わらわし隊」の第二回中支慰問団を引率した経験については、戦後もその実相をほとんど語ることがなかった（庄野英二との対談「わが有為転変」『日本文学研究』八号、一九七七年）。吉本興業での演芸への理解、人のつながりは、戦後初期の諸作品や放送作品の人物像とその情感に反映しているものが多く、「上方笑芸見聞録」などの内側からの芸能史の記録ともなった[5]。

第三の前提は、一九四一年七月から翌年一二月まで朝鮮、満洲、ソ連との国境守備隊、四四年七月から敗戦まで和歌山の部隊への二度の応召によって、作家としての活動が何度も中断することになったことである。長沖の戦時下の作品には、後述するように「雷鳴虎列の戦話」（『大阪パック』一九四一年七月）と「月と蟹の話」（『新文学』一九四五年一月）があり、一九四四年には「眼鏡の中の詩」（「眼鏡の中」の第一稿）が残されているが、ソ連兵の歩哨の姿が淡々と描かれており、長沖が戦時下に書かなかったことの意味も考えさせるものであった。

第四の前提として、昭和初期から続く文学活動の戦時下の姿と内的な思想的営為がある。一つは、一九四一年の応召前には輝文館で『大阪パック』の編集に加わり、『海風』の同人や『大阪文学』創刊に携わった人々は長沖と親しくなっていた。一九四二年に『大阪文学』に藤澤桓夫を通して載せた批評や、一九四三年に『新生文学』創刊時に監修者として書いた短文には、時代への批判精神、新しい作家への期待が込められていた。「事情は違ふが、モンテルランなどフランスが生んだやうに、この激動の時代に、作者はもつと魂を揺り動かし、『不安』を感ずべきだ。言ひかへますと、顧みて『健康さ』がひとつもないのに驚かざるを得ません。」「たしかに今日は文學するものにとつて異常にむづかしい時であります。古いものは崩れながらあるが、新しいものは、はつきりまだ生れてゐるとは言へない。外の力で押し流される大きな混沌がある。文學に携はるほどのあらゆるものが、苦しんでゐる。…(6)」

長沖には若い日々からのフランス文学やロシア文学への関心が戦時下に深められていた。そして、それらを日本に引き寄せて融合させようとする時に、昭和初期から一九三〇年代半ばの経験を通して現れるもう一つの道は西鶴の物語であった。それはおそらく武田との交流の中で早くから共通に感じていたものであり、戦時下の仕事から啓発されたものもあっただろう。織田作之助は西鶴論で西鶴の眼と手を重視したが、書かなかった長沖は、演芸の世界や兵営での日々を通して生活の物語を受けとめた。それらが戦後の長沖の作品の多層的な成り立ちの前提になっていると思われる。

二、敗戦後の再起への過程と作品

(一) 復員、病からの生還、再起

長沖は復員して、すぐに吉本興業文芸部に復帰し、大衆演芸の再建、GHQに提出する演芸資料の翻訳などに取り組んだ。舞台の台本製作は高山廣子主演の『ぼたん雪』だけだったというが[7]、それまでの経験にもとづく演芸の世界を舞台にして生活を築いてゆく夫婦の哀歓を描いた短篇を書き、戦時下に構想した物語もかたちにしようとしていた。そのようにして過ぎた一九四六年二月に発疹チフスに罹った。約一か月半高熱で苦しみ、ようやく恢復に向かった三月に親しかった井葉野篤三が同じ病気で亡くなり、続けて武田麟太郎の死の知らせを受けた。「春」にはその時の様子がリアルに描写されている。

『わが無精ひげによせる戯詩』と題をつけ自筆の似顔をそへてF君に送つた。その武田君がそれから二三日して三十一日に死んだ。こんどは泣くこともできなかつた。Fはいつまでたつても書きださない彼をそばにゐて根氣よく激励し罵倒しつづけてゐた。武田は遠く離れて、おそらく十年近くも會はず音信もしなかつたが、默つてじつと彼が書きだすのを見守つてくれてゐた。はじめて彼は後悔した。彼がこんどの熱病で死ななかつたのは、神が前半生の彼の無為をあはれと思召して仕事をさせるために生かしておいてくれたのにちがひないと、彼は考へた[8]。」

藤澤から「眠れるなまけ者」と言って叱咤する励ましがあり、友人たちから武田が長沖の再起を待ち続けていたことを聞いていた長沖には、武田の突然の死は何よりも重い後悔と決意をもたらした。そして一方では、帰還

した秋田とともにＮＨＫの仕事への道すじが生まれていった。長沖は若い日々からの親友たちの関係の中で生涯を歩んだが、彼はその人たちを繋ぐ役割をもっていたとも言えるだろう。

一九四六年に大阪における文学活動の拠点として『文学雑誌』が創刊され、藤澤のリーダーシップの下で長沖が実務を担当し、瀬川健一郎らも加わって編集会議を行い、原稿集めから発送先の検討まで行った（その後も長く編集に携わった）。一二月の創刊号には戦時下から温めてきた「眼鏡の中」を載せた。これは昭和初期の作品からの持続する世界があり、その筆力が変わらないことを知らしめるものであった。誰もが実力を認めていた「書かざる作家」は、ようやく本格的に書き始めたのである。

（二）交友関係、作家としての道筋、仕事の変化

長沖は、一九四七年三月に吉本興業を退職して作家としての活動に専念することになる。前年から帝塚山学院の自由大学講座の講師を引き受けていたが、翌年の帝塚山学院高等学校開設にともない講師となり、一九五〇年短大開設とともに教授となった[9]。長沖の家と学院とはすぐ近くであり、藤澤桓夫や庄野英二を通して庄野貞一が創設した帝塚山学院に勤めることになるのは自然な流れであり、学院には文学や芸術の関係者が多く招聘されていた。長沖はまた、小説の傍らＮＨＫ（ＪＯＢＫ）で「ラジオ絵葉書」、短いドラマなども手がけ、一九五一年から秋田実と「気まぐれショウボート」を一緒に書くことになる。ＮＨＫには大高時代からの仲間であった崎山正毅らがいて、『毎日小学生新聞』には瀬川健一郎、朝日新聞には白石凡など、文学関係のつながりがあり、吉田留三郎ら吉本興業文芸部からの交友も続いていた。こうした長沖の生活環境の変化は作品に反映し、その背景は軍隊の経験と演芸の世界から、勤務先の学校の出来事を取り入れた家族や青春ものが背景としてテーマに加わるようになっていった。

この間、労働者への視点や社会問題への理解はどう変化しただろうか。社会の変革や自由、尊厳、民主化につながるような作品への志向は、戦争の中で普通の人々がどのように生きたかを示し、敗戦後には柔らかな民主主義と人間の自由、男女の平等、人権の実現などの基盤を庶民生活の中から求めようとした。それは「寝ていた子供」(『子供と社会』創刊号、一九四六年六月)などいくつかの作品に現れている。長沖は一九四九年一月、日本共産党が総選挙で躍進したあと中央文化部から窪川鶴次郎が派遣され、文学関係者が招かれた時に参加し、かつて全協青年部長だった戎谷春松と再会している。(10)長沖は政治活動とは一線を画したが、民主的な文化運動には広く協力を続けていた。それは、幸せな暮らし、家庭の平和、女性の自立への温和な発言の中で語られた。また、人間の伸びやかな個性や自由への思いも戦争の中から確認したものであっただろう。次のような言葉がある。

「もしも日本の凡百の作家なら器用に庭石をならべ植木を刈込んで人工美のこじんまりした箱庭風の短篇小説の型にはめてしまふだらう小さなものがたりを、ダビは草木をしぜんのままに手足を伸ばして繁茂するにまかせる風にゆつたり書いてゐた。隙だらけで退屈でさへある。義理にもうまい小説とは言へなかつた。が、ダビだけではなくフランスの近代作家の作品には、若くして老成したわが国の作家には欠けてゐる、ほんものの、血肉にかよつたそれぞれのめでたい個性があり尊い思想がある。それが新茶のかほりのやうに、また新樹の幹をながれる樹脂の鮮烈なにほひのやうに、のびやかな自然さのなかからにじみでてゐる。彼はその自然らしさを愛する。ブノア・メシャンが『四十年の収穫』のなかで『自由とは自ら選ぶ権利だ、あらゆるものを、不幸をすら』といみじくも言つた、そのかほり高い個性の、ほんとの自由を、思想を尊敬する。(11)」

長沖の戦時から戦後へと持続した文学精神は、藤澤桓夫および武田、秋田との絆、吉本興業文芸部、輝文館を拠点とした大阪文学界の交流から戦後再編への道を辿りながら、プロレタリア文学から大衆化への視座を経て、このような形で新しい展開を見せる。おそらくフランスの第一次大戦後の空気と日本の第二次大戦後の空気を重ね、庶民が生き抜く姿を西鶴に託し、敗戦後の転換と闘病ののちに、執筆は一気に進められることになった。執筆活動は、藤沢、武田、秋田らとの交友の中で、微妙なバランスの上に成り立っていたが、戦前から続いた抒情的な側面は戦後初期で次第に変化し、庶民生活を題材とする小説への流れがあり、やがて放送作品への比重を増していくことになる。そのことは「純文学」の追求を期待した人たちからは惜しまれたが、それは長沖自身が選び取ったものであったと言えるだろう。

(三) 戦後初期の作品発表過程と変化

次に、以上のような背景をふまえて戦後初期作品の動向を整理したい。一九四六(昭和二一)年から数年間の作品の発表は、短期間だが以下のように時期区分することができるだろう。それが、一九五二年以後、内的・外的要因によって次第に一つの方向に収斂してゆくことになるのである。

① 一九四六年二月~一九四八年初頭

一九四六年の二月頃から書き始め、発疹チフスが治癒した四月から約二年間に長沖の戦後の重要な小説や評論の多くが発表された[12]。短期間だが凝縮した内容が見られ、後述するように戦前からの系譜にあたるものから新しい世相まで、いわゆる通俗小説の雑多な作品を含めて、ジャンルを超えた多様な作風が生み出された。そこには、戦前・戦時からの構想と新たな状況への対応があっただろう。この背景には、前述したような経過があり、戦前から温めてきたもの、書けなかったことへの思いが、敗戦後の状況で一気に溢れるとともに、発表の場も続々と生まれて来たことがあり、藤澤の仲介もあった。

この時期の作品には、二つの流れを見ることができる。一つは、長沖が戦争から戦後へと思想的に移行する中で味わう現実や希望、その挫折や痛みを思いきり書こうとしたことである。その点では戦地における群像の物語も、焼跡から始まる市井の物語も共通の内実をもっていた。一九四六年九月、織田作之助に宛てた手紙で、「終戦後の青年を思ひっきりいじめて惨めな情態に突おとしたものを書きたいので、百枚位にはしたいと思ってゐます。できたら、これだけは、是非読んでほしいと思ってゐます[13]」（翌年織田は亡くなった）と書いているが、少し後の『あなたは何が欲しいか』でも、主人公が復員した時に恋人が他の男と結婚していたケースを描いたように、長沖は戦争が引き起こす状況が人間を翻弄し、すれ違いを生み出すような、敗戦後の状況下での人間模様を描こうとした。それは当時の世相を描くことによって、人間の精神と身体を力動的に書きたいとの普遍的な思いがあったからだと思われる。

そしてもう一つの流れは、西鶴ものや「市井事もの」を通して純文学と大衆文学の間で、武田と同様に、新しい道を模索しようとしたことである。そこには通俗小説を融合させるような意識も見られる。そうした流れをもちながら、寄席、学校、身近な人々を題材とした数多くの小説を書いている。それらは青春、恋愛、家庭の物語として、藤澤が指摘したように、面白いものを書いて一般の需要に応えながら、目指す作品世界との一致をどう求めるかが課題であった。長沖は西鶴、あるいはJ・ルナールのような自然と人間への眼差しや、A・クープリンのようなロシア文学の粗削りな作品世界も模索したが、求められる作品を書き続ける中では、それを求めることは状況として難しかったのではないか。

この時期は、戦争の中を生き、翻弄される人々の姿を、戦闘という非日常よりもさまざまな日々の生活の方に足場を置いて、人々の生きる力とたくましさを書こうとしたが、まず軍隊と兵営生活のテーマが終わり、やがて西鶴ものや「市井事」への試みも一時期で中断することになった。

②　一九四八年春〜一九五〇年前半

この時期になると、雑多な新聞や雑誌の発行は一段落し、いくつかの文芸雑誌を主として面白く読ませる小説を書くようになるが、普通の人々の暮らし、恋愛や結婚の物語や演芸の世界も続いている。連載小説も順次掲載されており、子どもをめぐるテーマも取り上げている。また四八年には長編の『あなたは何が欲しいか』（弘文堂）や『生きている絵』（高島屋出版部）が単行本となっている。家庭に向けた随筆や評論も多く見られる。しかし、大きな一つの転機は、四八年四月の「断橋」が第二回で終り、戦争を主テーマにした文学作品がその後見られなくなることと、『大阪の女』で見られた作風や西鶴に倣った作品が次第に姿を消していくことである。西鶴ものは、のちに放送作品で見られる。

③　一九五〇年後半〜一九五一年

一九五〇年は、春に帝塚山学院短大が開学し、九月からNHKで「気まぐれショウボート」の製作などが始まる年である。雑誌小説も数は減ったが、女性の生き方をテーマにした注目されるものをいくつか書き、文芸作品の解説なども連載している。また、単発の放送の仕事があったが、それらを見ると、この時期には大衆雑誌の刊行が減り、短大での文学史や文芸の指導が始まったこととも関係する動きがある他、小説のテーマへの迷いもあったのではないかと思われる。こうして戦前からの小説の追求は一段落することになる。時代としても一九五〇年から五二年にかけては、占領末期で戦後復興が進み、再独立に向かい法制度が整えられてゆく時期である。この時期には純文学的な作品はなくなり、さらに五〇年六月でそれまでの戦後初期の小説がほぼ終わることになる。

五一年には三月の一篇と秋に随筆「文学お国自慢」があるが、一方ラジオ放送では、一九四九年から「風景」「近江路」などが見られ、五一年の「ラジオ風土記」「特急つばめ」「地底に光る」「筏師の村」などがあるが、五一年秋には民放の開局があり、翌年から放送作品の時代となるのである。。

④　その後

本論の対象外になるが、その流れは以下のようになる。放送台本の執筆に比重が移るが、単発のドラマやバラエティなどもあり多忙を極めている。これは崎山猷逸が「体の問題になる」と言ったほど、周りは心配したようである。民放ラジオ、テレビ、映画化、連載小説も放送作品の執筆と並行して、五四年から青春小説、家庭小説が新たに連載され単行本化されることになる。また後述する『お父さんはお人好し』も台本をもとに小説化されているが、小説としては書きにくかったようである。作家仲間からも意見があった。しかし、長沖はその方向を変えることはできなかった。小説を書きたいと思いつつも、放送作家としての役割に徹することに決めたのである[14]。それ以後の具体的な動きは後に少し触れる。長沖の仕事は、大学での文学史の講義で西鶴や近代日本文学、海外文学の解説などを続けるとともに、後進の作家を育てる働きも進めながら、随筆の執筆へと移って行った。

三、戦後初期作品のいくつかの方向

長沖の作家としての仕事は、小説、随筆、評論、放送・映画作品に分かれるが、次に、主に小説をテーマ別に以下のように分類して方向を紹介したい。

（一）戦争文学の系譜（兵営、兵士と家族、地域の人々の実像）

第一に、戦地、兵営における将兵たちの実像、日常の生活、遺家族、地域の人々を描いたものであり、戦争文学の中に含めることができる作品である。『肉体交響楽』以後中断した後、戦時下に発表した「雷鳴虎列の戦話」、「蟹と月の話」でわらわし隊や豆満江（図們江）畔の守備隊での見聞を書いたが、戦争そのものにはふれずに生活の面から書かれたものであった。敗戦後初期の発表作品では、「眼鏡の中」（『文学雑誌』創刊号、一九四六年一二月）がある。歩哨に立っているソ連の兵士が鳥を撃って帰ってゆく姿を遠くから見ている情景を描いたものだが、いわば非日常の中の日常が巧みに切り取られ、その映像の緻密な描写は初期の作品から連続するものである。

それに対して「遺書」（『東西』一巻三号、同年六月）は、和歌山の守備隊の作業班の様子を淡々と描き、戦争が終わる直前に、掘り進めていた坑道が崩れて死んだ兵士の姿を描いた作品で、残されていた家族にあてた片仮名書きの手紙の引用が最後に置かれている。これは織田作之助から、手紙の配置などについて批評があり、のちの「断橋」では考慮した跡が見られる。[15] また「砂の上」（『文化人』六号、一九四六年一二月）は「1．俘虜収容所」で埋立地から遠くの砂丘が見える冬枯れの色調の風景と製鋼所で働く外国人捕虜の様子が描かれ、「2．ある対話」では、陣地構築、米軍の上陸予想地点などの議論、「3．兵隊の宿」では宿舎と土地の人々の交錯する日常が描かれ、近くの店や隣組の人々と兵隊中隊長の交流の様子で終っている。この作品は検閲で発禁（suppress）と記されている。[16] 具体的な米軍の上陸地点など随所にある記述が問題となった。戦争の極限を描いた文学でも、それが個人の苦悩の問題であれば認められているが、連合国軍の情報にかかわる点には厳しかった。

他に「朱ら引く」（『大和文学』第一集、一九四七年一二月）、「母親」（『瀬戸内海』一巻三号、一九四六年一〇月）、「女主人」（『文明』二巻三号、一九四七年四月）などがある。「朱ら引く」は、万葉集の柿本人麻呂の歌から来た枕詞だが、部隊の中で若い青年兵士が外出許可をとって女性に会いに行く様子を作者である中尉と青年の会話を通して、温かい眼差しで描き、まだ若い青年の初々しい表情が伝わる作品である。「母親」は一九四四年の頃の瀬戸内海の港町を舞台として、特攻での出撃を待っている息子と町内会の婦人部長をしている母親の物語である。戦争の一つの実相と兵士の姿や地域との交流の中での庶民の生活の匂いが混ざりあっている。「女主人」は兵舎の向かいにある軍需品店の女主人を中心に、兵士たちの姿とそこに働く女たちとの関係を取り出して、戦争末期の生活が描かれている。

一九四六年六月には「肉体交響楽」の改稿に着手し、「肉体交響曲――一九三〇年のMON AGE」として七枚まで書き直したが、もとのままとして大切に保管した。『文学雑誌』では、その後四七年一月、戦死した兵士の手記を、帰りを待つ妻に、戦友が手紙と一緒に届ける掌篇「落葉」などを書いた。翌四八年一月には「断橋」を発表した。「断橋」は、分遣隊隊長である中尉を主人公とし、第一回は、待っている妻和泉と娘が終戦の詔書の放送を兵隊たちと聞いているところから始まり、第二回では、「群盗の図」と題して、敗戦後の混乱と人心が悪化してゆく状況を、見習士官の割腹自殺の話や、兵隊が兵舎の荷物や資材などを勝手に持ち出して民家に預けたりする、混乱した屯営の様子を淡々と記し、列車に乗って妻の手紙を読みはじめるところで終っている。この作品は長編小説の予定で連載されたが、その後いくつか続きと見られる原稿が残っているが、発表されなかった。戦地の日々、復員する将兵と家族の物語を「断橋」という象徴的な題に託したものであったが、敗戦後、戦地での人々の姿から、戦後を焼跡や闇市の世界からどう歩み出すかという方向も現われる中で、その世界の再構築の難しさがあったのではないだろうか。また戦争の極限の世界を描くことは経験的にも関心としても長沖はとらず、日々の暮らしを通した世界に向けられていたが、「砂の上」での経験からは、おそらく物語のリアリティを高める具体的な情報が問題となる可能性もあり、書きにくさがあったのかもしれない。

もう一つ重要なものに同時期のもので、没後一九年経って『文学雑誌』六九号（一九九五年）に発表された

「馬」がある。これは長沖の義父の出身地である茨城県久慈郡北部の馬市を題材としている。小さな農場を経営する若い夫婦と妹が、育てて来た松風号が生んだ仔馬を「お耀場」に出し、松風が子どもを探して泣き叫び、応召から帰って来た飼主の夫と再会するまでを描いた、静かな哀歓に充ちた作品である。ここでも農場主の応召から復員までの時間が、馬の視点と妻や妹の視点を重ねて立体的に描かれている。こうした方向が一つの帰結点だったのだろう。杉山平一は「かつての力作『肉体交響楽』が反軍的で陽の目を見なかったのに加えて、全国の津々浦々にまで風靡したラジオの『お父さんはお人好し』の原作者として有名になりすぎてしまって、我々は、長沖さんの純文学に触れることが少なかっただけに、貴重である。その謙虚なお人柄そのままの端正純潔のおもむきのすがすがしい作品である」と書いている。[17]

他にもいくつか重要な作品があるが、これらの系譜を見ると、やはり自らの小説の柱として進めようとしたのは「落葉」「馬」「断橋」などであり、それらには静かな味わいがあり、混沌とした中に生を共に愛おしむような、そして風景や群像を掴むような筆致が随所に見られる。

ここに分類したものは、一般的に純文学の系譜と言うことができるが、その作品群は、戦前の創作の方向を、敗戦後の状況をふまえて発展させようとしたものである。戦争末期の港町や本土防衛の部隊の実情、そしてそれらが敗戦でどう変化していったかが描かれ、敗戦から復員、未帰還兵の家族へと、戦争のあとを辿った物語は一九四八年の「断橋」まで続き、中断している。それらはその後次第に「純文学」と「大衆小説」のあいだで変化しながら、復員兵の物語は次第に男女、親子、兄弟の物語へと位置を変えて、市井の物語へと続いている。しかし、「眼鏡の中」は、戦前から直結する色彩感のある立体的な映像が言葉となった、寒さの中に暖かさのある長沖らしい作品であったが、その後次第に色彩感覚や詩的な特色は薄れてゆく。

なお、戦争の題材とは異なるが、戦後の再起に至る経験や心情を述べた自伝的作品が知られる。「春」(『新文学研究』第一輯、一九四六年六月）は藤澤との交友、武田を読んだ詩や、鏡に映る異人のような自らの姿が描かれていて、柔らかな眼差しと硬質の深い抒情を湛えたものである。関連して「若い頃──武田麟太郎との交友覚え書」（『文化人』一巻五号、一九四六年六月）、応召中の妹の死と織田の死を重ね合わせた「夢」、「花火──織田君への感傷」（『文学雑誌』一巻三号、一九四七年三月）、他にも「横光利一氏の追憶」「太宰治羽化説」などの追悼文があるが、文壇の証言のような内容で、短文だが味わい深い。こうした筆致は、その後の文芸批評や、部分的に一九六〇年代の随筆にも続いているようである。

(2)「西鶴もの」の世界

戦争から戦後への兵士や兵営を舞台にした物語は、一九四八（昭和二三）年前半で姿を消した。しかし戦争の中を生き抜く庶民の兵士と家族の物語は、敗戦後の状況へとつながり、庶民の暮らしへと続いていった。焼跡から立ち上がる人々の姿や、日々の暮らしを、知恵を働かせて、たくましく生きる普通の人々に目を向けた作品が多くなるが、その中でも、とくに意識的に西鶴のスタイルをとったものとして、『世間胸算用』や『万の文反古』をベースにしたものがある。

「當世胸算用、或いは大阪のジャンヌ・ダルク物語」（一九四六年五月三一日脱稿）は、『世界文学』用に書かれているが、発表されなかったもの[18]と考えられる。おそらく当時の実際の政治事件を扱うことの問題が指摘されたたかもしれない。次のような前書きから始まっている。

「わたしは偶然大阪上寺町のさる古い寺の土蔵の二階に埃りまみれになってゐた反古束のなかから井原西鶴の未翻刻の小説を発見した。しかし、非才浅学のわたしには、この偉大な作家の簡潔にして警抜しかも滑稽な筆致の妙味をそのまま現代語に移す勇気がない。それで事件内容まですっかり現代風に書き改める愚をあえてした。いはゆる換骨奪胎してしまったのだ。大方の御寛容を希ふしだいであります。」

母のコンと次女の登美子を中心として、第一回の衆議院選挙で話題となった三木喜代子の学歴詐称事件と土地の売買をめぐる物語を一つにしたもので、西鶴の語り口と重ね合わせて現代に移しかえ、戦後を図太く生きる人々の姿を活写したものであった。

「砂糖百斤薯四五貫」(『特ダネ』一九四六年七月八日号)は、「見苦しきは今の世間の状文なれば心を付て捨べき事ぞかし」と扉に引用している。物語は、砂糖の闇商いで捕まった男の母親の相談、他人の畑の馬鈴薯を盗んで捕まり起訴された夫と家族の窮状を訴えて父に無心をしている手紙で構成され、最後に「…しかし、こんなのは今の世間にはざらにあることだ」と終わっている。のちのテレビ台本(「東男と京女」や「欲の皮」など)でも西鶴ものが何度か試みられている。

「この人を見よ」や「けちんぼう美談──滑稽譚のうち」(掲載誌不明、一九四六年五月)や「滑稽譚」(『新大阪』掲載、『大阪の女』所収)は次に取り上げるように西鶴ものとは異なるが、同じ系統とも考えられる。長沖は、西鶴の「寓言と偽りとは異なるぞ/うそなたくみぞ/つくりことな申しそ」(『団袋』)をよく色紙に書いたが、西鶴の世界を意識的に追求していた。

(3)演芸の世界を描いたもの

そして、庶民の暮らしを描いたものが多数あるが、それらには演芸の世界を舞台にしたものと、サラリーマンの生活や商いの世界を取り上げたものがある。初期のもののいくつかは『大阪の女』(白鯨書房、一九四七年八月）に収められたが（前半九篇のあとに、短編集として後半七篇が収録されている）、前半には主に演芸ものが並んでいる。

最も早いものは寄席のお茶子をやめたお蝶が復員して来た花助と新しい商売を始める「お蝶・花助」の巧みな物語で、一九四六年二月のものである。「お蝶・花助」の物語は「浮気の蟲」「鴛鴦の宿」などの連作がある。「大阪の女」は同級生だった歌舞伎役者の家庭を題材にした物語である。長沖は、ダンサーと若い研究者の恋、貸衣装屋、落語や講談、女道楽の世界など、それまでの仕事の経験を組み込んで人情味をもって描いた。

「つめ小指」は、新団治が親分に、娘を奉公に出す約束をしていたのを、娘が結婚することになり、約束を破った詫びに自分の小指をつめてもってゆく話。前出のアチャコが隠れて家族へ仕送りを続けていたエピソードの「けちんぼう美談――滑稽譚のうち」（掲載誌不明、一九四六年五月）などもある。

演芸の世界を舞台として、喜怒哀楽、人情の奥深さを描いた作品には、それまでの経験に培われてテーマが展開されている。「楽屋口」は焼け残った劇場を舞台にした仁吉とタマの悲しい結末の物語であった。他にも同様のスタイルのものをいくつか書いていた。しかし、藤澤桓夫は一九四六年一一月八日の手紙で「楽屋口」は大衆雑誌には失格と言い、「大衆物は、派手な、恋愛ものばかり書いてみたまへ。わかりやすく、面白く、何よりもすら すら読める、会話と場面の転換で物語を運んで行くやり方。」「書き飛ばせばよいのです。その方が読む方も気が楽で、たのしい。」「…世間話なんかやめて、小説を作ることだ。」「…君は実に地味なくすんだ作家になりかけてゐる。うまいけど、ちっとも面白くない」と書いた[19]。藤澤は多くの大衆雑誌に仲介し期待があった。しかし、それは長沖に多くの作品を書かせたが、戦前の長沖の映像的であると同時に建築物のように構築する世界からは離れることにもなったように思われる。

(4)「市井事」、庶民の暮らしを描いたもの

最初の頃のものは、演芸の世界と合わせて『大阪の女』に収録されている。いずれも既発表作品であるが、文学の一つの道筋の追求が明確に見えるものである。『大阪の女』の後半には、「大阪のサラリーマン」(『瀬戸内海』一巻二号、一九四六年八月)の、家庭が欠配で欠食しても子どもには米の弁当をもたせようと苦心する「善良にして真面目なサラリーマン」の姿や「靴とスカート」など、いわゆる戦後の始まりの世相をよくあらわしたものであった。中に磯田敏夫のエピソードにユーモアと皮肉を入れ込んだ「万事休した男」がさりげなく並んでいる。書名となった「大阪の女」(『主婦の友』三一巻一号、一九四八年一月)なども あり、市井を生きる人々の生活と心の細部に目が注がれている。そして、学生たちの文学談義、舞台女優との恋の話、バルザックの台詞で始まり、アポリネールの詩「病んで金色をした秋よ　お前は死んでゆくだらう…」で終る「青春」がその間に入っている。

これらは、たしかにうまい小説だが、藤澤が指摘したように地味であった。しかし、この路線は第一の方向とは異なるが、そこにも長沖らしい情景の切り取り方や抑制の効いた表現が見られ、一つの融合のかたちがあった。西鶴ものとも合わせて、徹底して短編、中編に生かす道が示されていたように思われる。

全体に、異なるタイプの作品が混ざっているが、庶民の暮らしを題材にしたものがかなりあり、巧みな短編が収められている。いずれも自らの戦前の大高時代から敗戦後への経験を基礎として、演劇や演芸の世界をかかわらせて、そこに生きる男女、家族の出会いや心の機微を描き、徴兵、徴用、そして復員軍人や遺家族、戦争の影と戦後の価値の混沌を通して戦後民主主義と人間の自立した生き方のテーマを組み込んだものであった。また「秋の感情」は戦争で別れた恋人がそれぞれ結婚し、復員して再会する物語だが、どの作品にもやはり復員、焼跡、闇市などの、戦後の始まりの姿がある。この他に、お婆さんが物乞いをして嫁の家族を支えている姿を描いた「この人を見よ」(『四国春秋』二巻一三号、一九四七年一一月)は(2)でふれたが、ここに含むこともできる。

その後、翌年、翌々年にも、この系列にあたる小説が見られ、一九五〇年六月の「悪女の店」（『小説公園』一巻三号）も注目されたが、次第にそのような小説は見られなくなっていった。

（5）児童文学

少年小説として、『毎日小学生新聞』に一九四七年九月から翌年一月にかけて九一回にわたって連載され、翌年一〇月単行本となった『生きている絵』（高島屋出版部）がある。

物語は、画家の子どもの太郎と画室にある絵の中のタロウが入れ替わり、太郎は草原で白い馬や動物たちと出会い、タロウは街に出てスリを捕まえたり子どもたちと冒険をするファンタジーである。子どもたちが洋風で、ヨーロッパ的な透明感のある美しい風景と、戦後の日本の街の様子が重なり合って描かれている。二人が何度か入れ替わって冒険をしているうち、絵が美術館に運ばれて展示される。絵の中の太郎は、美術館でやっとタロウと入れ替わって無事に帰って来る。宮本三郎が表紙や挿絵を描いている。長沖は「はしがき」で次のように書いた。

「私は、なんとかして、空想力のゆたかなみなさんに楽しんで讀んでもらえる、とびきり面白い小説を書きたい、といってそれがみなさんの滋養になるものでなくてはならないと、いろいろ苦心しました。いくら、おいしいお菓子でも、皆さんの毒になってはいけないと思つたからです。」「こんなたのしい気持で小説が書けたのは、はじめてでした。」

明るくのびのびとした筆致で、子どもたちの成長を思いながら描かれている。そのファンタジーの性格は、新進作家時代の不思議なコスモポリタニズムを漂わせた短篇から続いているように思われる。

編集長だった瀬川健一郎は長沖の追悼文で「…『白い馬』（記憶違い――筆者）と題する幻想的で推理小説風のものを書いて頂いたが、愉しく美しい作品であった。」「連載を終わってからも、またお願いしたいということで、二度目にお願いしたときは、折からご多忙のときで承諾は得られなかった」と述べている。[20]藤澤が指摘したように印刷に誤植が多かったことが惜しまれるが、長沖の特性がよく表われたものであった。その後この系統の作品は残念ながら見られない。

（6）恋愛小説、青春小説、野球小説

当時「大衆もの」と言われた数多くの恋愛ものや青春もの、生活風俗や家族を取りあげたものは、婦人雑誌や新聞に連載されたり、占領下で数多く現われた大衆雑誌に執筆され、かなり多様であった。長沖は、このジャンルの作品を一九四六年から並行して書き始めている。「日記」[21]を見ると、創作の軸としたのは分類の最初に挙げた作品だったが、その間に新聞、雑誌連載の長編小説と短編小説とを並行させて、数多くの小説を書き続けている。一九四七年には『新世紀』の「虹と蝶々」連載、『新世界新聞』の「花に聴かん」連載（一五〇回）、一九四八年一〇月「虹」（『面白倶楽部』一巻九号）などがある。

このような作品群でも注目されるのは、やはり敗戦後の戦地や徴用からの復員、戦争によって引き裂かれた人間関係がサブ・テーマとされていることであり、戦争をテーマとした作品群の延長線上に位置していたことがわかる。「わが名はルパン」で始まる「花に聴かん」は男女の物語であるが、敗戦後の社会が背景にある。そして、前述したように『あなたは何が欲しいか』（弘文社、一九四八年五月）などの長編小説は、一見恋愛小説のようだが、戦死の公報が伝えられた青年が復員してきて、失踪していた元の恋人と再会する物語で、敗戦後の時代と社

会風俗の中で、若い人たちがどのように生き直していくか、絶望や虚無的な感情からどのように戦後の生きるかたちを回復していくかが、女性の自由や自立のテーマと合わせて描かれており、長沖が戦争のテーマから移行しようとしたものではなかったかと思われる。ただ、それは大衆小説のスタイルを強めるものでもあり、また偶然やすれ違いの多用などエンターテインメント性の濃厚なものでもあった。それは藤澤が求めた「面白さ」への過度の傾斜でもあったように思われる。

この他に野球小説として、一九四八年一月から「バッテリー人生」（『野球』二巻一号〜）、翌年には「白球に誓う」（『少年ボールフレンド』一巻一号）なども見られた。

（7）放送作品・映画との関係など

放送作品は、一九四七（昭和二二）年からNHKの仕事が始まっているが、四九年のコメディ「知らぬが佛」などを経て、一九五〇年九月に秋田実と共同で「気まぐれショウボート」が始まり、ラジオ番組が流行るにつれて、小説の減少と表裏をなして進んだ。五〇年には「私のふるさと」などの「ラジオ絵葉書」、五一年には「下津井」、「室津港」など「ラジオ風土記」で文学的な朗読作品がNHKで放送されているが、一九五二年一月の「アチャコ青春手帖」から、放送作品として、コメディ、ユーモアを重視した脚本への比重が強まった。

映画については、長沖の小説が映画化されたと考えられるものとして、この時期次の二つがある。『街の野獣』は小説として書かれたものか現在のところ不明であるが、「日記」からは一九四六年七月に詳しい梗概を仕上げて京都松竹の脚本家らと打ち合わせを行い制作されているので、映画用の原作と思われる。これは、若手検事の主人公が物資を闇販売する犯罪組織に立ち向かい、戦地から復員して犯罪組織に入ってしまった弟が母や兄の説得に目覚めて共にたたかう物語で、戦後の民衆の視点から平和な暮らしを取り戻そうとする意図が見られる。これは九月に佐分利信主演で松竹映画から公開された。また四八年に『あなたは何が欲しいか』が『愛憎交響楽』として再刊されたが、翌四九年に、『悲恋模様』として佐野周二、月丘夢路主演で映画化された（主題歌は霧島昇、織井茂子）。この作品は、映画批評では、やはり偶然の多用や作者の手の内が見えるストーリー展開の通俗性が指摘されたが、当時このような仕事の広がりも見られた[22]。

なお、この時期の評論には、「世界文学に現れた恋愛思想の変遷」（『新女性文藝読本』千代田出版社、一九四八年）や「作品抄」の連載（一九五〇年[23]）があり、随筆などもいくつかある。

（8）その後の動き

放送作品は、「アチャコ青春手帖」が一九五四年四月まで続き、そのあとすぐA・ドーデーの翻案である「アチャコほろにが物語　波を枕に」が始まった（一二月まで）。そして模索と決断を経て、一二月から「お父さんはお人好し」が始まると、民放も含めて放送作品の比重は一気に強まることになり、映画化もされた。それと並行して、小説も、戦後初期作品の特色を残しながら、「ユーモア小説」、「青春明朗小説」、家庭小説へと収斂していった。『婦人生活』で一九五四年から翌年にかけて連載された「やんちゃ娘行状記」（一九五四年）や「嬢はん体当たり」（一九五六年）、『サンケイスポーツ』に連載した「青い季節」（『緑の誘惑』と改題、一九五七年）はいずれも東京文芸社から出版された。舞台も学校、野球、水泳などが取り上げられている。

「アチャコほろにが物語」をめぐるエピソードには当時の長沖のラジオドラマと脚本をめぐる葛藤が表われている。長沖によると、「たしか昭和二十九年から『ほろにが物語』というのが始まりました。大村氏のアイディアで、ドオデイの〝川船物語〟というのを換骨奪胎して、アチャコ氏、浪花千栄子さん二人を主役に作れということでした」。「わたしとしてはかなり苦心もして書いたのですが、あまり聴取率はよくありませんでした。私個人の考えでは、一つは広島の原爆や、当時の闇市や浮浪児や、そんな暗い世相を背景にしましたので、聞く人たちには現実に体験した暗い世相を、またラディオで聞かされることは厭だったのだろうと思います。聞く人は現実を忘れたい、もっと明るい笑いを求めていたのでしょう。もう一つ、私は友人から、この放送は、あんまり君自身が出過ぎているという痛い忠告をもらいました。これは大変参考になりました。そして、この放送は一年で打切ることになり、二十九年の十二月から、四十年の三月まで五百回続いた『お父さんはお人好し』が始まったのですが、これも前述の大村氏の発案でした(24)」。

長沖は、最後は翻案ドラマへの批判を受け止めて、小説としての自分の色を出すことをやめ、出演者の個性への配慮や読者へのサービスに徹する決意をした。そこから長沖の作品は新たな段階に移行したのであった。「お父さんはお人好し」以後のラジオ、テレビ作品の成功は、そうした判断と引き換えの結果でもあったと言えよう。

敗戦後の雑誌が乱立し、流行作家が求められた時代が終わると、どのように大衆文学としての期待と自らの書きたいものとのあいだで折り合いをつけるかが必然的に問われた。崎山猷逸は独特の皮肉をこめて長沖に同情している。「彼には、まことに気のどくのいたり。私は文学の交友以外に、ラジオ新聞やその他いろんなところで、彼を借用するからである。しかし『青春手帳《ママ》』といい、これが彼の苦心した長篇ものと思うと、すこしさびしい(25)」。

長沖には戦後初期の作品を経て、書きたい方向がいくつかあった。そして同時に大衆文学における放送媒体の可能性への期待もあったと思われる。そして当時の諸条件の中で結果として、文学の振興に取り組みつつ、作家として変化することになる。そこから戦前、その後の時期との間で、戦後初期作品のもつ位置も明確になると思われる。

おわりに——長沖一における戦後初期作品のもつ意味

長沖一が戦後作家として再出発した時に、一気に書かれ発表された作品群には、いくつかの方向が含まれていた。それらの流れは、一九五〇年代に入って「アチャコ青春手帖」から「お父さんはお人好し」に至る放送作品(脚本)に主軸が移り、新たに連載小説が書かれる時期には、戦後初期の主要な部分は終わり、ある部分は続いていた。一九〇四(明治三七)年一月生れの彼は、戦争が終わった時は四〇歳代になっていた。青年期の作品が第一のピークだったすれば、戦後初期の四二歳から五〇歳にかけての時期が、作家として創作力を集中して発揮したもう一つのピークだったと言えるだろう。そこには昭和初期から接続するすぐれた作品があり、その発展の方向が示されていた。しかしそれらの文学的追求は次第に変化してゆくことになった。それは自然な流れに沿った歩みだったのかもしれない。

戦前・戦時の経験を経て、戦後は、労働運動、社会運動との直接的なかかわりよりも、人間の本質、根源的な自由、民主主義、ヒューマニズム、平和のための広い働きに視座を置いた。そのための基礎として笑いや諷刺、ユーモアを組み込み、個性をもって生きる人間と家庭の姿を描こうとした。それは、演芸の世界や軍隊の中で得た視座と合わせて、一つの方向へと向かっていったように見える。

長沖一の戦後初期作品には多様な書き方や方向が見られたため、全体が見えにくい面があるが、戦前、戦時からの批判精神によって裏打ちされた真に健康な精神の造型など、目指すべき道と基軸となる考え方は、長く持続し、深められていったものであった。そこには、迷いや混迷の中で戦後を生き始めた人々の虚脱感、精神の疲弊からどのように回復し、新しい生活を選びとるか、自らの道を見出してゆくかという暖かい視点があった。そして、戦後社会において、人間の生き直す姿、社会のあり方を考え、庶民の日常を見つめ、戦後社会を生き抜く姿をそのまま捉え、それぞれの生活の中から生み出される人間の個性、人間的な深さと生活の高さ、また健康な精神のありようを考えようとした。それは、広い意味で戦後民主主義、自由、人権、個人の主体性、そして平和を、批判精神を伴った日常の笑いやユーモアを通じて内側からつくり出すような方向で、一つの道すじへ収斂していったと考えられる。

注

（1）拙稿「長沖一　略年譜および主要作品（未定稿）」（『帝塚山派文学学会紀要』創刊号、二〇一七年）および拙稿「長沖一――その生涯と作品」「長沖一略年譜・著作目録　改訂版」（『大阪春秋』一七六号（長沖一特集）、二〇一九年参照。なお、本稿は『大阪春秋』に掲載した上述論文と一部重複する部分がある。

（2）長沖一「短い讀物文藝に就いて」『帝国大学新聞』一九三二年二月八日、四一八号、五面。これは、戦後の笑いやユーモアを語った戦後の論にも繋がっている。

（3）戎谷春松「秋田実・長沖一の思い出――秋田実七回忌によせて（下）」『大阪民主新報』一九八四年一〇月一三日）。戎谷は「作品は読者に好評であった。僕はうれしかったので、「金属」の同志にも作者にもお礼をのべた。そしてつづけてもらうことを依頼するのを忘れなかった」と記している。他に平出禾『プロレタリア文化運動に就ての研究』（「司法研究　報告書第二八輯・復刻版）、三一書房、一九六五年、『労働雑誌』（復刻版、上・下）、柏書房、一九八〇年、『運動史研究6』三一書房、一九八〇年、岩村登志夫『日本人民戦線史序説』校倉書房、一九七一年、高見順『昭和文学盛衰記』角川書店、一九六七年他。

（4）稲葉信之編『中野大次郎遺稿集』中野大次郎遺稿集刊行会、一九三五年。中心となった長沖一の回想「本郷・大森」がある。

（5）『放送朝日』に一九七三年一月から二四回連載され、没後出版された『上方笑芸見聞録』（九藝出版、一九七八年）に「わが有為転変」とともに収められた。

（6）「若い人たちへ」『大阪文学』二巻四号、一九四二年四月、九五頁。二月の戦地からの藤澤宛書簡を掲載したもの、および「野心について」『新生文學』創刊号、一九四三年六月、巻頭言二〜三頁。フランス文学とプロレタリア文学については、ミシェル・ラゴン（髙橋治男訳）『フランス・プロレタリア文学史――民衆表現の文学』（水声社、二〇一一年）など参照。ラゴンはジイドの論などを取り上げて、プロレタリア文学史にダビらの戦間期ポピュリスム文学を、ルイ・フィリップらとともに位置づけている。

（7）『上方笑芸見聞録』五八〜五九頁、および花菱アチャコ『遊芸稼人――アチャコ泣き笑い半世紀』アート出版、一九七〇年、二六二頁。

（8）長沖一「春」『新文学研究』第一輯、一九四六年六月、一一〜一三頁。

（9）帝塚山学院での一九四八年からの活動は、鶴﨑裕雄「『春泥集』と『ヴェルジェ』――帝塚山派文学学会への帝塚山学院の貢献――」（『帝塚山派文学学会紀要』創刊号、二〇一七年）同「長沖一先生と大阪・帝塚山――史料としての通俗小説の魅力――」（『こだはら』三三七号、および同学院各記念誌、『庄野貞三追想録』同学院、一九六一年他参照。

（10）戎谷春松、前掲文。

（11）前掲、「春」一三頁。ウージェーヌ・ダビ『緑の地帯』（鈴木力衛訳、中央公論社）、ジャック・ブノワ＝メシャン（当時はブノワ・メシャンと表記）『四十年の収穫』（井上勇訳、青木書店）はいずれも一九四一年に翻訳出版され、長沖もよく読んだ。後者について杉捷夫は「人間」といふものをしつかり握つて離すまいとする著者の執拗な眼の中に、深くフランス文學の傳統に根を下ろしてゐる堅實なものを感じないではゐられない」と述べている（杉捷夫『フランス文学論稿』実業之日本社、一九四二年八月、二九六頁）。

（12）一九四六年四月から年末にかけての経過は、長沖一『日記　第一冊　一九四六年四月至――』から理解できるが、四七年の記述は少なく、四八年は僅かである。他に一九五四〜五六年にかけての短いものと創作メモや俳句等を記したものがある（長沖家所蔵）。当時数多く出版された新聞・雑誌を含め一九四六〜四七年には判明しているものだけでも年間二一〜三〇本を越える小説や随筆を書いている。長沖は庄野英二の問いに「そうそう、通俗小説みたいなものをね。」「…今になるともう読むこともないし、読む気もせんけど…ムチャクチャ、いっぱい書いたある（笑）」と答えているが

（『上方笑芸見聞録』二二七頁」）、執筆の重要な軸は維持しようとしていた。

(13) 織田作之助宛、一九四六年九月一八日付書簡（長沖家所蔵）。

(14) 長沖一「『アチャコ青春手帳』以後――わたしの放送作品――」『上方芸能』三四号、一九七四年、五三頁。

(15) 一九四六年八月の長沖一宛書簡で織田は「遺書」について、「あの手紙からはじまつ」て「前半はナラタージュで行かれた方が、作品の色彩を濃くしたのではないでせうか」と書いた（関西大学図書館特別文庫所蔵の長沖家旧蔵資料）。

(16) 国立国会図書館憲政資料室プランゲ文庫所蔵ＧＨＱ検閲資料。なお「断橋」も検閲を受けているが、とくに指摘は見られない。

(17) 杉山平一「『馬』について」および「編集後記」『文学雑誌』六九号、一九九五年五月、五八頁、一二五頁。関連するものに長沖一「せりあい伝馬の記」『大阪弁』第二集、一九四八年がある。

(18) 原稿用紙一四枚のもの。長沖家旧蔵・関西大学図書館特別文庫所蔵。

(19) 長沖宛の一九四六年一一月七日の藤澤桓夫書簡（長沖家所蔵）。「楽屋口」は翌年一月刊の『大阪の女』では修正が見られる。

(20) 瀬川健一郎「長沖さんを偲んで」『文学雑誌』長沖一追悼号、九八頁。

(21) 前出、長沖一『日記　第一冊　一九四六年四月至――』。

(22) こうした弱点は、映画でも指摘され、放送作品ではまた変わってゆく。旗一兵「悲恋模様」『キネマ旬報』六八号、一九四九年一〇月、三七頁。

(23) 『日記』に貼付られたもので掲載紙不明。他に「大阪文学の動向」（一）（二）（『夕刊新大阪』四六年二月七、八日、「現れよ新しい『西鶴』」の見出しがある）などいくつかの批評がある。

(24) 長沖一「『アチャコ青春手帳』以後――わたしの放送作品――」『上方芸能』三四号、一九七四年、五三頁。同「生活に即した〝笑い〟」（『文学』二六巻一号、一九五八年一月）でも、「ぼくの書いているラジオの連続物は、最初に主演俳優たちがきまっていて、しかる後に彼らの個性や持ち味を生かすような脚本を作る、という形のものである。」「勝手気儘に小説を書くときのようには放埒にいかないのである。作者としては、日常生活を取上げて、その中にいくらかの風刺も試み、また、道徳観の違いなども、作者としてかくありたいと思うようなことを〝笑い〟の中に訴えるつもりはあっても、まず今日の庶民生活の常識の埒内を遠く出ることがない。」「…かなりバカバカしくっても明るい〝笑い〟を寝転びながら待っている大多数の聴取者の気持に、辛抱強くそっていこうとする気持が作者にはある。この番組の作者としてのぼくは、よかれ悪しかれ、その限度を守って書いている。言うならば、あまりに日常生活に即し過ぎているといおうか」（二九〜三二頁）と書いている。なお、「お父さんはお人好し』をNHKで担当した棚橋昭夫が「共感の笑い、自然な笑い」（『季刊上方芸能』一四一号、二〇〇一年、三八頁）で「作者の長沖一がこだわり続けた家庭的な笑いの原点、つまり、聴取者が『ああ、ウチとおんなじことやったはる』と感じる、庶民生活での共感が大きな笑い、自然な笑いを生んだのだと思う」と回想している。

（25）崎山猷逸「関西ラジオ作家素描（一）」『放送文化』一九五五年六月、一八頁。長沖の小説を知る人たちは、その才能を惜しんだ。

（追記）

帝塚山派文学学会『紀要第五号』、二〇二一年に掲載論文のうち、紙数が超過するため戦前部分とまとめ部分、注の一部を割愛し修正しました。前史の部分は紀要および『大阪春秋』長沖一特集を合わせてお読みいただければ幸いです。

帝塚山派文学学会―紀要第四号―より

伊東静雄の詩

―『わがひとに與ふる哀歌』から『夏花』以後への「変化」について―

下定雅弘

はじめに

伊東静雄の詩への評価において、『わがひとに與ふる哀歌』（コギト発行所、昭和一〇年〔一九三五〕一〇月。以下『哀歌』）から第二詩集『詩集夏花』（子文書房、昭和一五年〔一九四〇〕三月。以下『夏花』）以後への「変化」について、その評価に大きな分岐がある。確かに、『哀歌』のクリスタルな輝きを持った詩語・格調高い詩風と、『夏花』以後の、平明な詩語と、自然に寄り添い、生活に親しむ詩風との間には顕著な懸隔がある。

従来、この評価の分岐は、『哀歌』から『夏花』以後の詩への「変化」を大前提としてのものだった。だがそうではない。『哀歌』から『夏花』へと変化があったのではなく、『哀歌』が処女詩集として独特の性質を持つ詩集なのである。伊東の詩風は、『哀歌』の前から、『哀歌』を経過し、『夏花』以後へと、彼の詩論の原点から外れることなく、着実に成熟発展している。

一　従来の評価とその分岐

「変化」の見方についての分岐とは、『哀歌』を頂点として、『夏花』以後を下降と見るものと、それを成熟として肯定的に見るものとの分岐である。

桑原武夫はいう。「彼の詩は晩年に近づくにつれて、はげしい発出よりも深い沈潜の方法をとり、人はこれを円熟という。措辞は明らかに完璧に近づくが、私はこの円熟に痛ましいものを感ぜずにはおられないのだ(1)」。河野仁昭・菅野昭正・磯田光一・大岡信等・北川透・桶谷秀昭、みな、『夏花』の評価に若干の相違はあるが、『哀歌』の後を下降・退歩と見る(2)。

これに対して、『哀歌』から『夏花』以後への変化を成熟と見、肯定する評者は、井上靖・杉本秀太郎・三好達治・村野四郎等である。井上靖は『詩集 春のいそぎ』について言う。「著者は美しい言葉だけが強く天地を貫く詩の掟のきびしさを作品を通してみごとに示してゐる(3)」。三好達治はいう。「第二詩集『夏花』以下の詩集には、私は以前から素直に同感を覚えてきた(4)」。村野四郎は言う。「伊東は、『夏花』から『春のいそぎ』をへて、しだいにその狷介《けんかい》さから解放されていき、リラックスに外界からの光線と酸素をとりいれ、……『反響』と『「反響」以後』にいたって、はじめて彼独自の形而上的深まりを、のびのびした自由さで文学に表現しえたのである(5)」。

上記の下降か成熟かという見解とは異なり、饗庭孝男は、それぞれの詩集の特徴を評価しつつ、「彼の詩魂の中核にある孤立する存在意識においては、いささかの歳月の隔たりもない……」と言う(6)。

私は、以上のような、『哀歌』から『夏花』以後を大きな変化と見て、それを下降と見る立場には与しない。伊東の詩風の「変化」を成熟と見るのには賛同するが、それを『哀歌』から『夏花』以後への変化とは見ない。また、饗庭のように、中核にあるものを「孤立する存在意識」とは見ない。[7]伊東の詩作の全容を展望することを目指しつつ、小稿では、『哀歌』とはどういう詩集なのか?伊東の詩作中における『哀歌』の基本的な位置づけを行いたい。

二 『わがひとに与ふる哀歌』

二の一 その内容

『哀歌』は二八篇の詩を編んでいる。杉本秀太郎は、これらを、生活者としての「私」と、詩人である「放浪する半身」との両者の立場に立って詠じたものとした。[8]そして二八篇のうち前者は一二篇、後者は一四篇、最後の二篇をいずれでもないものとしている。私はこの読み方をほぼ正しいと思う。『哀歌』は生活者である伊東と、詩人である伊東との間の葛藤を描出し、その葛藤を宿命として、生活者であり同時に詩人として人生を生きる、伊東の決意を表明した詩集である。「ほぼ」というのは、それだけでは解釈しきれない詩が存するからである。このことについては後述する。

『哀歌』の詩を見よう。紙幅のつごうで適宜選択せざるを得ない。冒頭の詩「晴れた日に」。「私」の立場で詠んでいる。「／」は改行を示す。

とき偶《たま》に晴れ渡つた日に／老いた私の母が／強ひられて故郷に歸つて行つたと／私の放浪する半身　愛される人／私はお前に告げやらねばならぬ／誰もがその願ふところに／住むことが許されるのでない／遠いお前の書簡は／しばらくお前は千曲川の上流に／行きついて／四月の終るとき／取り巻いた山々やその村里の道にさへ／一米《メートル》の雪が／なほ日光の中に殘り／五月を待つて／櫻は咲き　裏には正しい林檎畑を見た！／と言つて寄越した／愛されるためには／お前はしかし命ぜられてある／われわれは共に幼くて居た故郷で／四月にははや緣廣《つば》の帽を被つた／又キラキラとする太陽と／跣足では歩きにくい土で／到底まつ青な果實しかのぞまれぬ／變種の林檎樹を植ゑたこと！／私は言ひあてることが出來る／命ぜられてある人　私の放浪する半身／いつたい其處で／お前の懸命に信じまいとしてゐることの／何であるかを

母は「私」の家に来ていたが、事情があってやむなく故郷に帰って行った。そのことを「私」は「放浪する半身」に告げる。「お前」「放浪する半身」は、理想の地を求めて放浪しているが、誰もがそうできるのではない。遠くから届いたお前の書簡は、千曲川上流の美しい村里のさまを、雪がなお残り日光に照らされていて、立派な林檎畑があると書いて寄こしてきた。だがそれはお前の願望に過ぎない。実際には、我々が幼いころいた故郷は、炎熱に苦しみ、林檎畑も青い果実しかのぞめない地だった。「私」にはわかる。私の「放浪する半身」は、この幼い時にいた故郷の現実を信じまいとしていることが。

「私」は、現実を生きる生活者である。「放浪する半身」は、理想を求め、美を追究して止むことのない放浪を続ける詩人である。「私」と「放浪する半身」。伊東静雄はこの両者を自らの中に抱えている。そしてこの詩に見えるように、「私」はあくまで現実的で冷静であり、「半身」はあくまで純粋でひたむきである。

第二首「曠野の歌」。「私」の「晴れた日に」を受けて「放浪する半身」が詠じたものである。

わが死せむ美しき日のために／連嶺の夢想よ！汝《な》が白雪を／消さずあれ／息ぐるしい稀薄のこれの曠野に／ひと知れぬ泉をすぎ／非時《ときじく》の木の実熟《う》るる／隠れたる場しよを過ぎ／われの播種《ま》く花のしるし／近づく日わが屍骸《なきがら》を曳かむ馬を／この道標《しめ》はいざなひ還さむ／あゝかくてわが永久《とは》の歸郷を／高貴なる汝《な》が白き光見送り／木の實照り　泉はわらひ……／わが痛き夢よこの時ぞ遂に／休らはむもの！

「半身」は死に至るまで美を追い続ける。白雪は消えないでほしい。歌う「われ」は、曠野を過ぎつつ、花の種を播く。まもなく死ぬだろう「わが」亡きがらを引く馬を、「われ」の播いた種が大きくなった道標が導くだろう。こうして永遠の美の故郷に帰る「われ」を、連嶺の白雪を照らす日の光が見送ってくれる。その時、木の実は日に照り映え、泉は笑っている。詩人の傷つきつつ求める夢は、この時にやすらぐ。

第八首「歸郷者」は、「私」が「半身」の「曠野の歌」に答える歌。

自然は限りなく美しく永久に住民は／貧窮してゐた／幾度もいくども烈しくくり返し／岩礁にぶちつかつた後《のち》に／波がちり散りに泡沫になつて退《ひ》きながら／各自ぶつぶつと呟くのを／私は海岸で眺めたことがある／絶えず此處で私が見た歸郷者たちは／正《まさ》にその通りであつた／その不思議に一様な獨言は私に同感的でなく／非常に常識的にきこえた／（まつたく！いまは故郷に美しいものはない）／どうして（いまは）だらう！／美しい故郷は／それが彼らの實に空しい宿題であることを／無數な古來の詩の讃美が證明する／曾てこの自然の中で／それと同じく美しく住民が生きたと／私は信じ得ない／ただ多くの不平と辛苦ののちに／晏如として彼らの皆が／あそ處《こ》で一基の墓となつてゐるのが／私を慰めいくらか幸福にしたのである

「歸郷者」は、貧窮を逃れようとして他郷で幾多の辛酸を経た後、帰ってきた住民。「自然は限りなく美しく」は、「曠野の歌」の詩人の願いをそのまま受けての語。全篇、飽くことなく美を追究して、放浪し続ける詩人を哀れに見る筆致だ。杉本はいう、「……曠野の歌をそっけなく突き放し、「半身」の夢想、自然との合一、甘美な、親密な死への憧憬、……要するに「半身」のロマンチックなところは、『歸郷者』によって全的に否定される[9]」。
「わがひとに與ふる哀歌」は第一二首。「半身」が、「わがひと」である「私」に与えた「哀歌」である。

太陽は美しく輝き／あるひは　太陽の美しく輝くことを希ひ／手をかたくくみあはせ／しづかに私たちは歩いて行つた／かく誘ふものの何であらうとも／私たちの内《うち》の／誘はるる清らかさを私は信ずる／無縁のひとはたとへ／鳥々は恆《つね》に變らず鳴き／草木の囁きは時をわかたずとするとも／いま私たちは聽く／私たちの意志の姿勢で／それらの無邊な廣大の讃歌を／あゝ　わがひと／輝くこの日光の中に忍びこんでゐる／音なき空虛を／歴然と見わくる目の發明の／何にならう／如かない　人氣《ひとげ》ない山に上《のぼ》り／切に希はれた太陽をして／殆ど死した湖の一面に遍照さするのに

「太陽は美しく輝き」は、「半身」の願望。「あるひは　太陽の美しく輝くことを希ひ」は、「私」の目から見た「半身」の願望。「手をかたく……私たちは歩いて行った」は、「私」と「半身」とが、伊東の中に存在することをいう。美に向かって誘われる清らかさを、私たちは持っているはずだ。「無縁の人」、この清らかさを持たない人が、鳥や草木はいつも同じだというとしても、私たちは広大な自然の賛歌を聴くのだ。「わがひと」よ、日光が照らすのは空虚だなどと諦観するのは、その私たちの思いからすれば、何にもならない。詩人である私はやはり、孤独なままに、太陽がほとんど死んだと見える湖、荒れ果てた自然を、照射することを切に望むのだ。

第一三首は、「静かなクセニエ（わが友の獨白）」。クセニエは、ドイツ語Xenieで、ここは諷喩詩の意。長篇である。挙例と解釈を割愛し、行論に必要なことのみを記す。詩は、私の悪口をいう人間に対して、その悪口を私流に洗練した言葉にして、「静かなクセニエ」を書かねばならない、という。諷刺は、そのような自らにも向かっているだろう。

これより前、伊東は「静かなクセニエ」としてまとめられる詩を、「呂」の昭和七年（一九三二）一一月号に載せている。[10]「幸福な詩人たちが」「花園」「秋」の三篇である。いずれも詩人である自己を題材としたクセニエである。うち、二篇を見よう。

「幸福な詩人達が」[11]。「植物の間を、幸福な詩人達がさまよふ。」。この一行である。植物との交響[12]を求めて、彷徨する詩人たちを「幸福な詩人」と、鳥瞰する目つきで歌っている。

「秋」は『哀歌』の第一九首「有明海の思ひ出」の次に「（讀人知らず）」と題し、文字を小さくして収載された。「深い山林に退いて／多くの舊い秋らに交つてゐる／今年の秋を／見分けるのに骨が折れる」。（讀人不知）としたのは、『古今和歌集』風の歌だという宣言でもある（注（18）を見よ）。この詩の発想は、『古今』巻一、在原元方の「としのうちに春はきにけりひととせをこぞとやいはむことしとやいはむ」をヒントにし、これを逆転している。[13]『古今』は、としの内に立春が来てしまったので、今が去年なのか今年なのか迷うと言う。伊東は去年の秋に深く交っていて、新しい今年の秋を見分けるのがむつかしいと言う。一方は新しい春に出会い、一方は新しい秋をなかなか見つけられない。時節のちがいはあるが、これは『古今』の発想に基づいている。

順序は前後するが、『哀歌』第一六首「卽興」を見よう。この詩は、詩人の根本思想を教えてくれる。

……眞實いふと　私は詩句など要らぬのです／また書くこともないのです／不思議に海は躊躇《たゆた》うて／新月は

空にゐます
日日は靜かに流れ去り　靜かすぎます／後悔も憧憬もいまは私におかまひなしに／奇妙に明《あか》い野のへんに／
獨り歩きをしてゐるのです

「詩句など要らぬのです」という。『俳諧一葉集』[14]に「俳諧あながち口にばかり唱ふるものにあらず、心より道に達し、今日の人情に通達して是非変化自在ならば一句の作あらずとも我高弟」（傍点、下定）という。伊東はこの一文を卒論「子規の俳論」で、子規の写生主義を批判する文脈の中で引いている。[15] 伊東は、芭蕉の高弟たらんとして、この詩を作ったのだろう。

第二五首「漂泊」。

底深き海藻のなほ　日光に震ひ／その葉とくるごとく／おのづと目《まなこ》あき／見知られぬ入海にわれ浮くとさとりぬ／あゝ　幾歳を經たりけむ　水門《みなと》の彼方／高まり　沈む波の搖籃／懼れと倨傲とぞ永く／その歌もてわれを眠らしめし／われは見ず／この御空の青に堪へたる鳥を／魚族追ふ雲母《きらら》岩の光……／め覺めたるわれを遶りて／躊躇《ためら》はぬ櫂音ひびく／あゝ　われ等さまたげられず　遠つ人！／島びとが群れ漕ぐ舟ぞ／――いま入海の奧の岩間は／孤獨者の潔《きよ》き水浴《ゆあみ》に眞清水を噴く――　／と告げたる

「半身」は、真を求めての放浪の果てに、そこに行きつけずついに入水する。だが「半身」は死んでいなかった。海底の藻が日光を感じてゆったりほどけていくように、私の目はゆるゆると開いて、人知れぬ入海に浮かぶ自分を認めていた。いったい幾歳月、格闘していたのか。高く低く波が揺れ動く中で、懼れと矜恃とを永く交錯させつつ詠じてきたその歌を携えつつ、私は眠りについたのだった。空はあくまで青く、この青に耐えて飛ぶ鳥はいない。海を見れば、雲母を思わせる光が遊泳する魚を追っている。「め覺めたるわれを遶りて」以下の最後の一段は、詩人の尽きることのない憧憬を描きだす。「島びとが群れ漕ぐ舟」が近づいてきていう。孤高の漂泊者、あなたがしようとする水浴に、真の清水がほとばしっているぞ。漂泊者は真を求める漂泊をさらに続ける。

詩人は、どれほど苦悩し傷を負おうとも、自殺を思うほどの失意に見舞われようとも、あくまでも、真に接近する自己を願い信じ続けている。『哀歌』の「半身」の歌はこれで終わる。[16]

『哀歌』は、このように、放浪する半身＝詩人と、生活者である「私」との葛藤を、両者不可分の一体としての伊東静雄の自問自答を、詩集として編んだものである。それは、生活者としての苦渋と重荷を抱えつつ、ひたむきに美を追究して生き抜こうとする、詩人の決意を表明し、宣言した詩集である。

だが第二七首「鶯」「（一老人の詩）」は、「私」でも「半身」でもない、老人である私が詠じている。この詩は、『哀歌』全体の詩風・情調とは異質である。言葉は全てが平明で、情感は穏やかだ。

（私の魂）といふことは言へない／その證據を私は君に語らう／――幼かつた遠い昔　私の友が／或る深い山の縁《へり》に住んでゐた／私は稀にその家を訪うた／すると　彼は山懷に向つて／奇妙に鋭い口笛を吹き鳴らし／きつと一羽の鶯を誘つた／そして忘れ難いその美しい鳴き聲で／私をもてなすのが常であつた／然《しか》し　まもなく彼は醫學校に入るために／市《まち》に行き／山の家は見捨てられた／それからずつと――半世紀もの後に／私共は半白の人になつて／今は町醫者の彼の診療所で／再會した／私はなほも覺えてゐた／あの鶯のことを彼に問うた／彼は微笑しながら／特別にはそれを思ひ出せないと答へた／それは多分／遠く消え去つた彼の

幼時が／もつと多くの七面鳥や　蛇や　雀や／地虫や　いろんな種類の家畜や／數へ切れない植物・氣候のなかに／過ぎたからであつた／そしてあの鶯もまた／他のすべてと同じ程度に／多分　彼の日日であつたのだらう／しかも（私の魂）は記憶する／そして私さへ信じない一篇の詩が／私の唇にのぼつて來る／私はそれを君の老年のために／書きとめた

「（私の魂）といふことは言えない」。その意味は、詩を読み終えた時に分かる。半世紀ぶりにあった友人は、「美しい鳴き聲」の鶯のことを覚えていなかった。彼にとって鶯は、「いろんな種類の家畜や、數え切れない植物・気候の中に過ぎた」ものであり、「彼の日々」だったのだ。その彼の話を聞いた時、一篇の詩が、自ずと私の唇にのぼって来た。私の魂の彼の魂との共鳴・交響、それがこの詩である。

この詩は、伊東が「子規の俳論」で述べた詩論に即したものである。伊東はこの論文で、「芭蕉の主觀的な態度」を批判する子規の「寫生主義」を、伊東自身の認める句のあり方＝詩芸術のあり方に基づいて批判する。だが、その結びにいう。「子規の最晩年に於ては、彼の寫生といふことが……、その最も反極に立つ所の物象の内的眞の象徴といふこと、客觀を描くことによつて自己の態き《ママ》主觀を表現しようとする様な境地にまで飛躍しつつあることを認め得る……[17]」。子規最晩年のこの境地は、伊東が目標とするところに他ならない。

「鶯」は、第二〇首「（讀人不知）」がテーゼ的に示していた、伊東の詩作が目指すものを十全に展開している。一老人にとっての鶯は、「物象」であり「客觀」である。彼がそれを覚えていなかったことにより、自然の諸々の物象と一体となり充足していた一老人の日々に、自分の「主觀」が生動し、交響して詩となったのである。

伊東のこの詩論は、『哀歌』ではメインテーマではない。『哀歌』は、それを詩作の内実とする、主として、詩人伊東静雄の生き様を描いた詩集だからである。

葛藤に満ちたこの詩集の結びの部分に、伊東は、詩人が詩作において目指す方向を示した。「鶯」と共に、『哀歌』の最後に置かれる詩。「(讀人不知)」、やはり文字を小さくしている。

水の上の影を食べ／花の匂ひにうつりながら／コンサートにきりがない

「讀人不知」[18]というから、「鶯」に続いて、これも、「私」の歌でもなく、「半身」の歌でもない。「水の上の影」とは水に映る花影か、それを食べるのは水に住まう魚である。魚は、花の匂いに惹かれて移り動き、動きつつ花々と交響してきりがない。

この詩は、昭和七年一二月、「呂」に掲載されたもの。個に即しつつ真に迫ろうとする、『哀歌』以前に確立していた伊東の詩観と創作手法を端的に表現している。そしてこの自己の信ずる詩作が、『夏花』以後、本格的に展開されるのである。

二の二　『哀歌』の編集の仕方

『哀歌』は昭和七年（一九三二）一〇月から昭和一〇年（一九三五）八月までに作られた詩四一篇の中から二八篇を選んで編まれている。

『哀歌』以前の詩は一八首。この中に、『哀歌』のように、生活者であり同時に詩人である自らのうちの葛藤を詠じた詩はない。個に即しつつ真に迫ろうとする、伊東の詩作の基本姿勢を示す詩がほとんどである。

「庭をみると」は、昭和六年（一九三一）二月刊「耕人」に掲載された詩。[19]確認できる最初期の詩である。

庭をみると／辛夷の花が　咲いてゐる／この花は　この庭のもの／人の世を苦しみといふべからず／花をみる時／私は／花の心になるのである

花と自己との交わり、それが交響して、生きる喜びが心に生まれることを、この詩は、比較的論理的に述べている。伊東の、自然・万物に寄り添い、その事象・個物が奏でる真との交響を追究する詩の原点に位置する詩といえる。

昭和七年八月「呂」に掲載された作の一つ「葉は」に言う。[20]「葉は　葉の意思で／楡の木に／細緻な cosmos で光つて居る」。詩人は、葉に即し、葉になって、楡の木の葉なのだが、決してその付属物ではなく、細緻でありながら、宇宙ともいえる世界を形成して光っているという。個に真（普遍）を見つめている。

『哀歌』は、こうした伊東の目指す詩作自体を編集した詩集ではない。そうではなく、生活者であると同時に詩人である、伊東静雄という人間のありようと、そのように生きるしかない自己の確認であり、宣言である。これを主軸にして『哀歌』の詩は選択され、この中に、自己の詩論を示す作をも組みこんだ。第七首「眞晝の休息」・第九首「同反歌」・第一四首「詠唱」・第一六首「卽興」・第二〇首「（讀人不知）」・第二七首「鶯」・第二八首「（讀人不知）」がそれである。

『哀歌』を刊行することにより、伊東は生活者であり同時に詩人である、自己における葛藤を思う存分吐き出した。この葛藤を表現することにより、伊東は、詩人としての自己を確立した。伊東は、一生、教員としての勤務を続けつつ、詩人として生きた。そして、以後の詩は、ほとんど『哀歌』のような観念性・緊張・孤高を示さない。

二の三　『哀歌』の時期の伊東――その生活と詩作――

伊東の散文・日記・書簡を照合するに、散文『夏花』の述懐が、かなり的確に『哀歌』を出した頃の、伊東の状況を明らかにしている。

「……當時の激した心持を、列序なく、何もかも投げ出してみたくて、あんな風の本になった。……實生活の上では、非常に危険な時期であつたやうな氣がする。……それに「哀歌」を出した頃は、なんだかひどく今より賑やかであつた。田中克己、神保光太郎、中原中也、立原道造、津村信夫の諸氏が、大へん私を刺激した。その人達に見て貰ひたい氣持ちが、私を元氣づけたところもあった。そして、保田與重郎氏等を中心とする日本浪漫派の運動が自分を激動させた。中でも萩原朔太郎先生の御聲援は、生涯の最も輝かしい思出になる底のものであつた[21]」。

生活者伊東を見るに、昭和七年（一九三二）二月、父惣吉が死去。三人の兄が早世していたため、伊東は負債付きの家督を相続、その返済に長期間苦しまねばならなかった。四月、薬種商・山本伝兵衛の六女花子と結婚。「花子夫人と結婚したのは、亡父の残した一万円の負債を返済するためだ、と伊東が公言した話は、あまりに有名……自分の給与のすべてを返済に充て、生活費は夫人の給料でまかなったらしい[22]」。生活は極貧状態だった。

これに対して、詩作は高揚期を迎えていた。昭和七年六月、青木敬麿らと「呂」を創刊。一〇月、酒井ゆり子宛書簡に「詩少しづつ自信が出來てゐます。自分で立派だと思ふものが五十もたまつたら、出版したいと考へてゐます。……花子に金の工面など、たのみ出してゐます[23]」。伊東は、『哀歌』と名づけられることになる詩集を近いうちに出すことを、この頃心に決めていた。昭和八年八月には、保田与重郎の勧めにより、「呂」六月号に既発表の「病院の患者の歌」を「コギト」に再発表。この後も、主に書簡に、この頃の「激した」「賑やか」「元気」「激動」を示す材料は事欠かない[24]。昭和一〇年一月、ゆり子宛書簡に「私の詩も少しづつ認められて參り、萩原朔太郎といふ人達から激勵の手紙もらつたりしてをります[25]」。詩集は、一〇月、コギト発行所から出版された。

以上、『夏花』についての述懐が、ほぼそのまま『哀歌』出版当時の生活と詩作をめぐる状況であることを確認した。『哀歌』を出した頃の、詩壇の状況と伊東との関係を簡単に見ておこう。

昭和の初年から、十年にかけての当時、詩壇の有力な潮流は二つあった。それは、アヴァンギャルド（芸術的前衛）の運動とプロレタリア文学の擡頭だった[26]。同時期、アヴァンギャルドとは一線を画しつつ、西脇順三郎がシュールリアリズムの旗手として活躍していた。また政府の弾圧により、プロレタリア文学運動が衰退する昭和九年頃、保田与重郎らを中心とする日本浪漫派が登場している。

伊東の散文・日記・書簡を見るに、伊東はアヴァンギャルドやシュールリアリズムには関心を示していない。わかき日の伊東の詩人としての大きな苦悶はプロレタリア文学だった。「昭和三年あたりから六、七年ころまでの数年間は、プロレタリア文学の最盛のときであ」り[27]、伊東も「戦旗」を読んでいた[28]。昭和四年九月、宮本新治宛書簡に「朝に夕にマルクス、マルクスと考へてゐるのですが」、……没落する階級の無力さがかへりみられる[29]」。プロレタリア文学に惹かれつつも、それに参加できそうもない自分の無力と距離を感じている。この懊悩には、同年暮れほぼ決着がつけられた。宮本宛書簡にいう。「インテリゲンチャの悩みは、……頭は唯物史観を肯定しながらもヘルツ（ハート）が云ふことをきかない憂鬱なんですね。……今のプロレタリヤ小説はプロレタリヤ小説では斷じてない[30]」。伊東は、あくまでハートを重んじた。プロレタリア文学を全面的に否定するわけではないが、この一文は、実質、プロレタリア文学との訣別を表明している。伊藤は、この頃に「呂」を創刊し、保田らの「コギト」にも詩を載せるようになる。

二の四　『夏花』

『哀歌』刊行のほぼ四年半後、昭和一五年（一九四〇）三月、第二詩集『夏花』が刊行された。その第一首は、「燕」である。「……汝　遠くモルツカの　ニユウギニヤの　なほ遙かなる／彼方《かなた》の空より　來りしもの／翼《つばさ》さだまらず　小足ふるひ……／あゝ　いまこの國に　到り着きし　最初の燕《つばめ》ぞ　鳴く」。海を渡ってきた燕に焦点を当て、その鳴き声、「小足ふる」う姿態を描写している。燕のこれまでの辛苦への深い共感がある。自分を含む、生きとし生けるものへの愛憐がこの詩には充溢している。[31]

自然に寄り添い、自然に即し、生活を大切にし、生活の一コマに即し、それら己がじしの所為と自己の心に生起するものをみつめ、彼等との交響を詠じる作が『夏花』の大半を占める。[32]

伊東自身、『夏花』を刊行した時に、言っている。「坂下の大道路を幾日も大軍團が通るのを眺めた。……傷病兵が、バスで運ばれた。私は毎日のやうに子供をつれて路傍に立ち、敬禮した。……そんななかで、わたしの書く詩は、依然として、花や鳥の詩になるのであった[33]」。

結びに代えて

伊東の詩論は、『古今和歌集』仮名序を原点とする。これに芭蕉の俳論が加わって、伊東静雄の詩論の基軸は形成されている。伊東の卒論「子規の俳論」に言う。「抑、古來日本の藝術思想の根底に横はるものは、一首の唯心的な精神主義であった」。そして、『古今和歌集』の仮名序を引く。「やまと歌は、人の心を種として、萬の言の葉とぞなれりける。世の中にある人、ことわざ繁きものなれば、心に思ふことを、見るもの聞くものにつけて言ひ出だせるなり」（漢字は伊東の引用に従う）。卒論の引用はここまでだが、『古今』の序はこう続く。「花になくうぐひす水にすむかはづのこゑをきけば、いきとしいけるもの、いづれかうたをよまざりける」。伊東の頭には当然「花になくうぐひす……」も続くものとしてあった。そして「心を先とし詞《ことば》を後にする思想は、只單に和歌のみならず俳諧に、發句に、連綿として傳統した所のものであった」とこれを受け入れ、『俳諧一葉集』から以下の論を引き、『古今集』と系統が同じだとする。「句作になるとするとあり、内に常に勉めて物に應ずれば其心の色句となる、内を常につとめざるものは、ならざる故に私意にかけてするなり[34]（『俳諧一葉集』）」。この「内に常に勉めて物に應ずれば其心の色句となる」は、個物に即して、その真にせまり自分の心と響きあうならば、その心の色が句となる、の意である。『古今』序に「心を先とし」といっても、それはただ心を重んじているのではない。「花になくうぐひす水にすむかはづのこゑを」聞いての「心」が大切だと言っている。

島津忠夫は伊東の卒論についていう。「子規の写生主義の限界を指摘し、……『万葉集』から『古今和歌集』へと読み進み、『古今和歌集』の持つ比喩の方法を、すぐれた詩の方法として評価する」[35]。

再度確認しよう。伊東の詩論の根幹は、個物に即しつつ、普遍にせまる観察眼であり、魂の全てを傾けた挑戦が生み出す交響である。

西洋では、ヘルダーリンとリルケ（Rainer Maria Rilke）の影響が大きい。とりわけリルケに親しみ学んでいる[36]。ヘルダーリンが伊東静雄のわかい心に刻印したのは、真善美を求めてひたすらに生きる詩人の魂である。リルケは、詩人の魂に共鳴するとともに、『古今集』に通ずる、万物と己との交響・譬喩的精神を重んずる創作手法の手本だった[37]。その影響は、詩作の姿勢から、表現方法、詩語の決定に至るまで、あらゆる面に及んでいる。

こうした詩論及び表現手法が、どのように成熟発展し、『夏花』に、『春のいそぎ』に、また『反響』以後の詩に反映されていくのか、さらに調査と考察を進めていきたい。

注

（1）桑原武夫「『伊東静雄詩集』解説」、桑原武夫・富士正晴編『伊東静雄詩集』、創元選書、昭和二八年（一九五三）七月。二一七頁。同、新潮文庫、昭和三三年五月発行、三三年一一月三刷。一七五頁。富士正晴編『伊東静雄研究』、思潮社、昭和四六年（一九七一）一二月、以下「富士」。二八三頁。

（2）河野仁昭「伊東静雄論」、「新京都文学」二一号、昭和三八年（一九六三）一二月。富士四八七頁（初出は各論末に示してある。以下略）。菅野昭正「曠野の歌」、富士五一〇頁。磯田光一「伊東静雄論―故郷喪失者の叙情」、富士五七七頁。大岡信「抒情の行方―伊東静雄と三好達治」、富士六五〇頁。北川透「伊東静雄の位置―死せる時代への祈り」、富士六二八頁。桶谷秀昭「伊東静雄論」、富士五三二頁。

（3）「毎日新聞」書評、昭和一八年（一九四三）九月。桑原武夫編『定本伊東静雄全集』、人文書院、昭和四六年一一月初版、昭和五一年三月重版、以下「定本」。定本「年譜」五四九頁に拠る。

（4）「伊東静雄君を悼む」。富士九七頁。

（5）村野四郎「伊東静雄」、富士七五九・七六〇頁。

（6）饗庭孝男「伊東静雄論」、富士六八九頁。

（7）昭和一四年（一九三九）一〇月の大山定一宛書簡に「生命の讃歌はこのネガティブの、立ちどまりを通さずには果たして出来ないものか」。定本四一八頁。「ネガティブ」は、大山訳『マルテの手記』（白水社、昭和一四年。新潮文庫、一九五三・六初版。一九七二・一、二六刷）の「あとがき」に、「僕は『マルテの手記』という小説を凹型の鋳型《おうがた》か写真のネガティブだと考えている。かなしみや絶望や痛ましい想念などが、ここでは一つ一つ深い窪《くぼ》みや条線をなしているのだ」（文庫二九二頁）とあるもの。昭和一七年七月九日の日記に、夏の朝顔・蝉・蝶・泉などを「生命の讃歌」だという。定本二六八頁。伊東の詩作が目指すものは生命の讃歌だった。

（8）杉本秀太郎『伊東静雄』（筑摩書房、近代日本詩人選一八、一九八五・七）。

（9）杉本一〇〇頁。

（10）「作品年譜」に拠る。定本一九七頁。

（11）定本一七〇頁。
（12）『哀歌』の最後の詩に「コンサート」の語がある。伊東静雄の昭和二二年八月三日の日記に「夕方となりのラヂオが、ハレルヤコーラスをやつてゐる。自分もあんなに「響き合ふ」詩書きたいと思ふ」と記している。定本三三九頁。伊東静雄の詩作のめざすものを、「交響」の語で表現するのは当を得ていると考える。
（13）小高根二郎『詩人、その生涯と運命』（新潮社、一九六五・五）一八五頁に、元方の歌の「換骨奪胎」だという。
（14）古学庵仏兮・幻窓湖中共編、坎窩久臧校。文政十亥年（一八二七）四月の序がある。その後編第四冊「遺語之部二第二二葉」に見える。勝峰晋風校訂及解説『芭蕉一葉集』（大地社・独立閣、一九三一・三。『俳諧一葉集』の翻刻）六〇七頁。
（15）定本二〇二頁
（16）「漂泊」には、ヘルダーリン（Johann Christian Friedrich Hölderlin）の「ヒューペリオン」が、随処に影を落としている。杉本二五七頁。
（17）定本二一五頁。
（18）島津忠夫「抒情詩集―わがひとに与ふる哀歌―」に「習作の詩篇のほんの断片を取り出して、この詩集に加えるに当って、「読人不知」とするところにも『古今和歌集』の方法をふまえて新しく詩を作りあげようとする秘密を覗かせている。『古今和歌集』の方法を近代の文学に生かした点でも伊東静雄の詩は特筆すべきものであったと言ってよい」（『日本文学史を読む―万葉から現代小説まで―』、世界思想社、一九九二・七。『島津忠夫著作集』第一巻「文学史」「和泉書院、二〇〇三・二）「第一章　日本文学史を読む―万葉から現代小説まで―」、一九七頁）
（19）定本一六三頁。
（20）定本一六五頁。
（21）定本二三三頁。
（22）山本皓造『伊東静雄と大阪／京都』（竹林館、ソフィア叢書〇〇五、二〇〇二・一一）七〇・七一頁。
（23）書簡七〇。定本三七七・三七八頁。

(24) 書簡七六・八四・八六・八八・八九・九六（定本三八一〜三九一頁）。
(25) 定本三八七頁。
(26) 伊藤信吉『現代詩の鑑賞（下）』（新潮文庫、昭和二九年発行、昭和四三年五月第一九刷）「現代詩の展望（下） 昭和詩壇の歴史的概観」。四〇二頁。
(27) 伊藤信吉、四一〇頁。
(28) 昭和四年六月、宮本新治宛はがき。書簡三七。定本三六三頁。
(29) 書簡四〇。定本三六五頁。
(30) 書簡四四。定本三六七頁。
(31) 杜甫の詩「双燕」、白居易の詩「晩燕」はいずれも、飛び来たり飛び去り、子育てに苦労する燕に自己の境遇を見ている。伊東の頭にあったかもしれない。
(32)『夏花』の諸篇には、『哀歌』の伊東がなお生きていて、それを断ち切ろうと葛藤する作も見える。詳細は拙論「伊東静雄『詩集夏花』の詩境――イデーの美から自然の真へ――」（「帝塚山派文学学会 紀要 第七号」、二〇二四・三）をご覧いただければ幸いである。
(33) 昭和一五年五月、『夏花』。定本二三四頁。
(34) 定本二〇二頁。『俳諧一葉集』「遺語之部二第四葉」。『芭蕉一葉集』五八五頁。
(35) 島津同上一九六頁。
(36) 昭和一四年一〇月、大山定一宛封書に「私が詩を本氣に書く氣持になりましたのは、リルケの新詩集をよんでからであります。詩だけでしか表現されない種類の、思考の正確さが、わたしにもいくらか理解されたからであります。そして『マルテの手記』を今拜見しますと、その目の正確さのために拂われた勇猛な眞の犧牲がわかる氣がします」。書簡一五〇。定本四一八頁。
(37) 昭和七年一二月、「談話のかはりに」（二）で、譬喩的精神においてリルケと『古今集』とは共通すると述べている。定本二二二頁。

小野十三郎、詩論の形成

福島理子

はじめに　葦を詠う小野十三郎

葦の地方

遠方に
波の音がする。
末枯れはじめた大葦原の上に
高圧線の弧が大きくたるんでゐる。
地平には

重油タンク。
寒い透きとほる晩秋の陽の中を
ユーフアウシヤのやうなとうすみ蜻蛉が風に流され
硫安や　曹達や
電気や　鋼鉄の原で
ノヂギクの一むらがちぢれあがり
絶滅する。

（小野十三郎『詩集　大阪』[1]）

「葦」は、小野の詩人としての生涯にわたって現れるモチーフだ。『新古今和歌集』巻十一に見える伊勢の歌「なにはがた短きあしのふしのまもあはでこのよをすぐしてよとや」、あるいは、『菟玖波集』巻十四に見える救済法師の「難波のあしは伊勢の濱荻」を引くまでもなく、葦すなわち蘆は浪華の入り江と深く結びついた景物であり、大阪の詩人であり続けた小野に似つかわしい。とは言え、彼が最初の詩集を世に問うたのは、東京にあった時だった。大正一五（一九二六）年、二三歳の折に上梓した第一詩集『半分開いた窓』を繙いてみると、横溢する赤のイメージが目を射る。それは、後の詩集とは異なる特色と言えるが、この小野にとっての最初の詩集にすでに「蘆」が登場している。

或恐怖

いくらゐつてもゐつても赤い蘆である
こんな路をゆくのはよくない
陽も落ちさうで弱りました
こんな路をゆくのはよくない
陽も赤けりや路も赤い

（略）

（小野十三郎『詩集　半分開いた窓』[2]）

それは、難波新地に生まれ、天王寺中学に学んだ生粋の浪速っ子にとって、原風景としての葦原があったからだとも言える。しかし、小野にとって葦原は、大阪湾の風景でありながらも、大阪の風景を超える。そもそも、「豊葦原瑞穂国」（『日本書紀』巻三、神武天皇紀）という語が示すように、葦原は日本でもあり、パスカルが「考える葦」（『パンセ』）と評したように、葦は人間そのものでもある。また、後に小野が

おれが草だつて。
むしろ鉱物だよ。

地に突き刺さつた幾億千万本のガラス管《チユーブ》。

（小野十三郎「葦の地方㈤」『風景詩抄[3]』）

と詠ったように、葦は地に刺さった管であり、その群生は殺伐とした、無機的な工業地のメタファーでもある。葦の広がる地とは、どこでもあり得るし、どこでもない。

風景と言っても、この時代に私の視界に映ったのは、私が居住している大阪市の周辺の重工業地帯であって、単なる自然の景観ではない。私はそれを「葦の地方」と名づけた。その頃まだ大阪の大工場のぐるりには葦原がたくさん残っていて、荒漠とした葦原の彼方に煙突や瓦斯タンクやクレンの林が望見されるというのが工場地帯の普通の風景であった。都会の葦原がかもし出すこういう非情の美しさはいわゆる風景美の概念にはあてはまらないかも知れない。それを美とよび得るならば、気候や風土の陰翳を超越した美である。隅々まで照らし出されてまるで赤外線写真でキャッチされたような乾燥した虚無的な美しさが大工場地帯の風景にある。従って、ほんとうはこれは大阪の周辺でなくてもかまわない。

（小野十三郎『現代詩手帖』六三〜六四頁[4]）

葦原を前景とする工場地帯の「虚無的な美しさ」を小野は描いた。それは小野の目に移ったリアルな情景だったが、その葦原もやがては工場に取って代わられ、葦がまったくのメタファーであるような、一層虚無的な風景に日本の沿岸が占められることになるのを我々は知っている。

一、音読を拒む小野十三郎

冒頭に掲げた「葦の地方」は、小野の詩の中で人口に膾炙したものだが、同時に小野の詩のすべてが既にそこに出揃っている、そういう作でもある。もう一度読み直してみよう。

初出本にはルビが無い。「硫安」＝りゅうあんや「曹達」＝ソーダの詰屈な漢字表記は、音読されることを拒むがごとく、そこに置かれている。あるいは、「ユーフアウシヤ」。これが、オキアミ属 Euphausia のことだと、一読して分かる者がどれくらいいるだろうか。並ぶ「とうすみ蜻蛉」は、と言えば、漢字で表記して灯心蜻蛉。糸蜻蛉の異名だ。「とうすみ」のかなの柔らかさにかきたてられるはずの郷愁が、「ユーフアウシヤ」という意味不明な比喩によって引き止められている。そもそも、「葦」は「あし」と読むのだろうか。『風景詩抄』には、

葦《よし》と蘆《あし》はどうちがふの？
ちがふんだらうね。何故？

（「早春」『風景詩抄』）

と書き分けている箇所がある。とすると、「葦」は「よし」と読ませる意なのだろうか。読者は判然としないままに放り出されている。ことばの音楽性、音が拒絶されているとしか言いようがない。

小野が、短歌的韻律を「奴隷の韻律」とまで評し、激しく否定したことはよく知られている。

特に、短歌について云えば、あの三十一字音量感の底をながれている濡れた湿っぽいでれでれした詠嘆調、

そういう閉塞された韻律に対する新しい世代の感性的な抵抗がなぜもっと紙背に徹して感じられないかということだ。

（小野十三郎「奴隷の韻律」『短歌的抒情』[5]）

短歌復興などということが唱えられているにもかかわらず、詩に於ける「音楽」の中でも、私はおしなべて現代の短歌が持つ声調（音数律）に最もいやな「音楽」を感じる。私の短歌嫌いは今にはじまったことではないが、それも根本的には、万葉に発する歌ごころの伝統がどこかで断ち切られているような気がするからである。

（小野十三郎「詩論」七一[6]）

「万葉に発する歌ごころの伝統」と言うからには、小野が一概に歌そのものを否定していたわけではない。それでは、なぜ彼は「短歌」を厭ったのか。

音楽と「精神主義」

（「詩論」一四四）

現代詩は私たちが所有するあらゆる広義の詩性の中で、過大な精神主義を鼓吹しない残された唯一の詩性であり、近世日本詩歌の伝統から一応切り離されたところに自らの抒情を展開させている異構造の詩だということが出来る。

詩の韻律を「音楽」と結びつけてしか考え得ない思考からの解放。

（「詩論」一五〇）

（「詩論」二一六）

「音楽」「精神主義」「韻律」が鍵となる言葉だ。これらの言辞から、その攻撃の真の的は五七調のリズムがもたらす同調性、「精神主義」にあることが分かる。小野がそれを忌避するに至るのは、やはり二次大戦前後に詩がある役割を果たしたからに相違ない。坪井秀人「戦争詩とその朗読――〈湾岸〉から〈真珠湾〉へ――（その一）」[7]には、昭和一二（一九三七）年七月「日本詩人会」の「詩朗読コンクール」、昭和一六（一九四一）年「日本詩人協会」の「現代詩の夜」（朗読会）など、当時の「朗読詩普及運動」の実際が紹介され、左に示す『地理の書』[8]改版の巻末に収録された岸田国士の「詩歌の朗読運動について」から引いている。

国民士気の昂揚は今や、政治的にも喫緊事とされてゐるが、百千の名士の愛国的訓話は、一回の「地理の書」の朗読に如かぬことはいふまでもなく、靖国の英霊を迎ふるわれら国民の至情に対し、如何なる高官の弔辞も、数行の「おんたまを故山に迎ふ」る詩片より荘厳にして感動的な印象を与へ得ないのである。

「詩歌朗読運動」は、かくして、詩歌を広める運動であると同時に、よい詩歌を生み出す運動でもある。

（『朗読詩集　地理の書』）

気分を高揚させる詩歌の朗読は、連帯を促し、独立を損ない、知性を麻痺させる。五七調の音楽性を小野が忌避する最大の理由がここにある。大戦中、戦争詩を詠い、朗読運動にかかわった多くの詩人らは、戦後、戦争責任論にさらされることになる。戦争に肯定的な詩を一つも作らなかったとは言えないが、戦前、戦中と一貫して詩人の精神主義、同調性に批判的であり続けた小野は、批判の対象にはならなかった数少ない詩人の一人だ。自由な詩的行為を抑制するものとして、和歌や定型詩からの解放を訴え続けた彼の姿勢は、とりもなおさず権威からの解放を意味していた。

二、小野十三郎における即物主義

小野十三郎という勝れて独立した知性は、いかに生まれ、育まれたのだろうか。以下、小野に影響を与えた詩人および文学運動について述べたい。

(1) 新即物主義と小野十三郎

新即物主義（ノイエ・ザハリヒカイト）は、第一次世界大戦後にドイツの美術界で勃興した運動で、主観的な表現主義に反して、即物的な表現を追求した。小野は、「続詩論」(9)において

「抒情の否定」や、物をして語らしめるという極端にザハリッヒな方法を自らに課していた頃の私の詩にくらべると、いま私が書いている詩は、ときに甚だしく濡れているような印象を読者にあたえるらしい。

（「続詩論」二二七）

と述べているが、一九四〇年代の小野がノイエ・ザハリヒカイトを意識していたことは疑いない。一九四七年の「詩論」には、

「精神」に対立する「物質」の認識。「質」に対する「量」の把握。現代の抒情の科学は逆にゆくこの抵抗感の精神の比重の転位から生まれる。更に深い復古。或は復原。

（「詩論」一五一）

と述べ、前章で述べた精神主義への対抗として、「物質」によって語るという方法論を獲得していたことが窺える。冒頭に挙げた「葦の地方」を今一度見てみよう。ここには、「葦原」、「高圧線」、「重油タンク」、「とうすみ蜻蛉」、「鋼鉄」、「ノヂギク」などの、景物、事物が目に触れるまま置かれ、感情を表す語は一切添えられない。しかし、高圧線は「たるんで」、とうすみ蜻蛉は「風に流され」、ノヂギクが「ちぢれあがり　絶滅する」という用言の働きによって、殺伐たる風景がもたらす逆説的な美と時代への批評性が担保されている。

(2) 未来派的風景観

一九〇八年後半から一九〇九年初め頃、Ｆ・Ｔ・マリネッティ（一八七六〜一九四四）によってイタリア未来派の基盤が築かれた。イタリア未来派に注目した詩人としては、森鷗外、平戸廉吉や高村光太郎の名が挙げられる。イタリア未来派を日本に紹介した鷗外の訳によって、その四項と一一項を見てみよう。

四、吾等は世界に一の美なるものの加はりたることを主張す。而してその美なるものの速の美なることを主張す。広き噴出管の蛇の如く毒気を吐き行く競争自働車、銃口を出でし弾丸の如くはためきつつ飛び行く自働車はSamothrake の勝利女神より美なり。

十一、吾等の詩は之を労働若くは遊戯若くは反抗の為めに活動せる大多数に献ぜんと欲す。現代諸大国の革命の多色多声なる潮流は吾等の歌はんと欲する所なり。試に主なる詩料を列記せん乎。電灯に照されたる武器工場及其他の工場のさわがしき夜業、烟を吐く鉄の龍蛇を驣下して饜くことなき停車場、烟突より騰る烟柱の天を摩する工場、刀の如く目にかゞやきて大河の上に横れる巨人の体操者に類する橋梁、地平線を嗅ぐ奇怪なる船舶、鋼鉄の大馬の如く軌道の上に足踏する腹大なる機関車、螺旋の占風旗の如く風にきしめく風船の目くるめく飛行等是なり。

（未来主義の宣言十一箇条「椋鳥通信」[10]一九〇九年三月一二日）

自動車や機関車、船舶、飛行機、橋梁、工場といった二〇世紀の文明のもたらした事物が、新しい「詩料」として提示されている。これらはなるほど新しい素材ではあるが、単なる新奇性を追うだけでは詩としての完成度は保証されない。それらを新しい美的対象として描こうとする姿勢が小野には見られる。昭和五四（一九七九）年に、小野は『蒸気機関車』[11]と題する詩集を上梓しているが、機関車は早くもその第一詩集『半分開いた窓』から作品の主題として登場している（「風船と機関車」）。第二詩集『古き世界の上に』[12]から一首挙げよう。

機関車に

その下にあるものの血を湧きたゝせ
それにたち向ふものの眼を射すくめる俺たちの仲間
機関車は休息のうちにあつていさゝかも緊張の度をゆるめず
夜ふけて炭水車に水を汲み入れ　石炭を搭載し
懐中電灯もて組織のすみずみを照明し
浮いたねぢの頭をしめ　喞子《ピストン》に油をそゝぎ
つねに巨大なる八つの大働輪を鋼鉄の路において明日の用意を怠らず
前燈を消して
ひとり夜の中にある

（小野十三郎『古き世界の上に』）

右の詩においては、機関車の力強さと機能美が描かれ、未来派宣言に謳う近代文明の所産の精強と通ずるところがある。しかし、今までも見てきたとおり、小野の描く工場や停車場は、無機的で荒涼としている。それは、小野が未来派的な素材を用いながらも、批評性を堅持したからに他ならない。

もちろん、小野の「物をして語らしめる」という方法論は、必ずしもノイエ・ザハリヒカイトやイタリア未来派から直接的に継承したものばかりではない。小野に影響を与えた日本の詩人として、物象詩を標榜した丸山薫（一八九九〜一九七四）を挙げなければならない。

この集成を編むに当つて、私は自分の作品に一貫して流れてゐる一つのつよい傾向を看取することが出来る。

それは物象への或るもどかしい追及欲とそれへの郷愁の情緒である。それこそ私に詩を書かせる動機となり、また自分の詩をそれらしく特色づけてゐるものだらう。私と雖も抒情詩が古来伝統するところの、自然へのあはれや人の世の涙につながるこころ意気を排すものではない。実はといへば、私自身の常住はそれによつて揺り動かされてはゐる。しかも詩を企てるとき、心にたたみかかつてくるものは物象の放射するあの不思議な陰翳である。

（『丸山薫物象詩集』自序[13]）

自序に述べるごとく、丸山は伝統的な抒情詩が育んできた、「あはれ」に代表されるような心情表現をもって情緒を詠うのではなく、物のすがた、「物象」を描いて、そこに自らの感情を照射する技法をめざした。小野は、『丸山薫全集』の月報に寄せた「同時代のころ」という文章で、

丸山さんには、「物象詩集」という詩集もあるが、私の同時代の詩人の中では、丸山さんは、やはり亡くなった村野四郎さんと共に、この外部に存在する物象の陰影によって、自己の内部に存在する願望に表現をあたえることが実に巧みな詩人であった。たくみなというより、いつも物象が人間の存在感と一体となっていた詩人だった。

「葦の地方」という、主として大阪周辺の重工業地帯の風景に即して想いを述べた私の一連の詩は、丸山さんのこの手法に負うところが多いのである。

（『丸山薫全集』二 月報Ⅱ[14]）

と述べているが、たとえば、

学校遠望

学校を卒へて　歩いてきた十幾年
首《かうべ》を回《めぐ》らせば学校は思ひ出のはるかに
小さくメダルの浮彫のやうにかがやいてゐる
そこに教室の棟々が瓦をつらねてゐる
ポプラは風に裏反つて揺れてゐる
先生はなにごとかを話してをられ
若い顔達がいちやうにそれに聴入つてゐる
とある窓辺で誰かが他所見《よそ》をして
あのときの僕のやうに呆然《ぼんやり》こちらを眺めてゐる
彼の瞳に　僕のゐる所は映らないだらうか？
ああ　僕からはこんなにはつきり見えるのに

（『丸山薫物象詩集』）

と詠う丸山の詩に郷愁のウエットな情緒が流れているのに対して、小野の作ははるかに即物的で乾いている。丸山に影響を受けつつも、小野はより前衛的であり、挑発的だ。

日本人の自然観はこれをその成りゆきに任せておくと次第に退嬰的になって固定してしまう。私たちの風景観にもつねに一つの強烈なアンチ・テーゼが必要なのである（中略）日本の風景や自然も又、そこから逃脱さるべき或るものだ。

（小野十三郎「詩論」一一八）

とあるように、それは小野の戦略のもとに、きわめてラディカルに進められたものであることが分かる。

三、小野における主知主義

小野の作品と言説には主知的傾向が著しい。そこには、イギリスの詩人T．S．エリオット（一八八八～一九六五）の理論の影響が看取される。エリオットの「荒地」（一九二二年）がモダニズムを代表する詩集であることは言うまでもないが、彼の感性よりも知性を重視する姿勢、理論を重んずるところが、小野に与えた影響は少なからぬものがあった。小野は昭和一七（一九四二）年『文化組織』に「詩論」を発表し始めてより、昭和三七（一九六二）年『詩論＋続詩論＋想像力』の一冊にまとめられるまで、二〇年にわたって書き続け、その理論を深めて来た。小野の主知的な姿勢は、立論ばかりではなく、まずは詩そのものが時代の批判であることを求めた。それは、エリオットの「詩にかんしてはたらく批評精神」より「詩のなかにはたらく批評精神」を重んずる姿勢（「詩の効用と批評の効用」[15]）と等しい。

現代詩に具わる新しい日本的性格とは、一口に言えば「批評」である。時代と自己との間隙を塞ぐ意欲的な批判精神を私は挙げたい。日本古来の詩歌の伝統に、そういう精神が全然無かったわけではないが、それは「自然」の智慧によって中和されていたために、かかる間隙に、際立った矛盾や対立は見られなかった。

（「詩論」一五）

あるいは、『現代詩手帖』などにおいて小野が説く詩の本質は、「音楽」の状態においてとらえられるものではなく、「批評」という知的な精神のいとなみにある。音楽的な詩、ことに定型詩や短歌のもたらす快さ、理性を麻痺させるエクスタシーに反発しているのだ。

小野はまた、「詩論」において「リズムとは批評である」（「詩論」一九七）とも述べている。これは小野による「命題」としてよく引用されるものだが、実際のところ、このままではいささか分かりにくい。五七調の快いリズムを排した上で、小野が求める批評のリズムとは何なのか。実作を見てみよう。

北港海岸

島屋町　三本松
住友製鋼や
汽車製造所裏の
だだつぴろい埋立地を
砂塵をあげて

時刻《とき》はづれのガラ空の市電がやつてきてとまる。

北港海岸。

風雨に晒され半ば倒れかかつたアーチが停留所の前に名残をとどめてゐる。

「来夏まで休業――」
潮湯の入口に張り出された不景気な口上書を見るともなく見てゐると
園内のどこかでバサツバサツと水禽の羽搏きがした。

表戸をおろした食堂、氷屋、貝細工店。
薄暗いところで埃まみれのまゝ越年する売残りのラムネ、サイダー、ビール罎。

いまはすでに何の夾雑物もない。

海から　川から

風はびゆうびゆう大工場地帯の葦原を吹き荒れてゐる。

（『詩集　大阪』）

たとえば、いわゆる「詩的」な語感からは程遠い「住友製鋼」の語。息継ぎの場所も分からないような長句は、朗読を拒むようだ。それでありながら、句と句の間には、余韻を伴った空隙があり、散文とは異なっている。

詩のリズムというものは、流れるようなリズムではなく、かたまるようなリズムである。言葉の調子、波動によって音楽のようには流れず、一箇の造型がうちに秘めているような凝結したリズムだ。

（小野十三郎「詩のリズムの工夫」『詩の本』Ｉ詩の原理[16]、二六三頁）

定型詩の安定した韻律を激しく否定する小野が詩に求めたリズムとは、たとえば、この詩に見られるような緊張感ではないだろうか。

小野の詩は、「物象詩」ならぬ「物質詩」とすら言えるほどのきわめて純粋な叙景詩だ。それは、日本の、抒情詩は勿論のこととして、叙景詩の伝統をも断ち切ったところにある。小野の描く風景には理想や憧れなどといったものはない。戦争や富国のために改造され、更新されてそこにある現実の風景は、あたかもディストピアのように無機的に荒廃し、殺伐たる美を放っている。その理想無き風景を描写する言葉は正確であり、明確であり、耳障りのよい韻律に収めるためのデフォルメを厳しく拒んでいる。

小野の詩は、彼我のモダニズムの詩人たちが培ってきた反逆的な詩精神と主知的な批判精神を土台に練り上げられたものと言えよう。

注

(1) 赤塚書房、昭和一四(一九三九)年。
(2) 太平洋詩人協会、大正一五(一九二六)年。
(3) 湯川弘文社、昭和一八(一九四三)年。
(4) 創元社、昭和二八(一九五三)年。
(5) 「奴隷の韻律」の初出は『八雲』昭和二三(一九四八)年一月号。『短歌的抒情』(昭和二八(一九五三)年、創元社)に収録される。引用は『小野十三郎著作集』第二巻(平成二(一九九〇)年、筑摩書房)による。
(6) 「詩論」の1~183は、『文化組織』昭和一七(一九四二)年二月号から昭和一八年一〇月号に連載。『コスモス』昭和二一(一九四六)年二月号に184以降が連載され、昭和二二年一〇月号に231までが掲載される。昭和二二年八月に真善美社より『詩論』として刊行され、その際には、小野による推敲改変が加えられた。昭和二四(一九四九)年刊不二書房版『詩論』及び昭和三七(一九六二)年思潮社版『詩論+続詩論+想像力』は、真善美版を基本的に踏襲。本稿の引用は、思潮社版による。
(7) 『金沢美術工芸大学紀要』三六、平成四(一九九二)年三月。
(8) 大政翼賛会文化部編、翼賛図書刊行会、昭和一六(一九四一)年初版、昭和一七年修正再版刊。
(9) 昭和三三(一九五八)年二月号から『現代詩』に連載開始(同年一一月まで)。引用は『詩論+続詩論+想像力』による。
(10) 『鷗外全集』二七(岩波書店、昭和四九(一九七四)年)による。
(11) 創樹社、昭和五四(一九七九)年。
(12) 解放文化連盟出版部、昭和九(一九三四)年。
(13) 河出書房、昭和一六(一九四一)年。
(14) 『丸山薫全集』一、角川書店、昭和五一(一九七六)年。
(15) 一九三二年。引用は吉田健一訳『エリオット全集』三(中央公論社、昭和三五(一九六〇)年)による。

（16）西脇順三郎・金子光晴監修『詩の本Ⅰ　詩の原理』（筑摩書房、昭和四二（一九六七）年）所収。

「英二伯父ちゃんのばら」をめぐる一考察（抄）

内海宏隆

一、晩年シリーズで繰り返し登場する「英二伯父ちゃんのばら」

庄野潤三の「晩年シリーズ」、『貝がらと海の音』（新潮社、平成八年）から『星に願いを』（講談社、同一八年）まで全十一作、これらのシリーズにはいくつかのモチーフが繰り返し登場する。草花の生育や庭にやってくる鳥の観察、散歩、就寝前の歌唱、ハモニカ演奏など毎日のルーティンワークのようなものから、「年に一回の大阪へのお墓参り」「宝塚の観劇～大久保くろがねでの飲食」等等、年中行事的なものまで、いろいろなモチーフが繰り返し繰り返し登場する。今回はそのうちの「英二伯父ちゃんのばら」について焦点を当てたい。

「英二伯父ちゃんのばら」が「晩年シリーズ」の各作品で、それぞれ何回くらい登場するのか調べてみた。「英二伯父ちゃんのばら」が一つのエピソードとして語られている内容段落毎に付箋をつけていき、エピソード毎に

一、二と数えていった。（なにぶん拾い読み、流し読みなので、もしかすると漏れがあるかも知れないが）調査結果は左記の通りである。

- 『貝がらと海の音』十二回
- 『ピアノの音』九回
- 『せきれい』十一回
- 『庭のつるばら』八回
- 『鳥の水浴び』五回
- 『山田さんの鈴虫』十一回
- 『うさぎのミミリー』五回
- 『庭の小さなばら』六回
- 『メジロの来る庭』十一回
- 『けい子ちゃんのゆかた』一回
- 『星に願いを』三回

管見によれば、「晩年シリーズ」十一作品で「英二伯父ちゃんのばら」の登場回数は合計八十二回。一作につき平均七回の登場だ。但し、均等（機械的）に登場するわけもなく、それぞれの作品への登場回数はまちまちだ。シリーズ第一作『貝がらと海の音』（連載第一回）の物語時間は平成六年九月に設定されている（英二が亡くなったのは前年十一月二十六日）。まもなく英二の一周忌を迎えるこの時期、次兄に想いを馳せる機会の多さが『貝がらと海の音』での「英二伯父ちゃんのばら」の登場回数の多さに反映されているようだ。これを頂点として、その後、それを超える回数はないが、平均七回を超える作品が全六編あり、シリーズ全体としては増減を繰り返しながら登場していることが分かる。

おおまかな物語内容は

一、引越祝いに、兄からばらの苗十本（ブッシュ・つるばら各五本ずつ）を送られる。
二、兄は、ばらの植え方を書いた手紙を速達で送って寄越す。
三、兄の指示通り、穴を掘って肥料を入れたあとに苗木を植える。
四、風よけに植えた木々が大きく成長したため、ばらの成長に必要な日当りが悪くなってしまい、兄の贈りものは全滅した（ように思われた）。
五、しばらくしてから、生き残りのブッシュ一本を発見する。
六、まわりの木の枝を払い、日当りと風通しをよくしたおかげでブッシュは生き返った。このばらを「英二伯父ちゃんのばら」と命名した。
七、その後、生き残りのつるばら一本も発見される。これを「英二伯父ちゃんのばら2号」「庭のつるばら」と名づける（4作目『庭のつるばら』から登場）。
八、以来、両方のばらを大切に育てている。妻は、蕾をつけたり花がひらいたりすると教えてくれるし、切って来て机の上の花生けに入れてくれる。

といったものだが、それぞれの作中では物語内容が単純にコピー&ペイストしているわけではない（「コピペ」しても同じ効果（感動）は（おそらく）得られない）。言葉を尽して丁寧に語られる場合もあれば、極々簡単に触れられる程度の場合もある。その都度、言い回しを変えたり、プロットを組み替えたり（別のプロットに組み込まれたり）、物語内容の一部が編集されたり、さまざまな表現上の工夫がなされている。厳密厳格に言えば、一字一句変らぬ・全く同じ叙述は二つとして存在しない。

穏やかな筆致で綴られており、物語内容も（第三者の目から見れば）日常レベルの「感動」を超えるものではないと思われるが、この執拗な繰り返しにはなにか異常なもの（芸術家特有の執念、こだわり、静かな狂気のようなもの……）を感じざるを得ない。「晩年シリーズ」には、老夫婦の「穏やかな日々」が描かれていると評する人は多いが、底辺には狂おしいばかりの死者・兄への哀悼の思いが垣間見える。

「英二伯父ちゃんのばら」が「生き残り」と称されるのに対して「英二伯父ちゃんのばら2号」は「生き返り」と称されることが多い。「生き残り」と「生き返り」とでは自ずから意味も異なってくる。「生き残り」には、十年の長きにわたって兵役に就きながらも生き残った・BC級戦犯容疑をかけられつつも九死に一生を得た英二の姿が髣髴とされていると思われる。「生き返り」の方には、戦傷やマラリア等で幾度か危ない目に遭いながらも、その都度甦ってきた――そして死後は「ばら」に転生した英二の姿がイメージされているものと思われる。この点については後述する。

二、「英二伯父ちゃんのばら」はなぜか書かれるのか／繰り返されるのか

炭疽菌とかテロとか、そういうことはあっても見ないのです。自分とはかかわりがない。自分に大事なのは、脂身をつつきにくるシジュウカラだという、そういう気持ちがあります。

これは、庄野潤三・江國香織『対談　静かな日々』（「うさぎのミミリー」新潮文庫、平成一七年、二五〇頁）

のなかの潤三の発言である。この対談は9・11の直後に行われたので、当時の時代状況を反映した内容になっているが、これは「社会派」の人たちを挑発しかねない過激な発言とも取れる。「炭素菌とかテロ」とかは「自分とはかかわりがない」「自分に大事なのは」庭木に吊るした「脂身をつつきにくるシジュウカラ」(や「英二伯父ちゃんのばら」だ……)。これは、「グローバル社会」などという言葉がもてはやされている昨今、極めて利己的な考え・身勝手な発言と捉えられかねない。しかし潤三の言っていることはそんなことではない。彼の考えを単純に表すと「隣人を愛せよ」ということになるだろう。潤三にとっての「社会」とは、山田さん、清水さん、藤代さんなどの「隣人」の住む川崎市生田なのだ。まずは身近な「社会」を大切にしようということだ。いろいろなことを地球規模で考えていかなければならない。宗教やイデオロギーの違いを超えて世界の人々と対話をしよう、分かり合おう、愛し合おう。こうしたグローバルな考えはもっともなことだし、これを否定するものではないが、では個のレベルでなにができるか? まずは「隣人」を愛するところからはじめようではないかということだ。但し、潤三の場合は、それを声高に主張したりしない。「私はこんな風に暮らしております(毎日を過ごしております)」ということを淡々と書き記す(作品として表現する)という態度で示す。

「自分に大事なのは、脂身をつつきにくるシジュウカラだ」という考えを、潤三はかなり早い時期から持っていた。「自分の羽根」(初出・『産経新聞』昭和三四年一月一三日付)に、次のような記述がある。

私は自分の経験したことだけを書きたいと思う。徹底的にそうしたいと考える。(中略)私は作品を書くのにそれ以外の何物にもよることを欲しない。(中略)私に取って何でもないことは、他人にとって大事であろうと、世間で重要視されることであろうと、私にはどうでもいいことである。人は人、私は私という自覚を常にはっきりと持ちたい。(「自分の羽根 庄野潤三随筆集」講談社、昭和四三年、一八七頁)

江國対談の四十三年も前から潤三はこうした考えをもって創作活動をしていた。潤三の考えは、なにも特異なものではない。物語を物語るということは一般的にどういうことなのか、千野帽子「人はなぜ物語を求めるのか」（ちくまプリマー新書、平成二九年、三二～四頁）より引用する。

（前略）ストーリーのなかで「できごと＝事件」とは、「報告する価値があるもの」という側面を、大なり小なり持っています。そして、大きなできごとのほうが、「報告価値」を持つとされる価値があります。

大きなできごとというのは、たとえば、そのストーリーを語る社会のなかであまり蓋然性が高くないレアな、非日常的なできごと（スポーツの新記録、異常気象、戦争、大事故など）だったり、その社会の法や道徳の基準からはずれるスキャンダラスなできごと（犯罪、不倫など）だったりします。

（中略）

この「大きなできごと」の「大きさ」は、必ずしも客観的な「大きさ」ではありません。中東の戦争よりも、身近なこと（初孫が初めて立って歩いたことや、近所の人の私生活の情報）のほうが、大きな報告価値を持つというケースもあります。

また、ストーリーを物語る理由は、必ずしもそれが大きなできごとを報告しているからというわけでもないのです。

そもそも、実話であるということには、報告価値があります。人はしばしば、おもしろい作り話や小説や映画よりも、自分に関係のある平凡な実話やニュースのほうに、興味をひかれる傾向があります。（中略）

たとえ些細なことであっても、聴き手がそれを強く聞きたがっているばあい、ストーリーは報告価値を持ち、そのストーリーを語ることが正当化されます。好きな人ができたら、その人がどのような人生を送ってきたかを――たとえ平凡な人生であったとしても――知りたいものですし、子どものころの写真を見てみたいと思うこともあるでしょう。

潤三にとって「英二伯父ちゃんのばら」は「大きな報告価値」を持った「大きなできごと」だったのだ。

次に「なぜ繰り返し書くのか」について考えてみたい。

「子供が大きくなり、結婚して、家に夫婦が二人きり残されて年月たつ。孫の数もふえて来た。もうすぐ結婚五十年の年を迎えようとしている夫婦がどんな日常生活を送っているかを書いてみたい」(『あとがき』「貝がらと海の音」新潮文庫、平成一三年、四一七頁)。もともとそういう方針ではじまった「晩年シリーズ」なので、そこに波乱万丈な物語や急転直下するストーリー展開を期待するのが間違っているのだろうが、初読の際は、かなりな違和感を覚えたものだ。以前読んだような内容がしばらくするとまた出てくる「既読感」、デジャヴュ感覚、それが延々と続くのでしつこさを感じてくる。

杉山平一も「庄野潤三と鬼内仙次のこと」(『文学雑誌』86号、平成二二年一二月、一九頁)で「あんな平凡な日常を書いた本が売れるのだろうかと考えていた。ある日、その出版社の方に尋ねてみた。すると、『我が社にもなかなかファンがいるんですよ(中略)』と言われた。自分の読み方が足らないのを恥じた」と記している。杉山でさえも「あんな本」と思っていたし「読み方の足らないのを恥じた」と言う。「晩年シリーズ」は分かる人にしかわからない。誤解をうけやすい本なのかも知れない。

この執拗さには何らかの意図を感じざるを得ない。そのことに、ある時、はっと気づく。

「なぜ繰り返し書くのか」については先行論文がある。まずは、川本三郎「郊外に憩いあり　庄野潤三論」を紹介する。

(前略)一連の「郊外小説」は、「家庭の幸福」の物語である。それも決して大それた幸福ではない。家族全員が一日、無事で生きているということ。その確認こそが幸福であって、むしろ、何ごともドラマが起きないことに意味がある。（中略）庄野潤三が一連の「郊外小説」で書き続けているのは、あくまでも「現実の幸福」ではなく「描かれた幸福」である。（中略）それはあくまでも、作家である庄野潤三によって選び取られた「日常」である。当然、そこには虚構がある。／庄野潤三は、極力、作家である自分を消そうとする。作家という特殊な自分を消し生活者としての小市民性を浮き上がらせようとする。この消去あるいは削除は重要である。（中略）作家としての仕事がほとんど描かれていないように一群の「郊外小説」には欠落しているものが多い。（中略）負の要素はいっさい切り捨てる。（中略）庄野潤三は（中略）決して多く語らないが、戦中派である。若くして死ななければならないというこの世代の宿命を痛みを持って感受している。また、兄である、童話作家の庄野英二が戦後、戦犯として占領軍によって捕えられた痛苦がある。（中略）幸福のうしろに、その崩壊、危機をいつも敏感に感じ取っている。（中略）／一見、どこにでもあるような小市民の幸福は、いつも突然の危機と隣り合せにある。ただ庄野潤三は決してその危機をことごとしく描くことはない。危機はあくまでも静謐な日常の底に見え隠れするだけだ。そして幸福のもろさを知っているからこそ庄野潤三は、幸福を貴重なものとする。（中略）「煩しいことは、人の耳に入れない。いいことは、みんなで喜びを分つ」。／この兄の態度は、そのまま庄野潤三に受け継がれている。（中略）一連の郊外小説の基調になっている。（初出『新潮』平成一四年一一月号、初収『郊外の文学誌』新潮社、平成一五年、一八五〜九〇頁）

川本三郎は「何ごともドラマが起きない」というが、そうだろうか。ことごとく消えてしまったと思われていた「英二伯父ちゃんのばら」が生き残っていた（それも二本も）ということは作中の「私」（や妻）にとって一大事であり、それらを大切に育てることで、蕾をつけ、花を咲かせるようになったことは、「私たち」にとって「ドラマ」に相当することなのではないか。だから、この物語の語り手もこうした「できごと＝事件」を「報告する価値があるもの」として語るのではないだろうか。

次に長谷川一「日常と反復　庄野潤三、あるいは山の上の老夫婦の『モダン・タイムス』」を紹介する。

（前略）このテクストの際だった特徴として、山の上の老夫婦の日常生活に繰りかえしの著しく多い点をあげることに異論を唱えはしまい。じっさい繰りかえしは、たんにちょっと目につくというような程度ではなく、陸続と反復される。ほとんど尋常の範疇を逸脱するほどの熱心さといってよいほどだ。（中略）繰りかえすことそれ自体が、このテクストの根幹にかかわっていると考えられるべきである。（中略）どの作品においても、幾度となく繰りかえされる。反復は、あたかも潮が満ちては引いてゆく自然の理でもあるかのように、幾重にも折り重ねられて響きあう。晩年シリーズを読むことは、十一個の読書の集合というよりも、全体としてひとつの大きなうねりのなかに身をまかせる経験だというほうが相応しい。（中略）今日、昨日と同じ行為を繰りかえすのは、今日を昨日と同質の一日に置き換えるためではなく、今日という日をほかでもないじぶん自身がたしかに生き、周囲のひとびとや自然との関係を再び結びなおすためである。昨日の行為を今日繰りかえすことは、だから昨日を今日に再現することではない。昨日を手だてに今日を創造することである。それは鮮やかに彩られた奇跡なのだ。（中略）山の上の老夫婦的な反復は、喩えていえばロンド（回旋曲、輪舞曲）である。ある主題を、途中いくつかの別のふるまいを挟みながら、ときに変奏しつつ反復する。（中略）同じことの繰りかえしは単調であり、ゆえに飽きてうんざりする。反復の先に待っているのは倦怠なのだと、誰しも考える。（中略）しかしその作業は、昨年とまったく同一の仕事をそのままなぞって反復するのではない。（中略）

この晩年シリーズは、その穏和で平易な文体とは対照的に、一向に「平穏」でも「幸福」でも「小市民」的でもない。テクストを支えているのは、生活から肌理が失われてゆくことへの痛切な危機意識と、日常にたいする確固とした意志、そしてそれを貫徹するための断固とした、だが静かなたたかいである。〔『scripta』

第7号、紀伊國屋書店、二〇〇八年春、五～十一頁。加筆訂正ののち『くりかえす』として「アトラクションの日常――踊る機械と身体」（河出書房新社、平成二一年）に所収される」

長谷川の意見には感心した。音楽に喩えているところなど、共感するところが多い。

最後に新潮社で潤三を担当した元編集者・鈴木力のコメントを紹介する（『庄野先生の祈り』「庄野潤三の世界展」図録、徳島県立文学書道館、平成二五年、一七頁）。鈴木は「あるとき、『詫助』の花の話が（「晩年シリーズ」の連載に、筆者補筆）四回出てくることを指摘し「ママでよろしいですか？」と確認をとる。対して潤三は「ママでよろしい」と応えてくる。やはり潤三は「確信犯」的にこうした叙述をしている。鈴木は「くり返し書くことは、くり返し祈ることであった」、「日々の幸福が」「いつまでも続く真実のものであれ、との祈りであった」と解釈する。これも一つの見解である（当然のことながら、老人の繰言でしかない――文学的な価値を持たない・商品価値がないと判断された――ものを営利企業である出版社が刊行することはないだろう）。

長谷川や鈴木によって、繰り返しの意義や意味については言い尽くされたようだが、あえて（強いて）付言すれば、これは音楽を聴いたときに得られるようなある種の「快感」を狙っているのではないだろうか。クラシックにおける「オスティナート」、ロックにおける「リフ」のようなものが想起される。「晩年シリーズ」を読んでいると、最初は老人の繰言ではないかという疑念も湧くし、あまりの執拗さに辟易するが、あるとき、ふとそうではないことに気づき、それまで苦痛でしかなかった繰り返しが、あるときからロックの「リフ」のように思われ、グルーヴ（大きなうねり）をも感じるようになる。「英二伯父ちゃんのばら」「宝塚観劇」「宴会」「大阪への墓参り」……晩年シリーズはたいへんフックの効いた作品群に仕上がっていると思えるようになる。

江國香織も、「庄野文学には強烈な中毒性がある」と言っているが（『解説』「貝がらと海の音」新潮文庫、平成一三年、四一九頁）、その通りだと思う。更に江國は「だって、文学そのものだからだ。庄野さんは、徹底して言葉本来の意味で言葉を使う。曖昧なイメージや感傷を、言葉に絶対担わせない。それが快楽なのだ」と分析する。江國の説に異論はないが、あえて屋上屋を重ねるならば、その「音楽性」「音楽的なところ」も「中毒」を引き起こす一因であると考えられる。

作中の老夫婦は「カプリ島」「旅愁」「帝塚山学院校歌（旧）」などの限られた曲を、何度も繰り返し演奏（唱和）することを就寝前の習慣としている。これも音楽によって得られる快楽を彼らが知っており、音楽の「中毒性」に老夫婦が嵌っていることを示すものだろう。また作品自体、いくつかの物語が「繰り返し」語られることによる効果が意図されている。「晩年シリーズ」は二重の意味で「リフ」の効果の発揮された＝音楽性に充ちた作品群と言える。

三、「英二伯父ちゃんのばら」はどこから来ているのか

平成七年一月、『新潮45』で「晩年シリーズ」の第一作「貝がらと海の音」の連載が始まる八ヶ月前、平成六年五月『文学雑誌』67号に「英二伯父ちゃんの薔薇」が掲載される。67号には、実に三三編もの追悼文を寄せられている。英二の「葬儀は密葬のみ、無宗教で、ごくささやかに行われた」という（涸沢純平「四年ののち」『海鳴り』9号、編集工房ノア、平成九年、五七頁）から、この67号は、誌上葬儀のようなものだ。

兄は一昨年十月、病院で心臓大動脈瘤の手術を受けた。手術はうまく行った筈だが、あとで院内感染があったりして、また、あちこちよくないところが見つかって、入院生活が長引いた。この調子では一年になるといっていたら、一年になり、一年を通り越してもまだ退院出来そうにないので、気がもめた。（中略）いつ

までもよくならない兄のことが気がかりでならなかった。

私の家は多摩丘陵のひとつの丘の上にある。家のすぐ近くにZ字型の急な坂がある。下から上って来て、二つ目の曲り角まで登ると、西の方に丹沢山塊の山なみが見える。天気のいい日は、その丹沢の上に富士が見える。

私は日課の散歩の帰りにその曲り角まで来ると、立ち止って、丹沢の方に向って（そちらが大阪のある西の方なので）、「英ちゃん、頑張ってくれー、元気になってくれ！」と口のなかで唱えた。長引く兄の入院中、いつもそうした。そうせずにはいられなかった。この願いが西の方、大阪の病院にいる兄に届いてくれると思いたかった。


（中略）


私たち一家が大阪から東京へ引越したあと、石神井公園の私たちの家をはじめて兄が訪ねてくれたとき、ライラックの苗木をさげて来て、庭に植えてくれた。そのライラックは毎年、いい色の花を咲かせてくれたのに、神奈川県生田のいまの山の上の家に越して来るとき、持って来なかった。あとになって惜しくなって、どうして持って来なかったんだろうと悔んだものであった。ライラックだけでない、柿も桃も持って来なかった。

いまの家へ越したときには、兄はお祝いに枚方のばら園からブッシュとつる薔薇を五種類ずつ送ってくれた。その後、風除けにむやみに木を植えて、庭が植木溜のようになったので、日当りが悪くなったせいか、兄の薔薇の大方は消えてしまった。

もし全部無くなったら、兄に対して申し訳ないところであったが、幸いなことに三十年たって、今も残っているのが庭の隅にひと株だけある。

去年の夏、或る朝、妻が庭から赤い、小さな薔薇を一輪切って来た。

「英二伯父ちゃんの薔薇です」

私の仕事机の花生けに活けて、入院中の兄に葉書で知らせた。三十年たって、いまも咲いてくれるうれしい薔薇である。

先日、妻と二人で庭の梅と山茶花と侘助、白木蓮の根もとに寒肥を上げた。植木溜のような庭なので、その四つだけにしているのだが、最後に庭の西南の隅の「英二伯父ちゃんの薔薇」にも上げた。肥料の白い粒を寒肥用の黒土に混ぜたのを薔薇の根のまわりに埋めて土をかけるとき、兄と何か言葉を交わしているような気がした。

このエピソードは七ヵ月後の平成六年十二月「文学交遊録」の最終回で、再び語られる。

「英ちゃん、頑張ってくれー元気になってくれ！」これはまさに鈴木力の言う「祈り」だ。

「英二伯父ちゃんのばら」の挿話は「晩年シリーズ」になって初めて語られるようになったわけではない。遡ると『夕べの雲』（講談社、昭和四十年）まで辿りつく。

大浦は風よけの木を一本も植えない前からいろいろ取越し苦労をしていたが、ある日、大阪にいる兄から速達の手紙が来た。

それには、「お祝いに何かいいものを送ろうと思いながら、つい遅くなってしまったが、今日、枚方のばら園へ行って、ブッシュとつるばらとそれぞれ五種類ずつ選んで、苗を送らせた。一週間以内に着くから、この手紙着き次第、次の要領で準備をされたい」と書いてあった。

兄が指示して来たことは、
一、日当り、風通しのよい場所にブッシュの方は最低一米、つるばらは二米の間隔をあけて、直径一米、深さ五十センチまたはそれ以上（深ければ深い方がよい）の穴を掘ること。
二、次に油粕か鶏糞を山の枯葉の下にある腐蝕した土とよく混ぜ合せたものを、穴の深さの半分くらいまで入れる。ただし、苗を植える際、根がここまで届かないように注意すること。

というので、横に寸法を記入した略図が添えてあった。

大浦は、兄の手紙を読むと、すぐにシャベルを持って庭へ出て行った。早く穴を掘らないと、ばらの苗が来るまでに間に合わないかも知れない。

自分は目下のところ、風よけの木のことしか考えていない。早く大きくなって、この家を見えなくしてくれるような木のことを夢みている。ばらを育てるというのとは、かなり縁遠い気持でいる。美的感情とは別のもので胸がいっぱいになっている。

しかるに兄は、そんなことは知らない。前の家の時にはライラックを買ってくれ、今度はばらである。もともとこの兄は、木も好きだけれども花の方がもっと好きだ。自分は木が好きというよりも、今や必要に迫られて――大風で家もろとも吹き飛ばされないために、風よけの木に夢中になっている。

（中略）

だから、兄の方で彼が風よけの木をほしがっていることは分らないわけで、「ばらなんか送ってくれなくてもよかったのに」と思ったら罰が当る。

で、彼はせっせと穴を掘った。兄のいう通りに間隔をあけるとなると、家のまわりは全部穴になってしまう。そこで、寸法はちょっと短縮することにした。

彼は二日かかって、ばらを植えるための穴を掘った。土を掬い出しながら、彼は思わずひとりごとをいった。

「何だか墓掘り人夫になったような気がする」

穴を掘っただけで、もう準備が出来たわけではない。兄がいった元肥えをやらなくてはいけない。穴を掘るだけでも大仕事であったが、今度はその深さの半分を別の土で埋めなければならない。

駅前に米屋があって、そこの主人は長男と一緒に働いている。（中略）

「油粕か鶏糞を売ってるところはありませんか」

（中略）

「魚粉ならあるけど、どうかな」

主人は紙袋に入ったものを持って来て、中身を少し掌の上にこぼして大浦に見せた。

（中略）

「ばらにきくかな?」

「うちじゃやってみたことはないけど、きくと思いますね。鶏糞がきくんだから、そのとりが餌にする魚粉はいい筈だな」

「なるほど」

二人は笑った。

（講談社文芸文庫、昭和六三年、一七〜二一頁）

（晩年シリーズの）「せきれい」では単に「駅前の米屋で買ってきた魚粉（いわしを干したもの）」としか書かれていないが（文春文庫、平成一七年、二〇三頁）、なぜ「魚粉」を肥料として使うことになったのか、「夕べの雲」ではその経緯が詳細に記されている（「貝がらと海の音」「ピアノの音」ではディテールを紹介するのが面倒だったからか、肥料は兄の指示通り「鶏糞」のままになっている）。「『ばらなんか送ってくれなくてもよかったのに』と思ったら罰が当る」という叙述から当初は「贈り物」を必ずしも素直に受け取ったわけではない様子（微妙な心情）が吐露されている。「寸法はちょっと短縮することにした」という叙述からは、厳密厳格には「兄の指示通り」でなかったことが分る。

もっとも「夕べの雲」も小説であるから、こちらが虚構である場合も考えられる。どちらが真実でどちらが虚構であるかを明らかにすることも大切だが、それよりも重要なのは、潤三の文学がそうした虚実皮膜なところで成立しているということだろう。

昭和三十六年四月、生田に転居。
昭和三十九年九月、「夕べの雲」を『日本経済新聞』に連載（翌年一月まで）。
昭和四十年三月、「夕べの雲」講談社より刊行。

「年譜」より、原体験のあったのは昭和三十六年五月頃のことと思われる。[1]それから三年数ヶ月後「夕べの雲」の冒頭部分で物語化されることになる。物語はそこで閉じられたわけではなく、それからも断続的に物語られることになる（たとえば「鉛筆印のトレーナー」（福武書店、平成四年）や「さくらんぼジャム」（文藝春秋社、平成六年）など）。「晩年シリーズ」は「夕べの雲」の後日談的な意味合いをもった作品群である。

ここまでを前段とし、これ以降は庄野英二の作品を扱っていく。

四、英二伯父ちゃんはなぜ潤三にばらの苗を贈ったのか

「英二伯父ちゃん」はなぜ潤三にばらの苗を贈ったのか、花の苗を贈ること・庭に花を咲かせることにはどんな意味があるのかを英二の作品から探ってみたい。『帝塚山風物誌』（垂水書房、昭和四十年）から「久保田の坂」というエピソードを紹介する。

久保田の坂を上りつめた所は石田氏邸であるが、しょうしゃな木造洋風建築で南側の門と邸宅の間に広い花壇があった。当時の大阪の住宅は、たとい数寄をこらした庭園をもっていようと、外側は高い塀で囲うのが普通であった。／石田さんの庭は洋式で外側も低い囲いだけで通行人が中の花壇を眺めて楽しむことができた。／石田さんはケーブルを作る日本一（らしい）の会社の社長で、令息は私の兄と小学校が同級であった。／石田さんの花壇には春になるとパンジーが咲き、それから秋まで次々と花が絶えなかった。／石田さんはクリスチャンで家庭でも集会を持っていられたらしいが、私は石田さんと直接お話をした経験は一度もない。然し私は石田さんを少年の頃から心から尊敬していた。その一つは美しく咲き乱れる花壇を作って通行人の目をも楽しませてくれたことである。／もう一つは、石田邸の西側、つまり坂道を「やっこらさ」と上りきったあたりの道に面してベンチを作られたことであった。公園にあるようなベンチではなく、ちょっとした電車の待合室のように屋根のあるベンチを作られたのである。その上にベンチの少し南よりに水飲場を作られたのであった。水飲場もみかげ石のしゃれたデザインのものであった。／久保田の坂を汗をかいてのぼってきた通行人が水を飲んで一休みできるように用意されていたのである。／大阪人はケチンボで一銭の金でも惜しがるように思われるのであるが、石田さんのような奇特な人も存在しているのであった。／私

はこの文章を書くにあたって、僭越ながら過去五十年間の久保田の坂の通行者を代表して、謹しんで石田さんに心からの感謝を献げたいと思っている。（一三〇〜一頁）

この「石田さんの庭」が、「英二伯父ちゃんのばら」の一つの出発点だと思う。潤三の家にやってきて、スケッチブックに四季おりおりに咲く花をリストアップし、後日、ばらの苗木をおくり……こうした「英二伯父ちゃん」のおこないは、神奈川庄野の家でも「美しく咲き乱れる花壇を作って通行人の目をも楽しませて」ほしいと思ったからだろう。

植物を育て続けることは、そのまま地域社会に根付くことに繋がる。現実に、生田の庄野家は、この地に根付き、潤三夫妻なきあとも長男の龍也一家が住んでいる。

長谷川の説を援用すれば、植物を育て続けることは、循環した時間世界に身を置くことに繋がる。大袈裟な言い方にはなるが、「英二伯父ちゃん」は弟・潤三に日本人本来の生き方[2]に立ち返ることを望んだのではなかろうか。

これは、「にぎやかな家」（講談社、昭和四四年）の『畑』というエピソードにあったことだが、花の苗をいただくこと、それを育てて花ひらかせることは、喜びを得ること・喜びを分かち合うことに繋がる。また贈り主に感謝の気持を持つことになる。こうした側面もあっただろう。

旧石田邸の住所は帝塚山西二丁目十二番地。昭和四十年代の住宅地図では「石田（英）」という名義で示されているが、現在は「千代モータープール」という駐車場になっている。調査の結果「帝塚山風物誌」に登場する「石田さん」は、この石田（英）（＝英男）の父、美喜蔵であることが分かった。「安全索道80周年記念誌——人と技術の80年」（安全索道株式会社、平成八年）によれば、石田美喜蔵（明治九年〜昭和一九年）は、奈良県帯解の酒造業石田家の三男として誕生、現・安全索道株式会社の創業者となった（索道とはケーブルカーのこと。同社のホームページによれば「索道業界のパイオニア」であり、いまでも業界シェア国内第二位の会社である）。「昭和人名事典」（第三巻、日本図書センター、昭和六二年、一二頁。底本「大衆人事録」第十四版、帝国秘密探偵社、昭和一八年）によれば、美喜蔵の宗教はキリスト教であり、趣味は園芸と「帝塚山風物誌」の内容と一致する。美喜蔵は大正期に欧米視察旅行をして、「歐米を巡りて」（石田美喜蔵、大正十年）「實業家の見たる現今之歐米」（文翫堂出版部、大正一一年）という二冊の本を刊行している。石田美喜蔵が、私利私欲より公益を重んずる考えや姿勢を持ったのは、この欧州視察旅行の体験によるものと思われる。

木津川計のことば（『編集前記』「上方芸能」一七一号、平成二一年三月、一頁）をお借りすると、〝がめつい〟〝ど根性〟「騒々しく猥雑な」といったステレオタイプの大阪人ではなく、「ヒューマンでピューリタンな」「清潔で「誠実」な大阪人＝帝塚山派のひとりとして石田美喜蔵の名を挙げることに異を唱える人はいないだろう。

次に「英二伯父ちゃん」とばらとのかかわりについて考えてみたい。『にぎやかな家』（前出）にはまさに「ばら」と題されたエピソードが載っている。

にわとりがいなくなり、鶏舎もよそへあげてしまった年の五月のある日曜日でした。／Kくんがふらりと自転車に乗ってやってきました。／Kくんはやはり、わたしの中学校の教え子です。／「先生、なにかアイディアをさずけてください。」／というのです。／（中略）Kくんは毎年、T百貨店でひらかれるばらの展覧会に出品して特賞をもらっていました。ばらのはち植えやいけ花を使ってデコレーションをするのだというのです。／Kくんが、おとうさんといっしょに何百本とばらを栽培していることは知っていましたが、ばら展に出品して入賞していることははじめてきいたのです。／（中略）／「それなら、ピーターパンの海賊船はどうだろう。」／と、わたしはいいました。かれは大喜びでした。そして、／「先生、来々週の火曜日からばら展がひらかれますから、ぜひ見にきてください。」／といって、かれは自転車にひらりと乗るとせなかをまるめて帰っていきました。／ばら展の初日にいくと、かれの作品には特賞のふだがつけられていました。／（中略）／美しくて気品のあるすぐれたばらを見ていると、わたしもぜひばらを作ってみたくなりました。／（中略）／帰りぎわにKくんが、／「先生、ばらの苗をさしあげましょうか。」／というので、／「それはありがたい。」／と答えると、／「こんど持っていきますから、植えるあなを先に用意しておいてください。」／というのです。／（中略）／「（前略）ほんとうにりっぱなばらを作ろうと思えば、先生の背の高さよりも深い大きなあなをほらねばいけません。まあ、どんなに小さくても、深さ一メートル以上、直径も一メートル以上はよくたがやしておいてください。」／というのです。／（中略）／Kくんには、バラの苗を二本だけいただきましたが、その年の秋から暮れにかけて、洋に庭いっぱいにばらのあなをほらせました。そしてあなの中に台所くずやごみや油かすを入れて、翌年の春にばらを植える用意をしておきました。／わが家の庭にも、その翌年の五月からばらがたくさんさきはじめるようになりました。（一一七〜一二〇頁）

ここに書かれていることは「夕べの雲」で、大浦が兄に言われてしたこととほぼ同じだ。「英二伯父ちゃんのばら」のルーツはここにもある。

これは実際にあったことなのか。「Kくん」のモデルになった方は実在するのか。小林晴子に訊ねたところ「Kくん」のモデルは、筧淳（昭和十三年九月五日生）であることが判明した。筧は、英二の帝塚山学院中学部での教え子（33回生）。父・潔は帝塚山学院小2回卒・第3代同窓会長を務めた人で、学院とは大変ゆかりの深い方たちであった。筧には書簡で質問状を送り、書簡にて回答を得た（平成二十九年七月十六日消印、七月二十二日消印）。紙幅の都合により、回答の内容を要約して示す。

「にわとりがいなくなり、鶏舎もよそへあげてしまった年」とは、一九六〇（昭和35）年のこと。当時の住まいは、堺市北条町にあり、自転車ではなくバイクを使って帝塚山の庄野英二宅に行ったそうだ。「毎年」「特賞」という事実はあったのかといえば、一九五九〜六〇年にかけては連続入賞しており、カップを獲得している（一年空けた一九六二年にはメダルを獲得）。特に一九五九年秋のローズ・ショーでは「パリの休日」という作品で「最高殊勲者」と評価されている（朝日バラ協会「ばら」54号（一九五九年一一月一〇日発行））。作中に登場する「ピーターパンの海賊船」とは、一九六〇年春のローズ・ショーに出品した「赤チャン・バンザイ」という作品のことで、デコレーションの部「高島屋賞」を受賞している（朝日バラ協会「ばら」61号（一九六〇年六月一〇日発行）には、「赤チャン・バンザイ」が写真付で紹介されている）。「『ばら展』の見学をきっかけに『わたし』が『ぜひばらを作ってみたく』なったということ、『Kくん』の『ばらの苗をさしあげましょうか』という提案を『わたし』が受け入れたこと、『Kくん』が『先生の背の高さよりも深い大きなあな』をほるように指示したことなどは本当にあったことなのか」という問には「あった事です。苗は高島屋でもかわれたと思います」と答えてくれた。本文には「Kくん」は「おとうさんといっしょに何百本とばらを栽培している」とあるが、それは父・潔の趣味であったとのこと。庄野英二は寛淳の中学校時代の担任で、社会科を担当していた。ご自身が『にぎやかな家』「Kくん」のモデルだということは知らなかったと云う。

寛の証言により「にぎやかな家」という物語は、虚実が入り混じって構築されていることが分った。「Kくん」が自転車を漕いでやって来るのと、オートバイに跨ってやって来るのとでは随分印象も違ってくる。自転車だと「Kくん」宅は、「わたし」の家の近所のように思える。「事実」と「物語」の差異を知ることで、英二の創作技法の一端を垣間見たような気がする。

ちなみに、ばらの花言葉は「愛」「美」「夢かなう」「奇跡」「神の祝福」「不幸中の幸い」。英二および英二文学の特性と重なり合う点がないだろうか。この点については後述する。

「ブッシュ」「つるばら」は「開花期が長い、香りがある、耐寒性が強い、初心者でも育てやすい」などの特徴がある。「初心者でも育てやすい」「ブッシュやつるばら」を選んだということは、園芸の知識・経験を持つ英二（大阪府立農学校卒業）ゆえの心遣いが感じられる。

五、「英二伯父ちゃんのばら」とは何か

有体に云ってしまえば「英二伯父ちゃんのばら」とは「英二伯父ちゃん」そのものだ。危ない目に遭いつつも「九死に一生を得」て甦ってくる戦中・戦後の庄野英二、この象徴が、一度は全滅したかに思われたが一本だけ生き延びていたばらなのだ。潤三は英二の晩年、生田の山の上から西方を向いて「英ちゃん、頑張ってくれー。元気になってくれ！」と呼びかける。英二亡き後は、ばらを見るたび、兄を想い、兄を偲ぶ。ばらは、兄を想い起こすヨスガ・依り代となっている。――「英二おじちゃんのばら」は「平凡な日常」にただ咲いているわけではない。潤三が「ばら」を通じて、戦中・戦後の「崩壊」の「危機」を脱した兄の姿を見ているとしたら、「あっても見ない」「自分とはかかわりがない」としている時代状況や社会の潮流と、実のところ彼は向き合っていることになる。現実を拒否し、社会や歴史を締め出して、人工的な桃源郷に遊んでいるわけではなく――逆説的な意味で、潤三はそれらと関わりをもっていることには注意が必要だろう。

英二は昭和一五年四月一五日、南昌錦江附近の戦闘中、銃弾により負傷する。「ロッテルダムの灯」収録の『母

のこと』では、自ら「危く死にかけた」と記している。潤三は「文学交遊録」で「命にかかわる傷を受けなかったのはよほどの幸運といわねばならない」と言っている。戦闘が終了した後も生命の「危機」は続き、栄養失調やマラリアに苦しめられる。

しかし、もっとも彼に死の恐怖をもたらしたのは戦犯容疑をかけられたこと、スガモプリズンに収監されたことだろう。

潤三は昭和三二年『群像』一〇月号に「相客」という短編小説を発表している。既に「事件」から十年ほど経過しているが、「弟に聞いた」話を冒頭に、次にガーディナーの「ア・フェロー・トラヴェラー」を紹介、それから本題に入るという、非常にもってまわった書き方をしている。「相客」という小説は、兄を大阪から東京・スガモプリズンに送っていく途路で終わっている。

英二自身が、この体験を初めて書いたのは、「雀」という原稿用紙四枚程度の掌編である。「愛のくさり」（人文書院、昭和四七年）のなかの『私の鳥籠』という十二の連作のなかの一編として収められている。目次には『私の鳥籠』とあるだけで、十二の掌編それぞれのタイトルは明示されていない。「雀」という掌編は、「愛のくさり」という作品集のなかに――まるでこっそりと（なにかの中にまぎれこませるように）――配置されている。初出ははっきりしないが、おそらく昭和三十八年ごろの作品だろう。収監体験を、本人自身が作品化したのは「事件」のあと、実に十六年が経過してからだった。しかも、その内容は独房の高い所にある明かりとりの窓に雀が一羽とびすぎるのを見て、心を慰められるという断片的なものだった。

『ロッテルダムの灯』（講談社文庫、昭和四九年）に収められている「自筆年譜」には、このことについて一切触れられていない。文庫の付録というスケールの問題もあったのかも知れないが、この時点で、自ら戦犯容疑で逮捕されたことを公表していない。六年後、昭和五五年に刊行された『庄野英二全集』11の「年譜」に至って、ようやく詳細が語られる。「個人全集」という読者の限定された書物だからか、戦後三十五年を経、六十五歳を迎えたことである種「肩の荷」を下ろそうとしたのか、その辺は定かではないが、かなり詳細にその前後の様子が書かれている。昭和二二年の首夏、佐久の佐藤春夫を訪ねたのは、助命嘆願のために働いてくれた佐藤に礼を述べるためであり、また傷ついた心を佐藤に癒してもらいたいという気持ちもあったのではないか。講談社文庫版の『年譜』には、その辺の事情が省かれているから、唐突な感じがする。さらに五年後の昭和六〇年（七〇歳）「マッカーサア元帥閣下」として作品化、更に五年後の平成二年（七五歳）「鶏冠詩人伝」の一節「巣鴨プリズン」と題して文章化している。

人生においてもっとも辛い出来事を文章化、作品化するのにはものすごく長い時間が必要のようだ。想像の域を出ないが、まずはその衝撃の強さに、言葉を失うことだろう。忘れたい・思い返したくないと思ってもフラッシュバックはやってくるだろう。さんざん苦しんだ挙句、ようやく対象との距離がとれるようになり、客観的に物事が語れるようになるのだと思う。林京子が一四歳のときにした被爆体験を『祭りの場』として作品化したのは三〇年後のことだし、木山捷平が戦中戦後の満洲での体験を『大陸の細道』にまとめたのは一七年後のことだった。英二もまたスガモプリズン体験を〈しっかりとした形〉にして語れるようになるまでには、かなりな時間を要したものと思われる。

出獄後、潤三は英二に「あまりいっぺんにいろいろなことをしゃべってしまうと、勿体ない、けちりながらちょっとずつ、日をおいて話すことだ」とアドバイスしたと言うが（「鶏冠詩人伝」創元社、平成二年、一五一頁）、まさに「雀」～「全集年譜」～「マッカーサア元帥閣下」～「鶏冠詩人伝」（巣鴨プリズン）という経緯を見ると、この恐怖体験は二十七年間にわたって「けちりながらちょっとずつ」物語化されていったことが分かる。

あるいは、英二は教育者だったので、戦犯容疑で逮捕されたり、スガモプリズンに抑留されたりしたことを公にすることを、あまり望まなかったのかも知れない。「マッカーサア元帥閣下」を発表した年、英二は帝塚山学院大学学長を任期満了で退職している。

男兄弟の末っ子・至は同人誌『蒼海』27号（蒼海編集室、平成一九年八月、七〇～七七頁）に「ライスカレーの時間　鴎一・英二・潤三・四郎のこと」（後編）の一部に、この「事件」のことを書いている。翌年一二月『三角屋根の古い家』と改題し、同タイトルの作品集に収めた（編集工房ノア）。「イタちゃん」がこのことについて物語化したのは、「事件」があってから六十年後、「英ちゃん」が亡くなってから数えても十四年後のことだった。

当事者と第三者（この場合は弟二人）とでは、「事件」に対する受け止め方は違ってくる。どの部分を切り取って（どの部分を捨てて）作品に仕上げるか、それぞれの個性が出るところだ。英二・潤三・至の作品はそれぞれ有機的に関連しているところがあり、別々に切り離して語ったり、論じたりするよりも、総合的に論じた方がよいように思われるところがある（それは三人の作品がそれぞれ自立していないというわけではなく、もちろん単独で読んでもそれぞれ面白いのだが、併せて読むと、互いに呼応しあい、補完しあう関係性のあることが分るのだ）。三兄弟が互いの作品について意見し合ったり、創作のヒントを遣り取りしている様子は様々な資料から伺える[3]。三人揃って「庄野ワールド」が形成されていると思う。〔「陽気なクラウン・オフィス・ロウ」（昭和五九年、文藝春秋社）などで明らかなように、庄野潤三が愛してやまない〕ラムの有名な洒落「僕はC．L．でゐることは決してない。いつでもC．L．＆Co.だ」（福原麟太郎「チャールズ・ラム傳」垂水書房、昭和三八年、二七六頁）をもじれば、彼らは「庄野英二（or潤三or至）＆Co.」ということになろうか。英二は児童文学、潤三は純文学、至はエッセイなど、カテゴリーで分別してみても意味がないし、分別した挙句、ジャンルや知名度などによって個人の作品を下等評価をするのは間違った態度だと思う。そんな了見の狭いことでは、真の文学研究は始まらない。

＊

英二は諸作においてフィクションを混じえずに「事実」を記している。かつて自分の身近にいた人たちが現実に次々と死刑にされているのを知り、内心穏やかでなかっただろう。

昭和二二年五月一七日の英二釈放後、同年八月一三日には長谷川少尉（『じゃがたらのうた』「鶏冠詩人伝」）、同年九月五日には芦田中尉（『美校出の兵隊』「ロッテルダムの灯」）のお二人が死刑になっている。[4]自分が難を逃れた後も、処刑の続いていることを知り、命拾いしたことへの喜び、亡くなった人たちへの後ろめたさなど、さまざまな思いの綯い交ぜになった複雑な気分でいたものと思われる。

『星の牧場』のモミイチは（今で言う）ＰＴＳＤで、記憶喪失と幻聴に悩まされ続けている。「ロッテルダムの灯」や「マッカーサア元帥閣下」にもそうした人が登場する。命こそ奪われなくとも、戦後も心に受けた傷を癒せず、苦しんだ人はたくさんいたはずだ。「停戦」「終戦」という「事実」をもって戦争は一斉に止むのではなく、その後も長く尾を引くということを、英二の作品は平和惚けした私たちに教えてくれる。

英二も、すんでのところで心を病んでいたかも知れない（そうならなかったのは、彼には文学や絵画などの創造（想像）力、草木などの自然を愛でる心があったからだと思う）。先に潤三の繰り返しについては述べたが、英二にも繰り返しがある。彼は、何度も繰り返して「漂流記」を書いている。[5]

なぜ英二は繰り返し「漂流記」を書くのだろうか。子供の頃から「ロビンソンクルーソー」が好きだったからか。もともと児童文学向きの話題だからか。確かにそうした要因もあろう。しかしもっと根深いところに創作の理由があると思う。

だいたい「漂流記」の物語展開は類型的なものだ。

突然の難破（生命の危機）→海上漂流→島・陸地への漂着→生還

これは英二自身の「戦争体験」と似ている。

召集↓約十年間にわたる兵役↓終戦

（BC級戦犯容疑での）逮捕↓（スガモプリズンでの）抑留↓釈放

英二は何度も繰り返し「漂流記」を書くことで、自らの人生を生き直しているのだ。ともかくも、英二は戦中戦後、数々の艱難を乗り越えて、命ながらえた。ばらの花言葉は見事に英二および英二文学の特性に合致する。一旦、全滅したかに思えたが、しばらく経ってから、ひょろひょろと伸びてきて花を咲かせた生き返りのばら、生き残りのばらは、庄野英二、まさにその人を象徴するものである。

註

（1）作中に登場する「手紙」の原典は、現在神奈川近代文学館の庄野潤三文庫に収められている。令和六年夏、同館開催の「没後15年　庄野潤三展」でも展示された。「住吉、（昭和36年）5月18日、0〜6時」消印。「TEZUKAYAMA　GAAKUIN」原稿用紙二枚使用。鉛筆書き。箇条書きで八項が記されている。内容については、概ね大浦に宛てられた「手紙」と一致するが、もしも苗が到着しない場合は催促をするよう、業者名・住所・担当者氏名などが記されている。

（2）ここでいう「日本人本来の生き方」とは、循環的時間世界に身を置いて生活することを意味する。古来より日本人は春〜夏〜秋〜冬〜春と円環的に繰り返す時間のなかで農耕社会を営んで来た。

（3）潤三から英二への言葉としては「巣鴨プリズン」（前出『鶏冠詩人伝』創元社、一五一頁）、英二から潤三への言葉としては庄野潤三『ワシントンのうた』（文藝春秋社、平成一九年、一八四〜五頁）、至から潤三への言葉としては、庄野至「潤三に別れを告げに飛んできた小鳥たち」（『異人さんの讃美歌』編集工房ノア、平成二三年、一〇四頁）、潤三から至への言葉としては、庄野至「私の蒼海作品ノート」（『蒼海』第30号、蒼海編集室、平成二〇年一二月、一四七頁、一五一頁）などがある。

（4）『資料　戦犯処刑者等名簿』（久山忍編著「国のために潔く　BC級戦犯の獄中日記」青林社、平成二七年、二四七、二五〇頁)。

(5)「うみがめ丸漂流記」(昭和四三年、ポプラ社)「ごちそう島漂流記」(昭和四三年、あかね書房)「バタン島漂流記」(昭和五一年、偕成社)「長い航海」(昭和五三年、角川書店)「孫太郎南海漂流記」(昭和五五年、偕成社)「珍談勝之助漂流記」(昭和五七年、小学館)「海のシルクロード——鄭和の大航海記」(昭和六〇年、理論社)。

本稿は『「英二伯父ちゃんのばら」をめぐる一考察』(「帝塚山派文学学会——紀要第三号——」平成三一年)に加筆訂正したものである。

杉山平一『夜学生』と『四季』
―「まがりくねつてかくして云」うということ―

宮坂康一

一　はじめに

杉山平一は、三好達治が選者を務める『四季』に投稿した詩によって、詩人として認められていった。『夜学生』（昭十八・一、第一芸文社）は、杉山の第一詩集であり、収録作は『四季』に掲載された詩が中心となっている。また、『夜学生』刊行に先駆けた昭和十六年（一九四一）には、『四季』が主催する第二回中原中也賞を受賞している。

これらの事実から判断すれば、杉山は『四季』、特に投稿詩の選者である三好達治の強い影響下に自らの作風を確立していった、と言えるかも知れない。しかし、『四季』掲載の杉山作品をたどっていくと、次第に形成されていくその作風が、『四季』において異彩を放つものであることが浮かび上がってくる。杉山は三好達治を敬愛し、

『四季』を詩の主要な発表の舞台としつつも、自身に相応しい方法を適切に捉え、その確立に努めたのではないだろうか。

本稿では、こうした見通しの下に、『四季』に掲載された杉山平一の作品、特に初の詩集である『夜学生』掲載作品を検討し、杉山平一の詩の作風が確立されていく過程とその特徴について明らかにしたい。

二　呼びかけと観察

まずは、昭和十一年（一九三六）に、『四季』六月号に掲載された「月へ」を見ていく。この詩は、『四季』に掲載された杉山作品としては、最初期のものとなる。

いまにきつとい、事があるよ

心がおもく沈んでくると
月光に海底のやうな青い夜　私は酒をのむんだ
すると海底に　からだはかるく　力はぬけて行く
呼吸《いき》をつめ　月たかく手をさしのべる内に

からだは風船のやうにゆつくり浮んで行つた
楽天家よ
あかるい海原まで　もうしばらくだ
わるい事がいつまでも続くもんか[1]

この作品については、掲載時の『四季』にて、三好達治が次のように評価している。

今月誌上に載せた杉山平一氏の二篇〈「月へ」と、反戦的な内容を含む「ボレロ」〉は近頃の佳作である。同氏の撓まざる精進に撰者は深甚の敬意を表したい。[2]

管見の限り、三好達治が杉山平一の作品を『四季』誌上で賞讃している例は見られず、右に引いた評はその唯一の例外となる。『四季』投稿詩選者としての三好達治の厳しさについては、杉山平一が次のように回想している。

「四季」という瀟洒なハイカラな雑誌が創刊されたのを見つけた。三好達治選で詩を募集する、とある。（中略）私は早速応募した。（中略）五、六、七、八、九号と、三好達治のきびしい叱責がつづき、一編ものらない。[3]

杉山平一は、『四季』が刊行され始めてすぐにその存在を知り、詩の投稿を始めている。しかし、掲載までにはしばらくの時間を要した上、掲載後も三好達治から褒められる機会は簡単には訪れなかった。その後、『四季』に詩が掲載されるようになって五回目となる「月へ」に至って、ようやく三好達治の率直な賞讃を得ることに成功する。それだけに、この作品は杉山にとって、自信の持てるものだったのだろう。

「月へ」という作品は、意気消沈している「私」の気持ちが、海底から海面へと浮かんでいくように、明るい方向へと向かっていくさまを歌う。「私」の心情を中心に歌い、清新な印象を残す詩と言える。

技法的には、三連目最終二行に「楽天家よ／あかるい海原まで　もうしばらくだ」という、「私」自身に対する呼びかけがなされている点に注意しておきたい。

次に、同じ十一年作品である「町にて」(『四季』一月号。初出では「街にて」)を取り上げたい。

ジンタなんかより
花火なんかより
日曜日の街に若い父母と一杯の子供達をつめて走つてゐる
自動車の中や
暗い街を轟々と人々をつめて走つて来る
明るい市内電車の中の方が
もつとずつと賑かで
もつとずつと物悲しい

この作品は、「月へ」とは対照的に、自分以外の人々への観察を基に、その物悲しさを静かに歌い上げる。自身のことを題材とせず、他の人物を観察し、その心情を描くというこの方法は、初期の杉山平一の作品としては異色の部類に属する。
しかし、この観察に基づく方法は、「月へ」における呼びかけと並び、後の杉山詩に発展的に導入されていくことになる。

三　観察する側と観察される対象

昭和十三年（一九三八）以降は、先に指摘した二つの方法、すなわち呼びかけと観察の内、特に後者が杉山平一作品において多く見られるようになる。その代表例として、「旗」（昭十三・五『四季』）を見ていこう。

つきつめたやうな顔をしてあるいてゐる高等学校の生徒のマントを見るたびに
私は涙のでるやうななつかしさをおぼえる　私がその時分をすごしたのは　裏日本のみづうみに沿つたちひさな古風な街であつた　秋から冬にかけて　よくみづうみをわたつてくる夜霧に　街はすつぽり包まれてしまつた　あの白い霧に黒

マントを翻へしながら　憑かれたやうに
足早に　あゝいくたびか夜つぴて　私は
あるき廻つたことであらう　それは寄宿
舎の廊下にともる灯のやうな若年の孤独
と寂寥を掲げてはためいてゐる　黒い旗
であつた　あゝいまそれらの旗は　激し
い時代の風に　どのやうな音たてゝ鳴つ
てゐるのであらう

この作品については、掲載時の『四季』にて、次のような評価がなされている。

杉山平一氏のもの〔十三年七月号掲載の「季節」。『夜学生』未収録〕は一際出色であつた。氏の詩は前々号の「旗」あたりからたいへん良くなつたのではないかと思ふ。自分の世界を見出して、新しい出発を試みてゐるやうに思ふ。(4)

杉山平一の詩が、「旗」を機に、新たな作風を開いたことを指摘している。本稿もこの指摘と同様、杉山の詩は、昭和十三年頃から明確な特徴を備え始めると見る。

「旗」は、基本的には自己の心情、すなわち、自身が高等学校の生徒であった頃の「孤独と寂寥」を歌う。しかし、末尾では「いまそれらの旗は　激しい時代の風に　どのやうな音たてゝ鳴つてゐるのであらう」と、自己以外の人間のことに思いを馳せている。自身が高等学校の生徒であった頃以上に「激しい時代の風」が吹く今、きっと「黒い旗」、すなわちマントにくるまれた高校生たちの内面では、より激しい「孤独と寂寥」の風が吹き荒れているに違いない。

このように、「旗」は自己の心情を中心にしつつも、「私」が観察している高等学校の生徒の心情も歌い上げている。観察から出発し、自己の心情のみならず観察対象の内面をも表現するという点で、観察対象とその心情のみを歌った「町にて」を、一歩進めた作品と言える。

先に引いた評では、「自分の世界を見出して、新しい出発を試みてゐる」とあるが、この指摘は、観察を基に詩の世界を展開し、観察対象だけでなく自己の心情をも歌う、以前よりも複雑さを増した方法を指してのものと考えられる。実際、この観察に基づく方法は、以後の杉山作品で積極的に使われていくことになる。

続いて、昭和十四年（一九三九）作品である「ローマン派」（『四季』九月号）を見ていきたい。

数学のないのを目当に
はるばる東北の中学から
リユツクサツクを背負つて
彼はわれわれの学校へ受験にきた
その時はじめて海を見たと僕に語つた
そのリユツクサツクはのちほど
質屋へ行くときにも利用された
爾来　彼のあるところ

つねに問題をはらんでゐた
貧乏人に味方しすぎて
警察から仲々帰つて来なかつた
口をすつぱくして日本のローマン派を軽蔑した
日本の支那事変がおこつたとき
自分一人で背負つたやうに困つてゐた
果せるかな
いよいよ僕はハンカオへ行く
とハガキが来た

この作品では、自己の心情は完全に排され、観察のみに基づいて詩が構成されている。直接的に描かれるのは、他人のこと、社会の出来事を我がこととして考えざるを得ない、「ローマン派」(「彼」自身はこれを「軽蔑」していたのだが)に他ならない「彼」の誠実さと言える。そうした「彼」を嘲笑することなく、感情移入しながらその姿を見つめる、詩人の温かいまなざしがこの作品には流れている。そのまなざしは、「彼」を思いやりつつも、「彼」の力になることのできない自身の無力さをかみしめる、詩人の誠実さで満ちているに違いない。

作品全体を通して、観察対象である「彼」の心情にも、「彼」を観察する詩人の心情にも直接触れられることはない。しかし、「彼」に対する、同情や共感といった常套句では言い表せない詩人の心情は、確実に表現されている。「ローマン派」が魅力的な作品たり得ているのは、直接的な表現は用いないながらも、「彼」や詩人自身の深みのある心情を、確かに読む者に感じさせることに成功しているからだろう。

このように、「旗」と「ローマン派」では、観察する側と観察される対象が、いずれの作品においても共通して配置されている。それだけでなく、観察する側と観察される対象、両者の心情を同時に表現するという試みがなされていることは、見てきたとおりだ。

「旗」では、中心に置かれているのは詩人の心情であるが、その心情を抱くきっかけは、詩人以外の人物である高等学校生に対する観察であった。最後には、観察される対象である高等学校生の心情、すなわち、かつての「私」と同様か、あるいはそれ以上に激しいだろう「若年の孤独と寂寥」が歌われている。

「ローマン派」はこれを一歩進め、観察される対象、観察する側、いずれの心情も直接に描くことはなく、しかも、両者の思いを確実に表現している。観察される対象である「彼」の心情を歌い上げることを通して、「彼」を観察する側である詩人の心情をも、読む者に伝えることに成功している。

観察を出発点とし、観察する側と、観察される対象の心情を同時に表現する、二重構造的なこの方法は、昭和十三〜十四年以降、多くの杉山作品で用いられていくことになる。

四　「まがりくねつてかくして云」うという方法

杉山作品のさらなる深化を、昭和十四年（一九三九）作品である「はたらく娘たち」（『四季』十月号）を検討することで確認していきたい。

はたらく娘たち
お前たちがゐると

職場をおほふざわめきも
調子のよいミシンのひゞきのやうに
僕らの心の破れを縫ひあはせる
お前たち
明るく笑つてばかりゐるが
本当はその手提げのやうに疲れてゐる
僕は見たのだ
ある退屈な仕事場の少女が
いぢらしい独白にふけつてゐるのを
それが疲れを少しでもなほすのならば
娘たちよ
いくらでも夢みるがいゝ
僕もまた
お前たちのみんなに
やさしい良人がえらばれるやう
お前たちの母とともに
祈る

「娘たち」を観察する「僕」は、「心の破れ」、すなわちはりさけそうなほどの辛さや苦しみを抱えている。一方、観察される「娘たち」は、「明るく笑つてばかりゐるが／本当はその手提げのやうに疲れてゐる」。肉体的な疲労はもちろんだが、ここでは精神的なものも含むだろう。「僕」は、ある娘が「いぢらしい独白にふけつてゐる」のを目撃する。「お前たちのみんなに／やさしい良人がえらばれるやう」という詩句から判断するに、信頼できる相手を見つけて、温かい家庭を築くといった夢を娘たちは抱いているのだろう。こうしたささやかな夢想で、その「疲れを少しでもなほす」ことを考える「娘たち」の心情は、同時に「僕」のものでもある。「僕」もまた、「娘たち」を目にすることで、疲れ果てた「僕らの心の破れを縫ひあはせる」ことが可能になる。このように、「心の破れ」や、「手提げのやう」な「疲れ」を抱えた「僕」や「娘たち」は、別個の人間ではありながら、そのあり方は限りなく似通っていると言える。

このように、観察する対象のことを歌いながら、そこに観察する側のことを重ね合わせるという、「旗」や「ローマン派」に見られた二重構造的な方法は、本作でも踏襲されている。さらに、本作では先の二作には見られなかった、観察対象に対する呼びかけが何度も行なわれている点が目に付く。冒頭の「はたらく娘たち」に始まり、「お前たち」「娘たちよ」と、「僕」は観察される側である「娘たち」に対する呼びかけを何度も繰り返す。繰り返される呼びかけは、観察する側と観察される対象が存在すること、さらに、前者が後者へと接近しようとする意志を持つことを感じさせる。

呼びかけは、昭和十一年作品の「月へ」で既に見られた。この作品では、海底から海面へと浮かび上がっていく「私」自身のことを歌っていたが、その中に「楽天家よ／あかるい海原まで　もうしばらくだ」という詩句がある。作中、主人公に呼びかける主体が他に存在しないことから考えると、この箇所でのみ、主人公が観察する側と観察される対象に分裂し、海面に浮かび上がっていく自身に対し、自ら呼びかけていたことになる。

このことは、杉山平一作品においては、常に観察する側と観察される対象という構図が必要とされることを意味している。この構図において、観察される対象は詩の中心に据えられ、その心情が歌い上げられると共に、これに重ね合わせる形で、観察する側の心情が表現されていく。こうした分裂的とも言える方法を経て、初めて杉山作品では詩人の心情が表現されることが可能になる。逆に、最初から観察する側の心情が歌われている場合でも、観察される対象の心情が同時に表現されることになるのは、「旗」で見たとおりだ。杉山作品においては、詩人の心情のみを直接に表現することは恐らく目指されていない。そこには、常に観察する側と観察される対象が必要とされ、両者の心情が同時に歌い上げられることになる。観察する側と観察される対象、両者は、その心情が表現される上で互いを不可欠とする、相補的な関係にある。

昭和十一年作品に萌芽的に見られ、十三年以降の作品で開花する、観察する側と観察される対象を配置する方法は、『四季』の詩人たちと杉山平一を分ける、大きな特徴となる。

杉山平一は、『四季』投稿作によって世に出た、『四季』出身の詩人ではあるのだが、『四季』の主流とされる詩人たちとは、その作風は異なるとされる。このことについては、國中治が以下のように明確に述べている。

> 杉山は『四季』に深く関わりつつも、終始その主流とは一線を画していた。また、自分の詩才を見出し育んだ『四季』投稿詩選者の三好達治を敬愛し、範として仰ぎつつも、その抒情と方法から摂取したものは直接には活用しないで独自の作風を築き上げた。(5)

同じように『四季』にてその才能を見出され、世に出て行った同世代の詩人たちだけでなく、「敬愛し、範として仰」いだはずの三好達治ともその作風を異にすることが指摘されている。こうした差異について考える際に、杉山平一自身による、同じ『四季』の詩人についての言及は検討に値するだろう。杉山は、同じく『四季』から出発した詩人である大木實の詩集『故郷』（昭十八・三、桜井書店）を書評した際、次のように述べている。

自分は以前立原道造氏に会ひつゝあつたとき、氏が自分たちの年頃が、てれくさいこと、云つてはならないこととしてゐた事柄を、云へる稀有の人であるのを見て、すつかり畏れ、慚愧に耐へぬ思ひに始終ゐた。大木〔實〕氏の場合はすこし違ふけれど、僕らであれば余程まがりくねつてかくして云はねば云へぬ、てれくさいこと、はづかしいこと、をすらりと云ふところがある。(6)

立原道造は、杉山に先駆けて『四季』より中原中也賞を受賞しており、名実ともに『四季』を代表する詩人と見ていいだろう。その立原道造について、杉山は「てれくさいこと、云つてはならないこととしてゐた事柄を、云へる」「稀有」の資質の持ち主としている。文脈から見て、この「稀有」の資質は自分には備わっていないと杉山自身は見ているようだ。ならば、立原道造のように、「てれくさいこと、云つてはならないこととしてゐた事柄」を詩に歌う場合、杉山にはどのような方法が可能だろうか。このことについては、杉山自身が既に答えを出している。それは、「てれくさいこと、云つてはならないこととしてゐた事柄」を、直接にではなく、「まがりくねつてかくして云」うという方法ではないか。

ここまで確認してきたように、杉山作品では観察する側と観察される対象が配置され、両者の心情を同時に表現するという方法を多くの場合用いている。観察される対象を配置しない「月へ」においても、この方法が部分的に用いられていることは先に確認した。また、「月へ」が書かれた昭和十一年には、観察に基づいて作り上げる作品は例外的であることは既に触れた。これらのことから、観察する側と観察される対象を配置するという方法は、杉山の資質に根差したものであり、詩作を繰り返す中で顕在化したものと考えられる。その際、立原道造に代表される、同じ『四季』に掲載された他の詩人の作品は十分意識していただろう。自身とは異なる才能や方法を目にすることで、杉山は、他の詩人にはない自らの資質を正確に把握し、方法として確立していったのではないか。

先に引用した立原道造への言及は、謙遜を多分に含んだものだろうが、同時に、自己の資質に対する揺るぎない自信を秘めたものとも読める。この書評が書かれた昭和十八年（一九四三）には、杉山は第二回中原中也賞を立原道造に続いて受賞してから二年が経過しており、『夜学生』も刊行している。これらのことから、『四季』を代表する詩人と言える立原道造に近い位置にありながら、明確に異なる自己の個性を杉山は自覚していたと考えられる。

観察する側と観察される対象を配置する方法は、杉山自身の言を借りれば、「てれくさいこと、云つてはならないこととしてゐた事柄」を、「まがりくねつてかくして云」う方法と呼ぶことができよう。この方法によって書かれた詩において、観察される側と観察される対象は次第に接近し、交流がなされることになる。

ここで再度、「はたらく娘たち」について見ておこう。娘たちによって「心の破れを縫ひあはせる」経験をした「僕」は、ささやかな夢を抱く娘たちに、「やさしい良人がえらばれるやう」、彼女らが幸せをつかむよう祈る。ここには、互いが心のほころび、あるいはその弱さを補い合う関係がある。確かに、「僕」の視点から娘たちを見るという構造は一貫しているが、「僕」が娘たちを慈しむように見るのと同様に、娘たちもまた「僕」を慈愛の目で見ているのだ。両者は直接に言葉を交わすわけではないが、互いに限りなく近い位置にあり、その心情は十分に通じ合っている。このように、観察する側と観察される対象、両者の接近や、そこから必然的になされるであろう交流についてまで、読む者が思いを馳せることを可能にしていることが、この作品の大きな魅力となっている。

観察する側と観察される対象という構造を導入したことで、両者の接近や交流といった要素も、杉山作品では派生的に表現されることになった。これは、「てれくさいこと、云つてはならないこととしてゐた事柄」を直接に表現する詩でも不可能ではないが、観察する側と観察される対象を配置する杉山平一の作品において、より効果的に表現することが可能だろう。「まがりくねつてかくして云」う方法が杉山作品にもたらした恩恵は、我々が思う以上に大きい。

五　接近という方法

杉山平一作品における接近や交流ということについては、明珍昇に以下のような指摘がある。

彼〔杉山平一〕にとって詩は、純潔の生のあかしであり、それによってくもりない他と結ばれたいとする希求のようなものであった。(7)

杉山平一の詩に、他者と接近したい、つながりたいという願望や希求を見出している。次に引く國中治の指摘は、明珍の見解を補強するものだろう。

杉山平一の観察眼は好奇心に満ち貪欲かつ周到であるが、そのような性質が対象への無類の親愛や慈愛と不可分の関係を結んでいるところにこそ、この表現者の真の特性を認めることができる。(8)

國中もまた、杉山作品における「観察眼」の働きと特異さに着目している。この「観察眼」を特徴付ける要素として、「対象への無類の親愛や慈愛」を指摘しているが、これは明珍が杉山詩に見出した、「他と結ばれたいとする希求のようなもの」と重なるだろう。
こうした、他者と接近したいとする願望が端的に表現された作品として、昭和十四年（一九三九）作品である「橋の上」（『四季』十月号）を見ていきたい。

橋の上にたつて
深い深い谷川を見おろす
何かおとしてみたくなる
小石を蹴ると
スーツと
小さくなつて行つて
小さな波紋をゑがいて
ゴボンと音がきこえてくる
繋がつた！
そんな気持で吻とする
人間は孤独だから

本作品では観察される対象は人間ではなく、谷川と、そこに吸い込まれていく小石という無生物になっている。したがって、対象の心情が表現されることはなく、観察する側の心情を中心として詩は展開していく。

高いところに立ち下を見下ろすと、「何かおとしてみたくなる」のは自然な感情だろう。この作品でも、詩人がふと蹴った小石がそのまま谷川に向かって落下していく。小石が谷川の水面に接触した瞬間、「小さな波紋をゑがいて／ゴボンと音がきこえてくる」。ここまで、特に変わったことが歌われているわけではない。しかし末尾の三行は、ここまで読んできた側からすれば、意外とも言える展開を見せる。「繋がつた！／そんな気持で吻とする／人間は孤独だから」。

ここでは、小石と谷川の水の接触という、ごくありふれた現象が描かれているに過ぎない。しかし、この小さな現象は、詩人に対して計り知れないほどの大きな示唆を与える。

小石と谷川の水は、いずれも本来なら接触することのない、互いに孤立した存在だが、詩人が小石を蹴ることで、両者は「繋が」ることが可能になる。無生物同士の接触で何かが生じるわけではないが、この小石と谷川の水のように、離れたものがふとしたきっかけで接触し、「繋が」ることができるという事実は、詩人の心に強い感動を呼び起こす。自ら語るように、「人間は孤独だから」という思いに、詩人は強く捉われていたのだろう。だからこそ、何の変哲もない、小石の谷川への落下と接触という現象に、強い感動を覚えるのだ。

無生物がこのようにつながることが可能であるとすれば、人間にも同じことができる。そう、自分が一歩踏み出せば周囲の人々と「繋が」り、「孤独」を脱することができるのではないか。

ここで、杉山詩のもう一つの特徴が見えてくる。杉山詩においては観察する側と観察される対象を配置し、後者の描写に前者の心情が仮託されていた（この関係は、逆になっている場合も見られる）。ここからさらに両者の内面に踏み込んでいくと、観察する側と観察される対象は、それぞれの内部に「孤独」を抱えていることが明らかになる。その結果、この「孤独」が解消されるべく、両者の接近を詩において歌うことが要請されてくるのではないか。「橋の上」の成立には、観察する側と観察される対象を設定したことから来る、方法的な必然性があったと考えられる。

「てれくさいこと、はづかしいこと、をすらりと云」えないが故に、杉山詩は「まがりくねつてかくして云」ふ方法、具体的には観察される対象を設定し、観察する側の心情を仮託するという構造を備えることになった。この構造において、観察する側と観察される対象は、相手の心情について必ずしも理解しているとは限らない。もしかすると、両者は限りなく似通った心情を抱きながらも、互いに理解しあうことのない、近くて遠い存在という、悲劇的な関係にあるのかも知れない。

ならば、観察する側と観察される対象における距離感は解消されなければならない。この試みがなされたのが「橋の上」であり、この作品が「はたらく娘たち」と同じ号に掲載されているのは、偶然ではないだろう。「はたらく娘たち」では娘たちへの呼びかけが繰り返されているが、呼びかけを繰り返すほど、かえって対象との距離感、すなわち「孤独」が意識されるのではないか。だからこそ、「繋がつた！」という強い実感を得られる瞬間を、詩人は渇望せずにはいられない。この瞬間が、「橋の上」では小石や谷川の水という身近な、何気ない題材によって見事に表現されている。観察する側と観察される対象の距離感、広く捉えれば人々がそれぞれに抱える「孤独」が、波紋と音によって一瞬で呼び起こされ、同時に何事もなかったように消えていく。しかし、その胸には「繋がつた！」という確かな実感が残されるのだ。

無生物の接近という題材は、『夜学生』の巻頭を飾る「機械」（昭十六・七『四季』）においても見られる。

古代の羊飼ひが夜空に散乱する星々を
蒐めて巨大な星座と伝説を組みたてゝ行
つたやうに　いま分解された百千のねぢ

釘と部品が噛み合ひ組み合はされ　巨大
な機械にまで結晶するのを見るとき　僕
は僕の苛だち錯乱せる感情の片々が一つ
の希望にまで建築されゆくのを感ずる

杉山平一は、電車に代表されるような機械や、建築物に対する関心が強く、『夜学生』においても、「鉄道」（昭十五・四『海風』）や「ピラミッド」（昭十七・十『四季』）が収録されている。この作品も、題名は「機械」であり、「ねぢ釘」や「部品」といった、機械の構成物に関心が向けられている。これらの部品が「噛み合ひ組み合はされ　巨大な機械にまで結晶する」過程に、「僕」は引きつけられている。しかし、この作品の主眼は、観察する側、すなわち「僕」の心情を歌うことにある。機械の部品が寄り集まり、一つになっていくさまを見ることで、「僕の苛だち錯乱せる感情の片々」もまた、いつしか「一つの希望にまで建築されゆく」。

ここでは、断片である機械の部品と、同じく断片となっている「僕」の「感情」が重ね合わされている。前者がバラバラの状態から互いに寄り集まり、一つの機械を形作っていくように、それを見つめる「僕」の「感情」もまた、「片々」であり、「苛だち錯乱せる」状態から、一つに結び合わされ、確かな「希望」へと形を変えていく。本作は、確かに無生物である機械に対する関心から出発した詩ではあるが、観察される対象である「ねぢ釘」や「部品」を見つめる、すなわち観察する側である「僕」の内部で、「希望」が形成されていく過程と、そこから来る安堵感を見事に歌い上げている。

無生物同士の接近と、これを観察する側の、「孤独」とは対極にある心情の描写。この発想は、小石と谷川の水という無生物を用いて、「繋がつた！」という強い実感を歌った「橋の上」と共通する。行分けされた詩と散文詩という形式面、あるいは自然物と人工物という題材面における相違があるため気づきにくいが、実は「機械」と「橋の上」は意外に近い内容を歌っている。

これらの作品に見られる、異なるもの同士の接近は、見方を変えれば、映画におけるモンタージュの技法に通ずる。杉山平一は、『夜学生』以前に『映画評論集』(昭十六・十一、第一芸文社)を刊行しており、映画評論家としての顔を持つ。詩作品における、意外なもの同士を結びつけるモンタージュの技法は、映画に深い関心を抱いていた杉山平一の面目躍如たるものがある。[9]

観察する側と観察される対象を設定する杉山平一の詩の方法は、個々に存在する人(その根底には「孤独」が秘められている)、あるいは事物が結びついていく、すなわち「接近」することで、「繋がつた!」という実感が得られる、その瞬間を歌う方法へと結実していく。「橋の上」に顕著なこの方法は、「機械」においても共通のものを認めることができる。

六　おわりに

杉山平一の詩は、詩人の心情、特に「てれくさいこと、はづかしいこと」を直接に歌う方法を取らない。観察する側と観察される対象を設定し、後者に仮託して前者の心情をも表現するという、「まがりくねつてかくして云」う方法を用いている。この方法こそ、杉山平一を、その出発点である『四季』の詩人たちと区別する最大の特徴であり、その魅力の源泉ともなっている。

観察する側と観察される対象が、内に秘めたる「孤独」ゆえに、互いの接近をこの上ない喜びとして受け止めていく。その過程を言葉で表現していく方法が、『四季』時代に杉山平一が確立した詩法だったと言える。

注

（1）杉山平一の詩の引用は、第一詩集『夜学生』による。なお、正字は適宜略字に改め、ルビは原則として省略した。
（2）「燈火言」（昭十一・六『四季』）。資料の引用は、すべて初出による。なお、正字は適宜略字に改めた。
（3）「わが心の自叙伝」（『わが敗走』平元・九、編集工房ノア）。
（4）執筆者不詳「会員の詩に就て」（昭十三・七『四季』）。
（5）「『四季』の最後の詩人（一）」（平二十・九『文芸論叢』）。
（6）「詩集『故郷』について」（昭十八・八『四季』）。
（7）「杉山平一詩集『夜学生』の抒情」（昭五十二・十『詩学』）。
（8）「『四季』の最後の詩人（二）」（平二十一・三『文芸論叢』）。
（9）倉橋健一は、「杉山平一の『四季』」（『現代詩文庫1048　杉山平一』平十八・十一、思潮社）にて、以下のように述べている。

〔『夜学生』は〕いわゆる「四季」派抒情とはひと味ちがう、映画のモンタージュ技法を媒介にした絵画的な雰囲気や、実生活の現実に下降してそこに生きる人びとに共感する低処に立つ姿勢が、作品のもつ洗練さ透明さとあいまって、世評を高いものとした。

石濱恒夫序説
――小説家としての側面――

一條孝夫

はじめに

石濱恒夫の童話集『日本アンデルセン』（昭和三三年四月、六月社）の主人公、詩人の「ノンさん」は開巻劈頭、次のような自己紹介をする。

おれは詩のほかに、小説も童話もラジオのドラマもテレビの芝居もレビューも流行歌も童謡もつくったし、そのまえにはタンクにのって戦争にもさんかしたし、げんにある女子短期大学の美学の講師でもある。

この来歴は、執筆当時三四歳であった作家自身のそれをそのままなぞらえている。さらにいえば、石濱はほかに本の装丁もやり、さし絵も描きエッセイや紀行文をものし、後には冒険的なヨットマンとしても知られた。字義どおり多芸多才の人である。文学的にも早熟で、戦前、中学生ながら母の恭子らが関係した「浅沢句会」に加わり、藤沢桓夫、長沖一、織田作之助らに伍して「苦草」の俳号で句作に励んだ時期がある。実家の離れに住む従兄の藤沢桓夫のもとに多くの小説家、詩人が出入りする環境にあったから、その間、彼らから何らの感化も影響もなかったとは考えにくい。ジャンルはともあれ、早い時期からの文学志向であったと見てよい。昭和二一年（一九四六）、藤沢桓夫が中心となって創刊された「文学雑誌」の同人となり、創刊号に「栗鼠射ち」（昭和二一年一二月）というお伽噺めいたやや苦い味わいのある童話を発表している。

童話作品を執筆する契機は、この年の七月、泉田行夫、庄野英二、小山賢市らとともに「劇団ともだち劇場」の創立に参加したことであろう。劇団の命名者は藤沢桓夫、帝塚山幼稚園に劇団事務所と稽古場が設置された[1]。俳優で演出家としても知られた泉田行夫と童話作家の庄野英二がリーダー格であったようである。石濱は当初「美術のほうを担当することになっていた[2]」が、創作意欲が芽生えていたこともあり童話を書きはじめる。戦後の混乱期にあって数少ない児童雑誌の「赤とんぼ」（実業之日本社）に、執筆の機会を与えられたことも弾みとなった。童話の第一作は同誌に掲載の「学者犬のペス」（昭和二一年九月）である。

昭和二二年七月、「劇団ともだち劇場」の第一回公演が大阪市立文化会館で開催された。演目の一つが石濱原作の児童劇「おねむい王さま」で、劇団の人気をさらい繰り返し上演された。さらに、八月にはＪＯＢＫの「ラジオ劇場」でも放送され好評を博し、児童雑誌やラジオ番組に王さまシリーズその他の児童劇や童話を盛んに発表した。この時期は、さながら石濱の児童文学時代である。児童劇や童話から創作への手ごたえをつかんだ彼が、同時期に小説への野心を抱いたとしても不思議はない。

本稿では、石濱の小説家としての営みの出発点となった初期連作、杉鷹之介シリーズの成立と執筆の背景をさぐり、長編『遠い星——早川徳次伝』（昭和四七年六月、春陽堂）の発表を最後に小説の筆を絶つまでの経緯を検討する。

一、杉鷹之介シリーズの成立

昭和二三年（一九四八）三月二五日、石濱が大学卒業の挨拶に鎌倉の川端康成邸へ挨拶に出向き、すすめられるまま同家に寄寓することになった事実はよく知られている。居候期間がどれくらいであったか、はっきりしないが、せいぜい長くて二、三カ月のことであろう。夏には帰阪しているからである。寄寓中、川端から「小説をお書きなさいョ。発表してあげますョ」と奨められ、「四十歳を過ぎたら書きます」と答えたところ、「二十歳には二十歳代の文学、三十歳代には三十歳代の文学、四十歳代には四十歳代の文学……その年齢のときでないと書けない文学がある」（『追憶の川端康成——ノーベル紀行』昭和四八年四月、文研出版）と諭されたという。石濱が「四十歳を過ぎたら」と応じた理由は記されていないが、今は無理でも相応に経験を積んでから本格的な小説を書きたいという程度の謙辞ではなかったか。なぜなら、そのころ、現在判明しているかぎりで最初期の小説「ジプシー大学生」が「文学雑誌」（昭和二三年一月、四月）に発表されていたからである。それまでに（童話以外に）小説の習作を試みた可能性は大いにあり、大阪高校時代、同人誌か何かに「はじめて書いた小説」を織田作之助に発見されたエピソードを記録しているが[3]、現在まで「はじめて書いた小説」の存在は確認できていない。

シリーズの原型となった「ジプシー大学生」は、「1、金魚鉢の楽師」「2、ギャング・ぽうえつと」「3、少女、オフェリア」「4、風が吹いてゐるから」「5、小鬼たち」の五章よりなる。主人公の「私」は大学在学中に出征、戦後復員したものの復学せず、「試験にだけいそいそ上京するジプシー大学生」として戦災で荒廃した道頓堀界隈の盛り場を夜ごと彷徨している。いくぶん戯画化されているが、作者と等身大の人物の言動が描写される。「二十歳には二十歳代の文学」があるという師の教えは、石濱には重要な示唆を与えたようである。シリーズでは、自らの分身である杉鷹之介を主人公に、実在する多くの友人や知人たちが登場する青春群像を描こうと試みる。戦後の混乱期にあって、当時二五歳の石濱が抱えていた難題とは、これからどう生きたらよいのか、という不定の前途に対する漠然とした不安である。ジプシー大学生を余儀なくされている自身や復員崩れの乱行をくりかえす友人たち、男の庇護をあてにできない女性たちの沈淪の現状を書こう、と構想したとき、杉鷹之介シリーズの端緒が開かれたと考えられる。

連作の第一作「ぎやんぐ・ぽうえつと」(「人間」昭和二四年八月)は、「金魚鉢の楽師」「ぎやんぐ・ぽうえつと」の二章よりなる。章立ての類似からわかるように、本作は「ジプシー大学生」の改稿である。「少女、オフェリア」の狂少女、「小鬼たち」の浮浪児たちの魅力的な挿話を吸収し、不要なエピソードは削られた(4)。前作にくらべると熱の籠った書き振りで迫力があり、昭和二十五年、第二回横光利一賞の候補作となった。

この石濱の連作の試みを一番喜んだのは師の川端康成である。

失礼ですがぎやんぐ・ぽうえつと電車のなかで読みました。非常によいと思ひました。金魚鉢の楽師より調子高く切迫してゐるやうに感じました。しかし金魚鉢の楽師もまた読めバ、この方がいいかと思ふかも知れません。新しい御生活の出発と共にこの連作にお手をつけられた事ハ私も喜びです。必ず画期的なものになるでせう。しかし、ずゐぶんせつない作品と思ひます。発表を考へる事にいたしませう。関西の人でないと会話の味ハちよつと分らないかもしれませんね。

（昭和二四年五月二日付、石濱あて川端康成書簡）

この手紙に対応する石濱書簡が公表されていないため、ややわかりにくいところがある。《ぎやんぐ・ぽうえつと》は、小説「ぎやんぐ・ぽうえつと」の第二章、《金魚鉢の楽師》は第一章のようであるが、二作品を指して「この連作」とあることから、現行の全二章の「ぎやんぐ・ぽうえつと」は、本来、別々の短編作品を統合して一作品とした可能性がある。川端が読んだというのは、（当然のことながら印刷以前の）原稿段階の作品であるはずで、二つの短編の出来を比較してみたところ、それぞれ遜色がない。であればこそ、川端はともども「発表を考へる事に」して、発表媒体（雑誌）の斡旋を提案するのである。石濱が短編連作に手をつけたとき、新生活の出発とともに祝意を表明しているが、新生活とは後述するように石濱と輪島昭子との結婚生活をさしている。

加害者ハ早速拝見、人間の木村君に木曜日渡しました。前の二作も木村君に見せました。木村君ハ京都で会話などもよく分ると思つたせゐもあります。前の二作も非常に感心してゐました。人間に是非出していただきたい様です。連作故、あなたの方にも発表についてお考へあるでせうから、一度木村君とも会つてもらつて相談したいと思ひます。木村君ハ枚数の都合で、ぎやんぐぽえつとを先づ人間の七月号乃至九月号に出させていただきたいと言つて居ます。長い方のどちらか人間の別冊ニほしいとも言っています。しかし稿料も御入用でせう。只今鎌倉文庫ハあまり払ひよくありません。この事も相談ハいたしたいと思ひます。

（昭和二四年五月三一日付、石濱あて川端康成書簡）

「人間の木村君」とは、当時、鎌倉文庫の文芸雑誌「人間」の編集長をしていた京都出身の木村徳三である。川端が木村に見せた「前の二作」とは、「金魚鉢の楽師」と「ぎやんぐ・ぽうえつと」の二つの短編をさしている。木村は、枚数の都合から後者を「人間」の七月号か九月号に載せたい、としているが、実際には、二作を合冊した「ぎやんぐ・ぽうえつと」が八月号に掲載された。枚数の都合がついたのか、木村と相談のうえ石濱の意向が反映したのであろう。川端が伝える木村の要望、長い方のどちらかを「人間」の別冊にほしいとは、当初、掲載予定から外れるはずであった短編「金魚鉢の楽師」か、新作小説「加害者」のどちらかの謂であろう。実際には「前の二作」が合冊されたので、「人間」の別冊に掲載されるのは当然、「加害者」のはずであるが、直ちには実現しなかった。

加害者は不運ですね。小説公園に頼んでみようと思ひますが、どうですか。ゲラ刷りがもし御手もとにあればお送り下さい。
今日も二人編集者あいさつに来て、ざっしの二つつぶれたあいさつ。若い人はいよいよ暮しにくくなりそうですよ。どうして居られますか。と問ふのもしらじらしいやうなものですが。

（昭和二五年六月八日付、石濱あて川端康成書簡）

手元にゲラ刷りがあれば送れ、とあることから、「加害者」はゲラ刷りの段階まで進みながら掲載には至らなかったとおぼしい。文面後半に、編集者が二人、雑誌が二つつぶれた挨拶に来たとあるように、当時の出版社の経営基盤はおしなべて脆弱で鎌倉文庫とて例外ではなかった。「小説公園」に掲載を頼んでみようとあるが、川端が仮に依頼したとしても実現しなかったようだ。少なくとも、昭和二五、六年の「小説公園」に掲載された形跡はない。有力な作家川端の推薦があったにせよ、石濱は当時の文壇ではほぼ無名に近いからやむを得まい。では、

「加害者」はどうなったか。ヒントは、短編二作を合冊して発表した「ぎやんぐ・ぽうえつと」の末尾に（「加害者」前篇）という付記が残されていることである。二作を発表した時点では、後篇は書かれていなかった。石濱の構想では、前篇と後篇をあわせ「加害者」の表題に統合される予定だった（と思われる）。とすれば、「加害者」は、幻の作品になったのではなく、連作を意識していた以上「ぎやんぐ・ぽうえつと」の後続作品、すなわちシリーズ第二作「ジプシイ大学生」（「人間」昭和二五年一二月）自体でなければならない。おそらくは資金繰りの問題から（あるいは、当時は紙不足が深刻で、その規制により）ゲラ刷り段階のまま発行が遅れている間に、表題も「加害者」から変更されたのであろう。「ジプシイ大学生」の主要なモチーフが《加害者》の問題であることも、そうした経過を裏づけよう。

前作「ぎやんぐ・ぽうえつと」では、主人公杉鷹之介は「ジプシー大学生」の「私」同様の履歴をたどり、自身の将来を見渡せぬまま、戦災により荒廃した道頓堀界隈の盛り場を夜ごと彷徨している。一夜、野見山家のパーティーに招待された杉は、バンドのメンバーで中学の後輩という男に声をかけられる。野見山典夫と名乗り、慶応の予科の中途から特幹をへて出征。復員しても、復学の意志はなく、ある「私行上のこと」で犯した罪の償いをどうすればいいか悩んでいると告白すると、乱酔していた杉は「死ねよ」と暴言を吐き、よい死に場所を教える。後日、典夫の自死を伝える電報が杉のもとに届く。

「ジプシイ大学生」では、まるで杉の酔余の放言に指嗾されたかのように投身自殺した典夫の「自殺の真因」が、当事者の女性から話を聞き杉がそれを小説化した「山火事」によって明かされる。典夫の罪意識の背景にある《加害者》としての殺人事件の経緯が明らかになるのである。(5)

「東京の大学へ帰る気もなく、ずるずる盛り場の感傷に溺れ過ごしてゐる気弱なぼんち育ち」（「ぎやんぐ・ぽうえつと」）の杉は、上京を促す後輩の蜆平六の言葉が説得力をもっていたのか、「卒業しに、東京へ行ってくるわ」

（「ジプシイ大学生」）と上京を決心する。第三作「らぷそでぃ・いん・ぶるぅ」（「文学雑誌」昭和二八年四月）は、「一、舞台裏」「二、殺風景」「三、忘却の河」の三章より成る。昭和二二年の秋、杉は大学へ卒業論文を提出し、冬の間、宇都宮の映画館で宣伝部の仕事を手伝う（「舞台裏」）。尾形（モデルは織田作之助）の末期を看取ったユウ子（モデルは輪島昭子）と、すでにわりない仲となっていた杉は、翌年の秋、尾形の三回忌法要に二人して参列した。楞厳寺の若い住持は幼少年児童の保護活動をしていて、学芸会では子どもらが杉の児童劇を演じるという（「殺風景」）。昭和一六年の春、高校生の杉は関西女子洋画塾のアトリエで好子・鶏子・菊子となじむ。七年後、菊子からの手紙を機に、それぞれの不幸な境涯を知る（「忘却の河」）。三つの挿話がそれぞれ宇都宮、大阪、東京を舞台にして点綴されるが、奇妙なことに、宇都宮、東京を舞台とする「一、舞台裏」「三、忘却の河」の主格はそれまでと同様に「彼」であるのに、大阪を舞台とする「二、殺風景」の主格は「私」である。しかも、各章を相互に収束するストーリーというほどのストーリーがない。完結もしていない。この作品は昭和二八年七月、上半期の芥川賞候補作となったが、そのためかどうか受賞には至らなかった。

それから一年以上経過して、「続らぷそでぃ・いん・ぶるぅ」（「文学雑誌」昭和二九年六月）が発表された。「四、冬の駝鳥」一章のみで、以前の章と比べ格段に長大である。当時の「文学雑誌」の発行ペースは一年に一冊程度だから、それほど間延びしたわけではない。編集発行人の長沖一はその「後記」に、発行が遅れたのは「小生の怠まんからである」としているが、予定していた二人分の原稿が間に合わなかったので、同人以外の作品とあわせ、ようやく発行にこぎ着けたのである。石濱の原稿は「すでに半年も前から手許」に届いていたという。

最終章「四、冬の駝鳥」は、次のように展開する。宇都宮でひと冬を過ごした杉は、卒業の発表も待たず大阪へ舞い戻る。不在の間に道頓堀界隈のキャバレーやダンスホールの火事が相次ぎ、杉と関わりのあった人々の境遇も変質している。結末近くには、従兄の作山と動物園で駝鳥狩りをした少年期の思い出が挿入され、もはや盛り場への興味を失った杉が、東京での「実直な生活」を目ざす意思を示して小説は閉じられる。めでたく完結したかのようであるが、最終章は三部作の大団円にしては異数の特徴を顕現している。それまで、すなわち連作の第一作と第二作では杉を視点人物とする三人称の客観小説であったのが、「四、冬の駝鳥」では杉の「私」語りに変更され、文末表現も「常体」（だ・である体）から「敬体」（です・ます体）へと文体が変化している。おまけに作品の冒頭には、主人公の杉による次のような声明が置かれ、読者の意表を衝く。

この秋、最初の部分を、脚色して芝居にと云う大阪からの話もありましたし、上京して下北沢に二年、本所押上に一年半、四年間に近いユウ子との愛情生活も、心ならず破綻をきたしたやうでありますし、この後の身の振り方もきまらず、久しく胸にもたれてゐたこの道頓堀物語も、一応、終止符を打つておきたい、と思ひます。

基盤を、ユウ子との杓子果報な、ふたり切りの生活に置き、励んできた自分が、間違つてゐたのでありませうか。ともかく、現在の私には、めあてもなく、あるささやかな神経障害から、懶惰にもなつたふうで、しかしそれに就いては、なにも触れたくありません。ただ、これまでの運びを締めくくる必要から、次の一文を、破棄したもののうちから、拾って、ことさらに付記してをきます。

作品が編集発行人のもとに「すでに半年も前から」届いていたとすれば、原稿の完成は昭和二八年の末であろう。この声明は、「らぷそでぃ・いん・ぶるぅ」の最初の部分、すなわち「一、舞台裏」を「脚色して芝居に」しないかという話がその秋にあったという、いわば景気のいい話題から発しながら、その成り行きは、およそ意気が揚がらない。声明の主意は三つあり、第一は、石濱自身の結婚生活が反映する「ユウ子との愛情生活」が破綻に瀕していて先途が見えない苦境にあることの表明。第二は、「久しく胸にもたれてゐた」やや持て余し気味の連作を終結すること。シリーズを「この道頓堀物語」と称している点にも留意したい。第三は、「これまでの運びをしめくくる必要から」、「四、冬の駝鳥」の開始前に、いったんは破棄した原稿の中から一文を取り上げ「付記」するという告知である。

「付記」は、従前どおり常体で書かれている。無造作に抛りだされていたユウ子の手帖を手に取ると、尾形の筆跡や文体を真似て「この人は、憎いほど、若い尾形に似てゐる」とあり、日付や当時の記憶から「この人」が杉自身であることを知る。しかし、「一年前、尾形の遺髪を、思ひがけず枕もとに発見した時ほどの、驚き、は、もうなかった」と結ばれる。ユウ子が現在の夫である杉より、かつての愛人でありその最期を看取った尾形に今も深く心を残し、ために夫婦関係が絶望的に遊離していることを認めざるを得ない。話者の杉自身が、神経障害や懶惰になった顚末に「なにも触れたく」ない以上、ユウ子との破綻した結婚生活は遠景に退くほかない、というわけであろう。

冒頭の声明に「付記」をはさみ、最終章（あるいは連作のしめくくり）は、東京にいる杉が、大阪に戻ったときの追憶をいくつかのエピソードとして重ね、執筆時の現在に回帰して完結する。しかも、（意図的か否かはともかく）これまで三人称の常体で書かれていた文体が、最終章のみ、一人称の敬体で書かれるという不自然な事態を出来する。これまでの連作では、作家が生み出した語り手によって描写される三人称小説であったのに、最終章のみ杉自身が告白調で物語を紡ぐという齟齬を生んでいる。前衛的な実験小説でならばともかく、石濱自身の実体験をふまえたリアリズム小説では、それは作為的で不自然と言わざるを得ない。石濱がこうした便法をとらざるを得なかったのは、杉とユウ子の結婚生活が、現実の石濱と輪島昭子の結婚生活の破綻によって侵犯されるという思いがけない危機を招来したためである。

「三、忘却の河」では杉とユウ子に、すでに「生後二か月」の娘が存在する。昭和二五年のことである。「四、冬の駝鳥」の執筆の現在は昭和二八年であるから、娘の成長ぶりや夫婦関係の日常が窺がえる展開が予想される以上、先の見えない破綻した結婚生活の委細を書くわけにはいかない。

これまでの展開では、復員後、大学にもどらず盛り場をうろついていた杉が、復学して大学を卒業、作家活動のチャンスをつかみ、その間には結婚もし、という予定調和的な成長小説の輪郭を備えていた。それを、どう転ぶかわからない破綻した結婚生活のままシリーズを終えることは回避されなければならない。石濱が逡巡のあげく、そうした悲劇的な結末を避けつつ「これまでの運びを締めくくる必要から」急遽編み出したのが「道頓堀物語」という回収法ではなかったか。実際、「らぷそでぃ・いん・ぶるぅ」で宇都宮や東京が舞台になった章を除けば、シリーズの多くは道頓堀界隈が舞台である。シリーズの第一作「ぎやんぐ・ぽうえつと」の冒頭は、《道頓堀》への焦点化からはじまる。

……でも古い大阪に就いては語るまい。たとへばこのあたりの風景にしたつて、モンマルトルまがひの赤い風車が青い灯赤い灯恋の灯のネオンに浮んで回つてゐたのも、杉なぞの稚ない記憶に薄れた遠い昔の道頓堀のことだ。

連作の随所に、戦災で焦土と化した廃墟から、再興に向けて日々変貌していく道頓堀界隈の街衢の美しさが周密画のように描かれ、それを背景として盛り場に生息する浮浪児や不良少女、ダンサーや楽師、復員崩れの男たちや生活難を抱える女たちの頽廃的な日常が浮上するしくみになっている以上、連作の側面が「道頓堀物語」であることは否定できない。しかし、杉自身の物語は完結したといえるだろうか。その後、大阪へ帰るごとに道頓堀界隈の景観も人も変質し、今や「古く、遠い世界の出来事のやうな気が」するにせよ、「しかし、依然、盛場への興味を失つたまま、下宿のこの二階四畳間に引籠て、実直な生活を送りたいものだと、そのことばかり、考へてゐます。」と倉卒に締めくくられる小説のラストには、どこか取って付けたような印象を免れない。それは、最終章に至って突如、文体の変更や語りの主格が転換される混乱と軌を一にしているといえよう。

二、執筆の背景

連作の第一作「ぎやんぐ・ぽうえつと」が発表される半年前、短篇「みづからを売らず」が鎌倉文庫の「文藝往来」（昭和二四年二月）に掲載された。目次には表題の後に「川端康成氏推薦」とある。昭和二〇年（一九四五）五月、鎌倉在住の作家たちが蔵書を提供して鎌倉文庫という貸本屋を始めた。九月には出版会社鎌倉文庫を設立し、社長には久米正雄、川端は高見順、中山義秀らと役員に名を連ねている。当時、石濱は同人誌「文学雑誌」に、二、三の小説を発表したにすぎない新人であったから、戦前からの現役作家たちの作品と肩を並べるのに川端の推薦が効力を発揮したのであるが、それだけ石濱への期待が大きかったともいえよう。川端が彼の文才に注目した（と思われる）時期は、この頃よりもう少し遡りそうだ。石濱が児童雑誌「赤とんぼ」に童話や児童劇を掲載することになる経緯は不明だが、五名の編集委員よりなる「赤とんぼ会」のメンバーに川端の名があることから、（それまでに三度会ったことがある）[6]二人の間で手紙のやりとりがあったとしてもおかしくない。

石濱と川端の往復書簡の一部は、新潮社版『川端康成全集』補巻二（平成一一年一〇月）に収録されているが、石濱書簡は二通、石濱あて川端書簡は二三通である。川端の娘婿川端香男里は補巻の「解題」で、次のように証言している。

石浜から川端あての手紙の量は膨大なものがあり、資料的に見ても興味あるが、本巻には二篇のみ収録した。康成は石浜の人となりを愛し、弟子という言葉を滅多に使はぬ人であったが、「弟子」のうちでは一番いい人だと評したことがある。

正に愛弟子というにふさわしい。川端は多くの手紙のなかで、石濱作品の出来を褒め、問題点があれば指摘し督励して倦まなかった。

いつかはよいお手紙よろこばしく拝見しました。今年中にいろいろお書きニなって、作家としての地歩も固められる事切望します。むつかしい事ではありません。あなたのやうに才能の豊かな人は稀なのですから。

（昭和二八年二月一五日付、川端康成書簡）

いつかの「よいお手紙」とは、全集に収録された書簡の一通（昭和二八年一月一二日付）である可能性が高い。次回作の構想が縷々開陳されている。石濱の遠縁の従姉で、早くから上海へ渡り戦後神戸へ戻り「豪勢な外人用私娼の、元締」をしている、彼が「上海お咲」と呼んでいる女性と、その七人の兄弟姉妹のそれぞれの歩みを書くという構想である。「神戸・大阪・淡路島を舞台にした」小説で、近々、淡路島（石濱家の父祖の地）への取材旅行も予定している。「こんどこそ、先生に見ていただけるやうなものに仕上げたい」と決意のほどを披歴し、安岡章太郎・三浦朱門・島尾敏雄・吉行淳之介らとしばしば会い切磋琢磨している現状を記して、いたって意気軒昂である。しかし、（出来上がれば大部の小説になったはずの）作品は何らかの理由で頓挫をきたしたと思しく、その帰趨については知られていない。

杉鷹之介シリーズの最初の二作品は、当時の代表的文芸雑誌「人間」に掲載された。むろん、川端の推薦であろう。当時編集長だった木村徳三は、「鎌倉文庫の作家たちの中で最も『人間』の編集を助けてもらったのは川端康成氏である」と証言し、既成作家の作品でも無名の人の原稿でも数多くの小説が託されたという。のみならず、「小説の目利きについては超一流」で、「一、二の例外はあったが、ほとんどの作品は、私が文句のつけようも」なかったとも述べている。[7]川端は大正時代から長らく文芸批評に関わり、数多くの文学賞の選者として才能のある新人を発掘し世に送り出すことに情熱を注いできた。川端の石濱への偏愛ぶりも、彼の文才を認めていたからにほかならない。

もともと経営基盤が脆弱だった鎌倉文庫は、昭和二四年に解散して「人間」を目黒書店に譲渡する。昭和二六年には目黒書店が不渡り手形を出したことにより、八月号をもって廃刊された。したがって、シリーズの第一作は鎌倉文庫の「人間」、第二作は目黒書店の「人間」に掲載されたが、廃刊により、第三作は「人間」ではなく同人誌「文学雑誌」に掲載されている。その三部作のうち、「ぎやんぐ・ぽうえつと」が横光利一賞の候補作となり、「らぷそでぃ・いん・ぶるぅ」は芥川賞候補作となったが、いずれも受賞には至らなかった。候補作としてノミネートされた以上、出来映えも一定の水準に達していたのは確かであろうが、両賞に川端自身が選考委員として関わった経過にふれておきたい。

横光利一賞は横光没後に、彼を記念して設けられた。昭和二五年三月、第二回横光賞候補作八篇のうち、永井龍男が「朝霧」で受賞した。川端の「銓衡後記」[8]によれば、永井に決定する前には、石濱の「ぎやんぐ・ぽうえつと」を推挙したが、「朝霧」と比較して争う気持ちではなかったというから、決定に不服はないようだ。「ぎや

んぐ・ぽうえつと」については、

この作品はずゐぶん現実が装ほはれ組み直されてゐるが、架空ではなく、そこにせつない青春の抒情楽がある。終戦直後の巷に青年の悲哀や厭世を描いて、甘美多彩のあやにつつんでゐる。気取つて見えるが、実は純である。言葉と連想との才能は太宰治以後の人かもしれない。

と、過剰なまでに描写を凝らしたり技巧的な気取りがうかがえるが、「言葉と連想」の才筆はまさに新世代のものであると評価している。しかし、受賞レベルには達していないということか、選評の最後に「少し古風で、まだ底力は足りないだらう」とある。

昭和二八年上半期の芥川賞は、候補作品一一篇（候補者九名）の中から「悪い仲間」「陰気な楽しみ」の安岡章太郎が受賞した。石濱にとって安岡は親しい友人であるが、競争相手でもあった。川端は選評の冒頭でまず「安岡章太郎氏の受賞には賛成である」[9]と述べ、最後に石濱をとりあげ、「才能の豊かな作家と考へてゐる。『らぷそでぃ・いん・ぶるぅ』はその曲の構成に倣つたのであらうか。材料を多く書き込み過ぎ、工夫を凝らし過ぎたかもしれない」と評している。小説の表題は、アメリカの作曲家ジョージ・ガーシュウインの著名な「ラプソディ・イン・ブルー」に由来する。ラプソディ（狂詩曲）の、特に形式がなく自由奔放な楽曲の構成法に倣って、石濱が用いた多くの挿話を連ね燦爛たるイメージを喚起する手法を指摘したのだろう。そうした趣向が、結果として「書き込み過ぎ」、工夫の「凝らし過ぎ」を招いたと見ているようだ。

芥川賞の他の選者で、石濱作品に言及している岸田国士、瀧井孝作、船橋聖一の選評[10]を見てみよう。岸田は、「計画された文体の効果は惜しくも的を外れている。新しくと努力しただけ古く見えるような誤算に満ちた作品である」と手厳しい。瀧井は「第一章は、何かふくざつな濃い味があって面白かったが、第二章以下は、又余りにさばさばしたもので、潤いがなく感興も淡かった」と評し、小説のやや半間な印象を指摘している。船橋は、「石濱恒夫は、今回の最年少で、安岡よりも若い。小説は達者になりそうだが、多発的な好奇心が、まだ整理されていないので、形式も素材も、半煮えで且つお粗末である」と評し、よくいえば向後に期待するということであろう。

芥川賞の受賞を逸したこの年、落選による痛手もさることながら、石濱家の内情も作家自身のそれも惨憺たる状態にあった。その苦衷のほどを、しばしば師に訴えたのだろう。次のような川端の返信がある。

もう引つ越されましたか。
再三のお手紙については、非常ニ心痛め、却つて御返事も書きにくい気持ちでした。また私の意見も役立たぬでせう。ただあなたのお手紙いつも胸にしみ、かつ立派と思ひます。
御仕事でしたらどんなニでも励ましてなほ足りません。あなたの様ニ才能豊かなブリリアントな若い作家は類ひ先づありません。芥川賞の委員の批評などお気ニなさつたかもしれませんが、無意味です。若い人ニ特色あれば、いつもあゝいふ事言はれるのです。賞に入つた人のその後の働きなさ御覧なさい。

（昭和二八年一二月二四日付）

石濱は破綻に瀕している結婚生活にどう向き合ってきたか、川端に逐一報告していたようだ。師としての助言ももはや「役立たぬ」段階にあるとすれば、川端の問う「引つ越」は単なる転居ではなく、離婚への階梯、別居生活を意味していよう。実際に石濱は、年度内に大田区新井宿の下宿に単独で転居している。

川端は、石濱が創作活動で難渋している気配を見てとると、芥川賞に落選した気落ちによるものと慮り、選者たちの辛辣な批評など「無意味」だとまで言い切る。文面は、このあと「来年はあなたの作品出す事ニ大いニ協力しようではありませんか。どんどんお書き下さい。引き受けます。私はあなたの作が一番好きです」と続く。それもこれも、石濱の天性の才の伸び悩みを惜しむが故の善意の現れであるが、石濱にとってはありがたくも、重荷に小付けとならなかっただろうか。

石濱は、川端の死から二年後、『川端康成《その人・その故郷》』(昭和四九年四月、婦人と暮しの会出版局)に、川端からの書簡、昭和二一年二月二七日付から昭和四五年一一月一六日付までの、ほぼ二〇通あまりのうちから一一通を公表したことがある。(いずれも、後に『川端康成全集』に収録された二三通に含まれる。)これらを読み返した石濱は、次のような感想を記している。

わたしの生活の不甲斐ない私事にかかわったものも多く、戦後からのわたしの歴史が如実にそこに語られているようで、それだけお世話になり、またご心配をおかけしつづけていたということになりましょう。ある不肖の弟子への書簡、あるいはある万年文学志望者への手紙、とても名付けたらよろしいかもしれません。

石濱の杉鷹之介シリーズは、師匠である川端の期待にじゅうぶん副えなかったという思いからか、自身でも未熟の憾みがあるためか、今日まで単行本になることはなく、作品集にも収録されていない。

三、小説家断念まで

昭和三〇年（一九五五）、石濱は東京での別居生活を切り上げて帰阪し、ラジオやテレビドラマの脚色に精力的に取り組むとともに、これまで解決のつかなかった離婚問題も進展を見せはじめる。昭和三二年四月、離婚届が受理され、昭子との離婚が成立。小説「らぷそでぃ・いん・ぶるぅ」には書かれなかった破綻した結婚生活の内情や経緯は、「ある離婚の手記」（「新潮」昭和三二年六月）として小説の形で公表された。

この年の五月、司馬遼太郎や寺内大吉らと同人誌「近代説話」の創刊に加わり、翌月には再婚。翌三三年、公団住宅の西長堀アパート（通称マンモスアパート）に居を定めて以降、ラジオやテレビ番組の脚色や構成のほか、作詞家としても成功、舞台や映画界へも進出を果たし、人気作家として多忙をきわめるようになる。この時期の小説の成果は、長編小説『流転』前後篇二巻（昭和三五年三月、五月、創元社）であろう。日本で初めて段ボールを創った「レンゴー」の創業者、井上貞治郎をモデルとする「野中武次」の波乱万丈の青春が描かれる。昭和三四年一〇月から翌年四月まで、朝日放送テレビの連続ドラマ『流転』（脚本・石濱恒夫、香村菊雄）として放映された。石濱が作詞した主題歌「流転」（歌・三浦洸一）が大ヒットしたことも与り高視聴率を獲得し、『流転』ブームを引き起こした。昭和三五年三月には道頓堀の中座で『流転』の舞台がかかり、六月には福田晴一監督による松竹映画『流転』（脚本・石濱恒夫、岸生朗）が公開された。メディアミックスの相乗効果によって原作もよく読まれた。マーケティング戦略としてのメディアミックスが話題となるのは、小松左京の小説『日本沈没』（昭和四八年三月、光文社）以降であるから、その先駆的事例といえよう。石濱は小説に限らず、注文があればどういう分野でも引き受けてものする器用さがあり、出版界はむろん、ラジオ・テレビ・映画・舞台から歌謡界まで幅広い人脈をもつとともに、各業界の内情にも通じていたゆえの成功であった。

しかし、石濱は次の長篇『遠い星　早川徳次伝』（昭和四七年七月、春陽堂）まで、ほかに小説を発表していない。とはいえ、書く意欲まで失っていたわけではなさそうだ。石濱は、雑誌「オール関西」の創刊号（昭和四一年二月）の「執筆者インタビュウ」欄に、「私の近況」と題して次のように記している。

　今年こそ、長い間はなれていた小説の仕事に戻りたいと思うのです。もう、八年の間、小説を書くのを止めていました。

　昔、「近代説話」という同人雑誌をつくっていた頃の仲間は、いま週刊誌などでかきまくっていますが、彼らも最近は本格的な作品を書きはじめようとしているところ。ボクは流行歌の作詩《ママ》とかテレビの構成とか演劇の脚色とか、幅広い仕事をこなしてきたので、この経験を生かしてなんとかよい小説を書きたいと思っています。

何人もの直木賞作家を輩出した同人誌「近代説話」のかつての仲間の活躍に刺激され、彼らにならって「本格的な作品」を書こうというのだ。それまで多くのメディアで「幅広い仕事をこなしてきた」経験を生かして小説を書きたいという表明からすると、業界の内情を熟知した者の特権を活用する小説の腹案があった可能性がうかがえるが、実際には発表されなかった。石濱は、昭和四〇年代前半から五〇年代にかけて、実年齢でいえば四五歳前後から五五歳までのほぼ一〇年間、一見、文学活動とは結びつかないヨットによる外洋へのセーリングに没頭する。

「さすらいの渚にて」（『旅と青春』昭和四七年八月、ＰＨＰ研究所）によれば、幼少年期から海になじみ、高校から大学へかけての夏休みには信州の野尻湖でヨットに親しんだが、海に対しての冒険心などは持ち合わせていなかった。「海への憧れというか、海への誘いがめきめきときゅうに頭をもたげだしたのは、むしろ四十歳を過ぎて、神戸の永田船長のクルーザー《黒潮丸》を知ってからだった」という。

昭和四三年四月から五月にかけ、ヨット「黒潮丸」で奄美大島、徳之島へ航海。四七年には「黒潮丸」がフランスに売却されて「ミヒマナ号」と改名。六月、石濱はその「ミヒマナ号」の乗組員となり、二か月半かけて三浦三崎からタヒチまで航海する。五〇年には、伝説のヨットマン、堀江謙一の何代目かの「マーメイド号」に同船し、サンフランシスコまで北太平洋を横断する。神戸のヨットハーバーで知り合った知名のヨットマン、堀江・栗原景太郎・牛島龍介との共著『ヨットとかもめ　三人のヨットマンと一人の詩人』（昭和四八年、文研出版）では、世界を股にかけた冒険的ヨットマンたちに遠慮してか、あるいは単なる冒険者ではないという自恃によるものか「一人の詩人」と称している。

外洋へのセーリングによって鍛えられた石濱は、日本人としては初めての、北アメリカからヨーロッパへのヨット航海を企てる。昭和五二年、（太平洋単独往復横断、世界単独一周の記録をもつ）牛島龍介を航海士に迎え、次女紅子（当時、一三歳）とともにヨット「まどもあぜる紅子号」で北大西洋の横断に成功。航海の記録は、『ふぁざあぐうすの海　父とひとり娘の大西洋横断記』（昭和五三年七月、学習研究社）として発表され、中学生の娘をともなっての冒険的な航海のゆえもあって評判となった。ヨットに熱中したほぼ一〇年の間には、ヨーロッパへの旅、インドからネパールへの美術巡礼、日本エベレスト南壁登攀隊のベースキャンプへのトレッキング、アメリカ大陸横断のバス旅行など陸上の旅をつづけ、地球の海と陸を制覇するような気宇壮大な体験が詩や紀行・記録に成果をもたらしたばかりでなく、作家としての心境にも変化をもたらした気配がある。その一例が『詩集地球上自由人』（昭和五一年七月、ゼロ・アルト）である。

詩集は「地球上自由人　インド・イベリア・エベレスト・南北太平洋詩篇ほか」と「地球上自在人抄　さすら

いの渚にて」の二部構成で、前者には五九篇の詩、後者には一六篇のエッセイが収録されている。「地球上自由人」「地球上自在人」とは自称である。

ここ数年あまり、地球上のあちこちの、それもあまり普通ではない意外の場所や地点に、まるでなにかの偶然に運ばれてでも来たかのように、そこにいる自分を発見して、われながらの不思議さに、しばし漂うていることが多い。

（『ふぁざあぐうすの海』）

「地球上のあちこちの、あまり普通ではない意外の場所や地点に」いながら、なにものにも拘束されることのない浮遊感には、「地球上自由人（自在人）」であることの至福の自己発見があろう。『ふぁざあぐうすの海』には、その用語の由来となった逸話が紹介されている。淡路島洲本の、代々薬種商の家系につらなる父方の曽祖父の遺文の中から、「地球上自由生」と名乗る「栗村寛亮」と「宮地茂平」の連名による「太政大臣三條実美」宛ての「日本政府脱管御届」という半裁の和紙を発見したのだという。次のような一文である。

謹で申上候私共儀従来ヨリ日本ノ管下ニアリテ法律ノ保護ヲ受ケ法律ノ権利ヲ得法律ノ義務ヲ尽シ居リタレドモ現時ニ至リ大ニ覚悟スル所アリテ日本政府の管下ニアルヲ好マズ今後法律ノ保護ヲ受ケズ法律ノ権利ヲ取ラズ法律ノ義務ヲ尽サズ断然脱管致度御認可奉仰候　以上

自由民権運動が盛んであった当時のもので、届けには「明治十四年十一月七日」の日付がある。石濱は、この文面の下書きを曽祖父が二人から依頼された可能性、もしくは「当時のなにかの評判の事件のひとつ」ではないかと推測しているが、届けの日付、人名、出自などに異説もあり、正確なことは現在まで不明である。[11] 真相はともかくも、石濱が「明治十四年のそのころに日本政府脱管とか、そして地球上自由生という自称ぶりは愉快ではないか」と共感を示し、自らの実人生に発見した自由感と重ねている点に注目したい。

石濱の積年の願望とは「本格的な小説」を書きたいということであった。しかし、長編『遠い星　早川徳次伝』を最後に新たな小説が書かれなかった以上、ある時期に、小説家を断念したことは確かであろう。最後の小説の発表が、師である川端の死の直後であること、石濱の小説家としての大成を誰よりも願っていたのが川端であったことを想起すると、小説家断念が川端の死と無縁であったとは考えにくい。「小説をお書きなさい」という宿題を課した師がもはや実在しないからには、断念したからとて誰も咎め立てすることはできないだろう。どのような文学ジャンルからの注文にも応じてきた作家であるが、小説は必ずしも彼の本領ではなかった。憶測をたくましうすれば、石濱が小説から訣別したとき、長いヨット生活で知った地球上自由人という、あの浮遊感に似た解放感がなかっただろうか。

注

（1）戎一郎『子どもの夢・子どもの劇　劇団ともだち劇場の記録』（平成一六・五、シイーム）
（2）石濱恒夫「ともだち劇場のことなど」（戎一郎『子どもの夢・子どもの劇』所収）
（3）「織田作の風景」（『大阪詩情　住吉日記・ミナミ―わが街』（昭和五八・八、朋興社）
（4）大きな違いは、「黒い鍔広のソフトを目深く、痩せぎすの和服の長身をすつぽり羊羹色のトンビに包んで、尖つた左肩をあげぎみにひよろひよろ夜毎街を彷ふてゐる」織田作之助をモデルとする「ギヤング・ぽうえつと」の呼称が、詩人を自称する杉のそれ（「ぎゃんぐ・ぽうえつと」）に設定を変更している点であろう。
（5）酔余の放言とはいえ、典夫に対して「死ねよ」と指嗾した杉も「加害者」であることを免れない。また、ヒロポン中毒の医師宇津のモルヒネ横流しを知った妻の玲子が、自首をすすめ、結果として夫がお尋ね者になったことに強い「加害者」意識をもつなど、「加害者」がこの作品の主旋律になっている。

（6）昭和一五年石濱が高校生のとき、藤沢桓夫の紹介で川端と新大阪ホテルで初めて会った。二度目は、「大学の美術史学科へ進んで、上京して、その最初の美術見学会が鎌倉であり、現地解散の帰りだった」（『追憶の川端康成　ノーベル紀行』（昭和四八・四、文研出版）。三度目は、昭和二一年に復員の挨拶で訪問。

（7）木村徳三『文芸編集者　その跫音』（昭和五七・六、TBSブリタニカ）

（8）「横光利一賞銓衡後記」（「改造」、昭和二五・四）

（9）「芥川龍之介賞選評」（『芥川賞全集』第五巻、昭和五七・六、文藝春秋）

（10）同前。

（11）明治十四年（一八八一）十一月十二日付の「朝野新聞」によれば、人名は「茨城県下水戸法学館栗村寛亮、宮地茂平」、「脱管届」の日付は「明治十四年十一月八日」である。十二月一日付の同紙によれば、前月二十五日に裁判所の判決が出た宮地茂平の出自は「高知県平民」である。神坂次郎『地球上自由人』（中央公論社、一九九四・三）では、「娯多娯多新聞の粟飯《(ママ)》原寛亮」と土佐の「車夫民権家の宮坂《(ママ)》茂平」としているが、小説中に引用された「脱管届」には日付がない。

帝塚山派文学学会―紀要第八号―より

庄野潤三「舞踏」の自筆原稿について

上坪裕介

はじめに

「愛撫」とともに庄野潤三の文壇デビュー作となった「舞踏」の自筆原稿は、庄野の死後しばらくは生田の自宅に保管され、一般にはその存在を知られていなかった。庄野の初期作品の原稿は、「プールサイド小景」の冒頭浄書原稿が日本近代文学館に収蔵されている以外には、「逸見小学校」などの没後に発見された作品を除いて確認できておらず、その点においても貴重な資料であるといえる。

この「舞踏」の自筆原稿が初めて公になったのは、平成二五年（二〇一三）に徳島県立文学書道館で開催された「庄野潤三の世界展」においてであった。展覧会の図録には、「舞踏」冒頭の一枚目が掲載されている。(1)

続いて公開されたのは、令和四年（二〇二二）、東京都の練馬区立石神井公園ふるさと文化館で行われた「作家・庄野潤三展　日常という特別」においてで、この図録には冒頭の一枚目と、二、三、四の四枚が掲載された。(2)原稿は全部で五一枚ある。この自筆原稿が草稿なのか、あるいは浄書原稿なのかという点については正確なところは明らかではないが、割り付けの指定や編集部の印などもなく、原稿に大幅な修正が入っているため、草稿である可能性の方が高いと考えられる。

この「舞踏」自筆原稿の全文を精査し、「群像」に掲載された初出稿と比較したところ、かなりの改稿箇所があることが分かった。そこで本稿では、これらの改稿箇所を明らかにしたうえで、その創作過程の痕跡から伺える、「舞踏」という作品の新たな側面について考察する。

なおここでは、助詞などの細かい修正点は省き、ある程度大きな修正や、内容等に関わる部分のみを扱うこととする。

I 「舞踏」について

i 執筆、発表の経緯・時期

昭和二四年（一九四九）四月、庄野潤三が二八歳の頃に、「単独旅行者」でひと足先に世に出ていた島尾敏雄の推薦によって、「愛撫」が「新文学」に掲載されることになった。この「愛撫」が「群像」の創作合評に取り上げられたことにより、「群像」編集部から、庄野にとって初めての小説の依頼の手紙が届く。こうして書かれたのが「舞踏」だった。庄野は五〇枚足らずの原稿を東京まで持っていき、手紙をくれた編集部の有木勉に渡した。数か月後の年の暮れ、「ブトウニガツゴウニケイサイアトフミアリキ」という電報が届いた。この時のことを庄野はのちに、「この電報を受け取ったときは、本当に飛び上がるほどうれしかった[3]」と振り返っており、その喜びようが伺える。

庄野が作家として出発するきっかけとなったこの「愛撫」と「舞踏」の二作品は、どちらも年若い夫婦を描いたもので、後に続く「スラヴの子守唄」や、「メリイ・ゴオ・ラウンド」、「会話」などと合わせて、初期を代表する一連の夫婦小説として位置付けられている。

ii 「舞踏」概略（あらすじ）

家庭の危機というものは、台所の天窓にへばりついている守宮のようなものだ。（中略）それに、誰だってイヤなものは見ないでいようとするものだ[4]。

「舞踏」はこのような特徴的な書き出しで始まる。続いて「ここに、一つの家庭がある」として、ある家庭を描くということが冒頭ではっきりと示される。

結婚して五年、三歳の長女がおり、夫は市役所に勤めている。夫は妻を愛し、妻も夫を愛しているが、夫は一人きりの気楽な生活を夢想すること多く、妻は故知らぬ孤独感に苦しんでいる。この夫は、職場の一九歳の少女と恋をしており、妻はそれに感づいて苦しんでいる。散歩や縄跳びで身体を動かして気を紛らわしたり、夫にそれとない手紙を書いてアピールしたり、また日によっては、ウイスキーを大量に飲んで酩酊したりする。夫は妻のことを気にしてはいるが、どこまでも自己中心的で、なんとかやり過ごせないものかと考えている。

そんなある夏の、巴里祭の日の夕暮れどきのこと、妻は二階の部屋にごちそうを用意して、帰宅した夫を誘って楽しいひと時を過ごす。それぞれの思いを胸に秘めたまま、お酒が入って、やがて二人でダンスを踊る。妻はおめかしをして、白いワンピースを着ている。そんな妻を夫は引き寄せて、ダンスを踊る。二階の窓は開け放されていて、プラタナスの木が窓のすぐそばにあって、その葉ごしに美しい夕空が広がっている――。

詩的で美しい、最も印象的な場面でこの作品は締めくくられている。

iii 「舞踏」初出稿の改稿について

「群像」に掲載された「舞踏」の初出稿には、この最後のダンスの場面のあとに続きがあった。単行本収録時に庄野の手によって大幅な削除がなされたのだが、この点については阪田寛夫『庄野潤三ノート』や、鷺只雄「庄野潤三論（一）――出発前後――」、玉城正行「庄野潤三論」などですでに指摘、考察がなされている。削除されたのはおよそ次のような場面だった。

巴里祭の日にダンスを踊った翌朝、夫は妻の失踪に気づく。捜索願を出すが三日後に妻は遺体となって発見される。四国の夜の海に身を投じたのだと推定された。首に吊るされたロケットの中には、前の年の夏に長女を真ん中にして夫と一緒に家の前で撮った写真が出てきた。

このように、妻の自殺という結末部分と、それを仄めかす一部の文章が削除された。阪田寛夫は『庄野潤三ノート』の中でこの削除の意味について次のように指摘している。

　四年後単行本に入れるに際して庄野さんがその数行を抹消したのは、余韻を重んじたことの他に、「生」を描いて行こうとする作家としての文学上の決意の表現であるような気もしている。たとえばこの「舞踏」の半年前に書いた「わが文学の課題」というエッセイで、庄野さんは自分の文学の主題を、過ぎて行く短い夏のさかりを惜しむ心に譬えているが、「舞踏第一版」から不幸や死への予告や限定を取り払ったことは、まさにその詩心に適ったやり方だったと私は今思う。「巴里祭の日から今日でちょうど十日になる。一年中で僕の一番好きな季節である」と、そのエッセイは書き起されている。(5)

続いて、この阪田の文章中にあった「わが文学の課題」というエッセイを引用する。

> 巴里祭の日から今日でちょうど十日になる。一年中で僕の一番好きな季節である。
> 美しく澄んだ空に今年最初の入道雲がくっきりとそそり立つのを見る時ほど、心おどりのする時はない。太陽の光は強烈であるほどよい。クラクラと眼まいのするような日の中を歩くのが僕は大好きだ。（略）
> しかし、と僕は時々思う。こんな風に僕は生きているけれど、これから先、幾回夏を迎えるよろこびを味うことが出来るのだろう？　僕が死んでしまったあと、やはり夏がめぐって来るけれどもその時強烈な太陽の光の照らす世界には僕というものはもはや存在しない。誰かが南京はぜの木の下に立って葉を透かして見ている。誰かが入道雲に見とれて佇ちつくしている。そして誰かがひゃあ！といって水を浴びているだろう。しかし、僕はもう地球上のどこにもいない。
> 僕が夏の頂点であるこの時期を一番愛していたということは、僕をよく知る幾人かの人が覚えていてくれるだろう。だが彼等も亦死んでしまった時には、もう誰も知らないだろう。それを思うと、僕は少し切なくなる。
> そして、そのような切なさを、僕は自分の文学によって表現したいと考える。そういう切なさが作品の底を音立てて流れているので読み終わったあとの読者の胸に（生きていることは、やっぱり懐しいことだな！）という感動を与える――そのような小説を、僕は書きたい。(6)

阪田寛夫の先ほどの文章には、「『舞踏』の半年前に書いた『わが文学の課題』というエッセイ」と記されている。この「わが文学の課題」の発表は昭和二四年（一九四七）七月二五日であることから、「半年前」というのは、「舞踏」発表の昭和二五年（一九四八）二月から遡って半年前に発表したエッセイという意味だと推察される。

しかし、「舞踏」自筆原稿の一枚目には、冒頭の余白に「二十四年七月三十一日」という日付と、その左隣り「八月十六日」という日付が並記されており、おそらくこれは執筆期間を指すものと考えられる。そのため、この日付から「わが文学の課題」が書かれたのは「舞踏」の半年前ではなく、ほとんど同時期であることが分かる。

整理すると、巴里祭の日が七月一四日、「わが文学の課題」が「夕刊新大阪」に発表されたのが七月二五日で、「巴里祭の日から今日でちょうど十日になる」という文章から、執筆されたのは二四日だと推測できる。「舞踏」は七月三一日から書き起こされているため、構想を含めると、これら二つの文章が考えられ執筆されたのはほぼ同時期であると言える。

この事実からも、「舞踏」と「わが文学の課題」の二作を重ね合わせて考えると、初出稿の削除の意味が見えてくる。それはやはり、阪田の指摘した通り、「生を描いて行こうとする文学上の決意の表現」であったのだろう。庄野が「舞踏」でもっとも描きたかったのは、削除された部分の失踪や死ではなく、夕空のもとで、夫婦が様々な想いを抱えながらも、二人寄り添ってダンスを踊った、その瞬間の美しさであり、「いま生きてあることへの喜びと切なさ」の表現だったのではないか。

二十年代の庄野氏は夫と妻を対象とした夫婦小説の作家であると先に言ったが、作品は何れも夫と妻の像が対比的に描かれている点が特徴的である。夫は一様に卑小な存在であるのに対して妻たちは光をあてられて前面に登場し、ウィットに富んだ詩人的な言動をふりまいて極めて魅力的である。（中略）

このように氏の文学を作品における妻の存在、あるいは妻の形象化という視点から見た場合に、氏の文学の推移・変化・転換を明瞭に跡づけることもできるのであって、その意味からも〈妻の形象〉という問題は決して看過できないものである。(7)

これは鷺只雄「庄野潤三論（一）――出発前後――」における指摘だが、この時期の庄野が明らかに、年若い妻を描くことを通してある「女性像」を造形しようとしていたことを考えると、「舞踏」は、悩みや苦しみを抱えながら「巴里祭の晩餐」をひらいて夫に向き合う妻の、その佇まいの美しさや切なさを表現したかったのではないかとも考えられる。

もうひとつ、庄野潤三の文学の師であった伊東静雄の文章がある。「病院から」というタイトルで、昭和二五年一一月に「舞踏」という同人雑誌に寄稿したものだ。

この頃うれしいこと――庄野潤三君の小説が段々立派になり、世評のよいこと。愛にみちた目でみつめられた妻の日常の美しい記録。精緻清純なそのスタイル。(8)

この文章は直接「舞踏」のことだけを指すのではなく、時期的には「スラヴの子守唄」、「メリイ・ゴオ・ラウンド」なども含む発言だろうが、まだ作家として出発したばかりの当時、庄野文学の一番の理解者であった伊東静雄が「愛にみちた目で見つめられた妻の日常の美しい記録」と評している点は見過ごせない。

「家庭の危機というものは、台所の天窓にへばりついている守宮のようなものだ」という「舞踏」の書き出しにも由来するであろう、庄野文学の初期作品の評価、すなわち、「家庭の危機」や「不安の影」といったことを象徴的に描いたとされる初期夫婦小説の評価は、阪田寛夫や鷺忠雄の指摘、伊東静雄の文章を踏まえると疑問の余地が出てくる。一概に既存の評価のみを定説とするのではなく、やはり別の見方があると考える方が妥当ではないだろうか。

そこで本稿では、初期夫婦小説を紐解くキーワードとして、以下の三点を踏まえたうえで、本題の「舞踏」自筆原稿について見ていくこととしたい。

- 愛にみちた目でみつめられた妻の日常の美しい記録　（伊東静雄「病院から」）
- 〈妻の形象〉という問題　（鷺只雄「庄野潤三論（一）――出発前後――」）
- いま生きてあることへの喜びと切なさの表現　（「わが文学の課題」）

Ⅱ　「舞踏」自筆原稿の特徴

i　妻の心理描写

「舞踏」の自筆原稿と、「群像」に掲載された初出稿を比較したところ、助詞などの細かい修正を除く、大きな変更箇所が全部で四四項目あった。そのうちの一二項目ほどは妻の心理描写にまつわる部分で、なかには削除されたり、省略されたりするものもあるが、多くの場合は書き足してより詳細に表現されている。ここではまず、その一例として特に加筆の目立つものを二箇所挙げる。

①（自筆原稿）一〇枚目、一六行目〜二〇行目
夫が懸命にあたしに隱さうとしてゐること。それがどんな事なのか、あたしにもいくらか見当がつく。でも、どうしてそれをあたしに話しては下さらないのだらう。どうして、隱さう隱さうとなさるのだらう。

↓

①（初出稿）一一八頁、下段二六行目〜一一九頁、上段五行目
夫が懸命にあたしに隱さうとしてゐること、それがどんな事なのか、あたしには想像出來る。でも、どうしてそれをあたしに仰言つては下さらないのだらう。あれほど樣子が變つてしまふくらゐ、好きな女の人が出來たのだつたら、どんなにか素晴らしいひとに違ひない。あたしには、そんな氣がする。それなら、どうしてそのやうな人にめぐり會つたよろこびを、あたしに分けては下さらないのだらう。どうしてあんなに隱さう隱さうとなさるのだらう。

②（自筆原稿）一〇枚目、二〇行目〜一一枚目、一行目
あたしが氣附かないと思つていらつしやるのか知ら。

↓

②（初出稿）一一九頁、上段五行目〜一一行目
あたしが氣附かないと思つていらつしやるのか知ら。それは、あの人に好きな人が出來たら、あたしは隨分苦しい。だけど、あんな風にそのことを一口も云はずにゐて、そのためにあの人がいつもいつも自分を苦しめてゐるのを見てゐることの方が、ずつと苦しい。あたしがゐることが、あの人をひどく不自由にしてゐるやうな氣がして來るのだ。そして自分が夫を苦しめてゐるやうに思はれて、苦しい。

これらの部分からも分かるように、妻の心理描写をより詳しく書き込み、より妻の人となりや考え方、感じ方が伝わるように工夫して加筆がなされている。当たり前の妻の気持ちだけではない、この女性に特有の考え方や物事の捉え方が書き加えられていると言っていい。前述の鷺忠雄が指摘していた「妻の形象化」を、庄野が自覚的に行っているのが伺える修正箇所だと言えるだろう。

ii　冒頭の引用句

この人生の物語を讀み了へずして
ふっとそれに別れを告る者は幸なるかな。
（プーシキン）

これは「舞踏」自筆原稿の冒頭に引用句として記され、斜線で消されていた言葉で、プーシキンの韻文小説『オネーギン』の最後の一節である。これも、庄野が「妻」に光をあてて描こうとしていたことの痕跡の可能性がある。

『オネーギン』は主人公オネーギンとタチヤーナとの恋の顛末の物語である。オネーギンは「余計者」という一八二〇年代のロシア貴族の典型的形象で、自分の能力を社会に生かすことのできない弱さを特徴とし、一九世紀ロシア文学全般にわたる一典型となった男性像の原点である。タチヤーナは、ドストエフスキーによって「これは積極的な美の典型であり、露西亜の女性に対する讃歌である」と評され、ロシア文学に描かれたすぐれた女性像の系譜の原点となったと言われている。(9)

『オネーギン』では、ロマンティックな理想主義者で、且つ大地に足をつけた強い女性の姿としてのタチヤーナと、「余計者」としての弱さが際立ってしまうオネーギンという男性が対比的に強調されている。一方「舞踏」では、身勝手で狭くエゴイスティックな夫と、ロマンティストで感性豊かな妻という構図だ。どちらも男女を対比的に表現し、かつ男性は一様に卑小化され、そのことによって女性の美しさが際立つように描かれている。

ⅲ　最後の場面の削除

オネーギンとタチヤーナ、「舞踏」の夫と妻、これらが同じように対比的に描かれていること以外に、この二つの作品を結ぶもう一つの共通点がある。それは「舞踏」自筆原稿の最後の一枚（五一枚目）に書かれていた場面である。この最後の一枚は経年による損傷があり、一部判読できない文字などもあったが、可能な限り翻刻した。なお、この場面は初出稿にはまったくなかったもので、自筆原稿にのみ残されていた部分である。「群像」編集部に原稿を渡す前であるか、後であるかは不明だが、推敲の過程のどこかで削除された箇所だと推定される。

この削除された「舞踏」のラストシーンと類似した場面が『オネーギン』の作中にもあるため、ここでは、この二つの場面を並べて比較することとする。『オネーギン』の引用箇所は、第八章（全部で五一連から構成されている）の第四八連だが、物語としてはこれが最後の場面で、このあとに続く第五〇連、五一連は作者（プーシキン）の一人語りとなる。そのため、ラストシーンとして理解して良いと考える。

「舞踏」は妻が失踪し、水死体で発見された後の夫の姿を描いたもので、『オネーギン』の方は、オネーギン（＝エヴゲェニイ）がタチヤーナに振られ、一人取り残される場面である。まず「舞踏」の場面を、続いて『オネーギン』を引用する。

（自筆原稿）五一枚目、五行目～一三行目

夫は、この事件により完腐なきまで打ちのめされ、一時は錯乱狀態に陥つたが、やがて自分の眞近にあつた一人の妻のいのちさへ救ひ得なかつたことを深く恥ぢ、初めて己のエゴイズムが取り返しのつかない結果を招いた（原本見切れ）に気附いた。それからやつと気を取り直し、うめくやうに、たゞひと言、

「女は恐ろしい」

とつぶやいて、さて十字架を背負ひ、残さ（原本見切れ）た三つになる長女の手を引いて、よろめき、よろめき、歩き始める。誰が、悪かったのか。

~~誰が、悪かったのか。~~（原稿中で削除）

『オネーギン』（「第八章第四八連」より）

彼女は去つた。エヴゲェニイは
雷にでもうたれたやうに佇んでゐる。
今は、いかばかりの嵐のやうに渦巻く感覚のうちに、
心を潜めてゐたことか！
するうちに、思ひもかけぬ滑車の音が鳴りひびき、
タチヤナの良人があらはれた。
ここで私の主人公を、
彼のためには不吉な時に、
暫く、読者諸君よ、……いや、永久に取り残すこととしよう。

彼の後に従つて、わたくしたちは、
世の中の一つの道をかなりさまよふて來た。
今は互ひに岸邉に著いたことを祝福しよう。萬歳《ウラー》！
疾うに（さうではなかつたかしら？）かうすべき時が來てゐたのだ。[10]

このように、男性（オネーギン、夫）が女性に置いて行かれて打ちのめされた姿を画面に大きく映し出して終わる、というラストシーンの構図は、これら二つの作品の類似する場面であると言える。このことと冒頭の引用句の二点から、庄野が『オネーギン』を念頭に「舞踏」を書いた可能性が十分にあることが伺える。

iv 庄野潤三と『オネーギン』

『オネーギン』にはいくつかの訳があるが、庄野潤三が参照したのがどの出版社から出されたものであったのかを特定する必要がある。昭和三四年発行の『明治・大正・昭和 翻訳文学目録[11]』によると、「舞踏」を書いた昭和二四年当時の『オネーギン』の翻訳出版状況は次の通りだった。

- 大正一〇年　米川正夫　訳　叢文閣
- 昭和二年　米川正夫　訳　岩波書店　岩波文庫
- 昭和二四年　米川正夫　訳　蒼樹社　蒼樹選書43
- 昭和二四年　米川正夫　訳　養徳社　養徳叢書外国篇1038
- 昭和二八年　米川正夫　訳　新潮社　新潮文庫

・昭和一一年　中山省三郎 訳　改造社　プーシキン全集2
・昭和一六年　中山省三郎 訳　三笠書房　現代叢書4
・昭和二四年　中山省三郎 訳　河出書房
・昭和二五年　中山省三郎 訳　河出書房　世界文学全集

その他にも、ここに掲載されていなかったものとして、大正一〇年に岡上守道訳で国文堂書店から発行されたものがあり、この岡上訳を加えて、当時は米川正夫訳と中山省三郎訳の三種類の訳が存在していた。岡上訳については、引用句とは訳文が明らかに異なっており、流通量もそれほど多くなかったと推定されるうえ、大正一〇年の発行なのでここではいったん除外する。

・米川正夫 訳
この世の小説《ふみ》を讀みをへずして
丁度わたしが、エウゲーニイを見棄てたやうに
忽然それと別れ得る、人こそまことに幸ひなる哉。(12)

・中山省三郎 訳
いま私がオネェギンと別れたやうに、
この人生《よ》の物語を讀み了へずして、
ふっとそれに別れを告ぐる者は幸《さひはひ》なるかな。(13)

米川正夫訳と中山省三郎訳を並べたが、引用句と中山省三郎訳が完全に一致しているため、庄野が参照したのが中山訳であったことが分かる。中山省三郎が『オネーギン』を翻訳したのは昭和一一年発行の『プーシキン全集2』においてであり、その後同じ訳文のものがいくつかの出版社から刊行されている。

- 昭和一一年　中山省三郎 訳　改造社　プーシキン全集2
- 昭和一六年　中山省三郎 訳　三笠書房　現代叢書4
- 昭和二四年　中山省三郎 訳　河出書房

「舞踏」執筆の時期から推定して、これらの三冊のうちいずれかを庄野が参照していたことは明らかだが、このうちの一冊を客観的に特定するのは困難である。だが、神奈川県川崎市生田の庄野家には、今もなお庄野潤三の蔵書がほぼそのままの形で残されている。そのため、ご遺族の協力を得てこの蔵書にあたったところ、他の版の『オネーギン』はなく、唯一、昭和一六年八月に三笠書房から刊行された『現代叢書4』のみが所蔵されていることが分かった。

昭和一六年といえば、庄野が大阪外国語学校英語部の学生で、翌年には九州大学へ入学する時期だ。また、この年の三月には住吉中学時代に国語を習った伊東静雄に再会し、以後足繁く自宅へ通って、本格的に文学を学びはじめている。その頃にこの三笠書房版を入手して読んでいたと考えるのが妥当だろう。

ここで二つの疑問が浮かぶ。一つ目は、庄野が引用したのがなぜ『オネーギン』だったのかという点。二つ目は、なぜ『オネーギン』の最後の一節を冒頭に引用したのかという点だ。

一つ目のなぜ『オネーギン』だったのかという点だが、庄野潤三が影響を受けた外国文学としてはチャールズ・

ラムやチェーホフ、ウィリアム・サローヤンといった作家がよく知られている。ところが、この「舞踏」自筆原稿の精査により、庄野が若い頃に影響を受けた作家として、プーシキンとその代表作の『オネーギン』があったことが新たに明らかになったと考えるのが妥当ではないだろうか。

これまでは庄野文学やその研究において、ほとんど名前の挙がることのなかったプーシキンだが、実はいくつかの作品内で『オネーギン』についての記述があることが分かった。例えば、「舞踏」の直前に書かれた「愛撫」がその一つだ。また、庄野の大学時代の記録でもある「前途」にも同様の記述がある。

「愛撫」より抜粋

結婚して三年たったが、あたしには子供が生れなかった。夫は或るあまりぱっとしない出版社へ勤めながら、そのかたわら、時々詩を作っていた。小説を書く書くと云いながら、小説はちっとも書かずに、詩を書いていた。その詩は、時々はお金に変った。しかしそれはちっともよくない雑誌に載るだけで、あの人は一向にうだつが上らないのを一人でこぼしていた。（おれはそのうちにオネエギンのような傑作を書いて、あっと云わしてやるんだ。それまで待ってろ）と、あの人は口ぐせのようにあたしに云った。しかし、何時が来たら、オネエギンが書かれ始めるのか、あたしは非常に心細かった。(14)

「前途」より抜粋

二月六日

竹谷への葉書

お葉書有難う。同人雑誌創刊号の締切は二月末日につき、数日来、原稿を書くのに没頭している。オネエギン(!)のようなものを書いている。雑誌誕生については、いろいろ思いがけない難関に行き当る、内的の。しかし、僕は引っ込まないつもりでいる。(15)

このように、小説内の一記述に過ぎないとはいえ、どうやら庄野潤三は若い頃に『オネーギン』に影響を受けており、少なからず「オネエギンのような傑作」を書きたいという気持ちを持っていたようだ。なおかつ、今なお自宅の本棚に残されていることからも、『オネーギン』が庄野にとって特別な作品であったのはたしかだ。初めての依頼原稿の冒頭に勢い込んで引用し、傑作を書こうとする意気込みがあったのだと推測しても、あながち間違いではないだろう。

さらには、「iii　最後の場面の削除」で見たように、「舞踏」と『オネーギン』に共通する男女の人物像の対比的な表現や、ラストシーンの類似性から、執筆時点の庄野に日本版『オネーギン』、日本版タチヤーナを描こうとする熱意=妻の形象化への意気込みがあったとも考えられる。

一方で、先ほど二つ目に挙げた、なぜ庄野がこの『オネーギン』の最後の一節を引用したのかという疑問については、どのように考えればいいだろうか。「オネエギンのような傑作」を書くつもりで冒頭に引用した可能性は高いものの、なぜこの一節であったのか。以下に第八章第五一連の全文を掲げる。

しかも、親しく會つて、
最初の章を讀んで聞かせた人たちは……
嘗てサディのいへりしごとく、
或る者はすでに世になく、或る者は遠く離れて。

彼らのゐぬ間《ま》に、オネェギンは書き上げられた……
またタチヤナの愛すべき理想を形づくつた女性たちは……
ああ、夥しく、夥しく壽命を奪はれた。
盃にあふるる酒を最後まで、
飲み乾さずして、
まだきに生の祝宴を去りえた者は仕合せだ。
いま私がオネェギンと別れるやうに、
この人生《よ》の物語を讀み了へずして、
ふっとそれに別れを告ぐる者は幸《さひはひ》なるかな。(16)

「この人生の物語を讀み了へずして／ふっとそれに別れを告る者は幸なるかな。」という一文だけならば、「舞踏」における妻の自殺や死を連想することはできる。また、この一文の前にも、タチヤーナのモデルとなった女性たちが寿命を奪われたという記述があり、「盃にあふるる酒を最後まで、／飲み乾さずして、／まだきに生の祝宴を去りえた者は仕合せだ。」という一文にも、人生の半ばでの死を読み取ることができる。

しかし一方で、直前の「いま私がオネェギンと別れたやうに、」という文章に着目すると、ややニュアンスが変わってしまう。この一文は、「ii 冒頭の引用句」で引用した第四八連で、作者がオネーギンを描くことをやめ、「ここで私の主人公を、／彼のためには不吉な時に、／暫く、読者諸君よ、……いや、永久に取り残すこととしよう。」とした部分と繋がっており、死を意味するのではなく、オネーギンが打ちのめされた場面で話を終えるという物語上の構造を意味している。「舞踏」の削除されたラストシーンが、『オネーギン』と同様に打ちのめされた夫の姿で終わっていることからも、その構造を念頭に引用した可能性も拭えない。
現時点で考えうる可能性はこの二点だが、『オネーギン』、あるいはプーシキンが庄野に与えた影響が今後もう少し明らかになれば、別の新たな視点も浮上するのではないだろうか。

Ⅴ　削除された芭蕉の言葉

続いて、「女性の形象化」に関わるであろう削除された一文があるため紹介する。以下の「汝の性の拙きを嘆け」という文が自筆原稿にはあったが、初出時には削除されている。またこの場面は、妻に関する描写の加筆も目立つ。

（自筆原稿）三八枚目、一二行目～三九枚目、五行目

それとも、おれの素振りから、れいの直観力で感附いたのかも知れない。それも考へられる。しかし、仮りにあれに昨日のことが分つたとしても、餘計な事はひと言も云はない方が賢い。藪蛇になるといけないから。それに、もうどうにもならないことではないか。なるほど、そんな目に合せてあいつが可哀さうだけど、かう云ふ風になつて行くと云ふのも、水の低きに就くが如く、自然の成り行きなんだから、どうにもおれには出来ないのだ。妻が悲しんでゐる。では、どう云つて慰めたらいゝのか。汝の性の拙きを嘆け。それより外に方法がない。（傍線論者）

（初出稿）一二六頁、上段、四行～一八行目

それとも、おれの昨日の素振りから、れいの直観力で看破したのかも知れない。この間も夕暮れの川のそばの道を歩いてゐた時に、少女が小さな聲で唱歌を教へてくれた。（若草の萌ゆる野に丘にとりどりに匂ふ花の色）と云ふ歌だ。曲は英國の民謠だつたと思ふ。おれは少女の聲に和して歌つた。ところがその晩、夕食を終つてから子供と遊んでゐると、臺所で片附けをしてゐる妻が同じその唱歌を口吟み始めた。おれはあの時ばかりは少々氣味が悪かつた。偶然であつたのかも知れないが、さすがにい丶氣持がしなかつた。
しかし、假りにあれに昨日のことが感附かれたとしても、餘計な事はひと言も云はない方がい丶。もうどうにもならないことではないか。成る程、妻を欺いてしまつたけれども、かう云ふ風になつて行くのも水の低きにつくが如く、自然に進んで來たので、どうにも防ぐことが出來なかつた。悲しんでゐる妻に、どう云つて慰めたらい丶のか。

この「汝の性の拙きを嘆け」というのは、以下の松尾芭蕉『野ざらし紀行』、富士川の捨子のエピソードから引用されており、原文は「汝の性のつたなきを泣け」である。庄野が意図的に「嘆け」としたのか、間違えて引用し、そのまま採用せず消してしまったのかは不明だが、文脈的には「嘆け」とあえて原文を変えたと考えるほうが妥当かもしれない。

冨士川のほとりを行くに、三つばかりなる捨て子のあはれげに泣くあり。この川の早瀬にかけて、うき世の波をしのぐにたへず、露ばかりの命待つ間と捨て置きけむ。小萩がもとの秋の風、こよひや散るらん、あすや萎れんと、袂より喰物投げて通るに、

猿を聞く人捨て子に秋の風いかに

いかにぞや、汝、父に悪まれたるか、母に疎まれたるか。父は汝を悪むにあらじ、母は汝を疎むにあらじ。ただこれ天にして、汝が性のつたなきを泣け。

（口訳）（「いかにぞや、」以下のみ引用。論者）

なんと捨て子よ、汝は父に悪まれたのか、それとも母に疎まれて捨てられたのか。いや、父は骨肉を分けた汝を悪んで捨てたのではあるまい、母はいとし子の汝を疎み捨てたわけではあるまい。ただ、こうなったのは、所詮天命であって、汝が天より享けた性の不運さを泣け。(17)

ここには、愛する子どもを捨てなくてはならなかった両親への同情のほか、そうした境遇に生まれてきた捨て子の天命の不運さが語られているが、「舞踏」にもこれと似たことを夫が妻に語って聞かせる場面がある。妻のすすり泣く声を聞いて、「汝の性の拙きを嘆け」と考えた日の翌朝、夫が妻に謝る場面である。こちらは自筆原稿と初出稿では多少の異同があるものの、内容に大きな隔たりがないため、初出稿のみ引用する。

（初出稿）二二六頁、下段、一九行目～二二七頁、上段、九行目

「ゆうべは、ひどいことを云つて濟まなかつた。許してくれ。あやまる。神經が、少し疲れてゐるんだね？さうだろ。疲れてゐる時はね、何でもないことが、ひどく應へるものだ。それに、人間は誰だつてめいめい不幸なんだ。みんな、その人の不幸を背負つてゐるんだ。たゞそれが他の人には分らないだけだ。もし分つたとしても、その人の不幸をその人ほどに感じてくれる人と云ふものはゐないのだ。そこでどうすればいゝかと云ふと、どんな場合でも自分だけが一番不幸な人間だと思ひ込まないことだ。誰もが孤獨で、そして自分の不幸に耐へながら生きてゐるんだ。さうなんだよ。自分だけを見つめたらいけない。さうすれば、自分の不幸が實體以上に大きく見えて來るものだ。自分よりももつともつと不幸な人間が他にいくらでもゐると云ふことを知るべきだ。また、さう考へるより外に不幸に耐へる方法はないのだ。生きなくちや、いかんのだ。なんでもかんでも、生きて行かなくちやいかんのだ。分つたかい？　もう、ゆうべみたいに泣いたりするなよ。陰氣くさくていかん。お前にも、このやうにしてだんだんと人生と云ふものが分つてゆくんだ。へこたれたら、駄目だ。強く、圖太く、生きるんだ。不死身になれ。そして、うんと長生きするんだ。いいね、分つたね？」

夫は何かの本で讀んだやうなことを、したり顔して説いて聞かせた。その言葉の中には、多分に身勝手で狹いところがあつたが、一方妻に對する眞情もたしかに吐露されてゐたのである。

妻は夫の身勝手な浮気によって苦しんでいるにも関わらず、その夫の口から、芭蕉の人生観や処世観を踏まえた説教をさせている。ここには、あえてそうすることで、夫の卑小さや傲慢さを際立たせる作者の狙いがあったのではないか。このことからもまた、「妻の形象化」を庄野が意図的に行っていたことが伺えるだろう。

おわりに

今回は自筆原稿から得られた情報を列挙する形をとったが、『オネーギン』と「舞踏」の類似性や影響関係、あるいは庄野潤三の初期夫婦小説における「妻の形象化」の問題など、今後あらためて詳細に検討する必要があり、これらにより「舞踏」や初期作品の読まれ方も変わってくる可能性がある。

ともすると現代の一般的な感覚では、「舞踏」という作品は夫の酷い印象ばかりが強調されて読者に受け止められてしまいかねない。また、私小説的な読み方をしてしまうと、作家の庄野潤三自身と夫を重ねて考えてしまう可能性もあり、これも大きな誤解を生む懸念がある。しかしここに、私小説的な文脈とは異なる解釈が確立されれば、初期作品の評価にも大きな影響を与え、そうした懸念も払拭されるものと考えている。

夫が浮気をし、妻がそれを苦にして自殺を図るといった構図の作品を私小説的に解釈してしまうことは、以降の庄野文学、とりわけ、家族とともに山の上で暮らし、日々の穏やかな生活を描いた作品との隔たりを大きくしてしまうばかりである。しかし、初期の庄野が男女を対比的に描くことによって、妻・千壽子をモデルに美しい日本女性の典型を作り出そうとしていたのであれば、初期夫婦小説は庄野にとって一つの妻への愛の形であったと考えることもでき、「愛にみちた目でみつめられた妻の日常の美しい記録」という伊東静雄の評言も、これによってその重みを増し、初期庄野文学を的確に評した言葉として浮かび上がってくるのではないだろうか。

注

（1）『庄野潤三の世界』（徳島県立文学書道館、平成二五年（二〇一三）一二月）一一頁
（2）『作家庄野潤三展――日常という特別』（練馬区立石神井公園ふるさと文化館、令和四年（二〇二二）一月）二三～二四頁
（3）庄野潤三「『舞踏』の時」（『庭の山の木』講談社文芸文庫、令和二年（二〇二〇）二月）一六〇頁
（4）庄野潤三「舞踏」（『庄野潤三全集』第一巻、講談社、昭和四八年（一九七三）六月）四三頁
（5）阪田寛夫『庄野潤三ノート』（講談社文芸文庫、平成三〇年（二〇一八）五月）二九～三〇頁
（6）庄野潤三「わが文学の課題」（「夕刊新大阪」昭和二四年（一九四九）七月二五日）

(7) 鷺只雄「庄野潤三論(一)――出発前後――」(『国文学　言語と文芸』、桜楓社、昭和五五年(一九八〇)九月)一三五~一三六頁
(8) 伊東静雄「病院から」(『定本伊東静雄全集』、人文書院、昭和四六年(一九七一)一二月)二五三頁
(9) 川端香男里「韻文を生かした見事な訳業」(プーシキン、木村彰一訳『エヴゲーニイ・オネーギン』、講談社文芸文庫、平成一〇年(一九九八)四月)、佐々木基一「プーシキンと私」(『世界文学全集36プーシキン・レーモントフ・ツルゲーネフ』学習研究社、昭和五三年(一九七八)二月)、金子幸彦「プーシキンの生涯と作品」(『世界の文学11プーシキン・ゴーゴリ・ツルゲーネフ』中央公論社、昭和四〇年(一九六五)七月)参照
(10) プゥシキン、中山省三郎訳『オネェギン』(三笠書房、昭和一六年(一九四一)八月)三三八~三三七頁
(11) 国立国会図書館編『明治・大正・昭和 翻訳文学目録』(風間書房、昭和三四年(一九五九)九月)四六一~四六二頁
(12) プーシキン、米川正夫訳『オネーギン』(蒼樹社、昭和二四年(一九四九)一二月)二五八頁
(13) プゥシキン、中山省三郎訳『オネェギン』、三四一頁
(14) 庄野潤三「愛撫」(『庄野潤三全集』第一巻)二九頁
(15) 庄野潤三「前途」(『庄野潤三全集』第七巻、講談社、昭和四九年(一九七三)一月)八一~八二頁
(16) プゥシキン、中山省三郎訳『オネェギン』三四一頁
(17) 尾形仂『野ざらし紀行評釈』(角川書店、一九九八年)三八~三九頁

帝塚山派文学学会―紀要第四号―より

庄野潤三と徒然草

村手元樹

一　はじめに――問題提起

『チャールズ・ラム伝』などの著作で知られる英文学者、福原麟太郎に「泣き笑いの哲学[1]」というエッセイがある。

涙と背中合せになつている笑い、というものを明らかに知つている国民は、ロシア人とイギリス人と日本人、これだけはたしかである。他の国にもあるだろうと思う。国民という言葉が不適当なら、文学と言えばよい。

福原はこう述べ、それぞれの国の文学の代表として、チェーホフ、チャールズ・ラム、兼好法師を挙げている。「おかしくて悲しく、悲しくておかしい、背中合せの泣き笑い」を巧みに描いた作家たちである。庄野はこのエッセイを収めた『人間天国』刊行の翌月、『産経新聞』でこのエッセイをいちはやく取り上げているが、この三者を並べた言説におそらく「我が意を得たり」という気持ちになったのであろう。なぜなら彼らはまさに、庄野が若い頃から影響を受け、共鳴した人物たちであり、彼らに対する捉え方も福原に近いものだったからである。このエッセイは庄野の文学的志向を理解する上で極めて重要な点を示唆していると言える。

この三者のうち、庄野のチェーホフ受容については、いくつかの拙論[2]で詳細に考察してきた。庄野は自らの小説のあり方を探る中で、同じ、短編小説の作家でもあり、劇作家でもあるチェーホフから、小説の技法や思想を学び、自分なりに発展させながら血肉化して行った。洋の東西を越えて様々な文学のエッセンスが溶け込んでいる庄野の文学であるが、『徒然草』も庄野にとって大きな意味を持つ作品であると考えられる。

そもそも庄野が『徒然草』に傾倒したきっかけは伊東静雄にある。庄野は文学的師である詩人の伊東から『徒然草』を読むことを強く勧められた。その事情は日記体の自伝的小説『前途』[3]の中で語られている。その昭和一八年（一九四三）三月一四日の項に伊東からこれからの文学について教えを受ける場面がある。庄野がまだ九州帝国大学の学生だった頃である。

先生はかう云つた。和文脈の中心となるものは、先ず源氏物語、伊勢物語、枕草子、徒然草、和漢朗詠集の五つ、日本の美感はこれに尽されてゐる。（中略）特に大切なのは枕草子と徒然草で、これは是非とも読む必要がある。（中略）

自分が書きたいと思ふことがあると、昔の人はそれをどう書いてあるか、すぐに見てみる。かうなると、文学の本道に入つて来たと云つてよい。これが文学に史感——歴史のみかたの史観でなくて、歴史の感覚と書く方の史感ですが——の生れる道なり。史感のない文学は駄目。
たとえば菊のことを思へば、すぐ菊のところを枕草子でも徒然草でもいい、引つぱり出して読んでみる。

この時のことについて吉田精一との対談「徒然草と現代」（『国文学解釈と教材の研究』、昭和四四年（一九六九）三月）でも庄野は回想している。

日本の美の見方、味わい方、そういうふうなものは、『枕草子』『徒然草』に全部はいっている。だからそういうものを勉強しているのと、そうでないのとでは、文学をやる上でうんと大きな違いが出てくるから、だからもうどこでも、気の向いた時でいいから、パッと開いたところを読むというふうにしてもいいから、読みなさい。

このように伊東は作家を志す庄野に『徒然草』から「史感」や「日本の美の見方、味わい方」を学び取るように教えている。他にも庄野の『徒然草』に対する言説は多く、思い入れの強い作品である。
そこで今回は庄野と『徒然草』との関わりについて考察し、そのルートから庄野の特質にアプローチしてみたい。同じ頂上を目指すにしてもチェーホフのルートを登るのとはまた違った、新たな魅力が見えてくるはずである。方法としては先ず滑稽な要素に着目しつつ、創作方法や形式面の関連性に触れ、次第に思想面の関連性へと移っていくこととする。

二　徒然草の滑稽と庄野の「おかしみ」

全二四三段ある『徒然草』の中で庄野が特に好んで挙げているのは、滑稽味のある章段である。「世間話のたのしさ――私と徒然草」（『国語通信』、昭和四四年（一九六九）一一月）の中で庄野は思想的な段より「そのまま読み通して、ただ、面白い話を聞いたというだけで満足するような段」「滑稽味のある話、珍しい話、話の中にも入らないくらいの一種の心覚え、メモランダム」を好むと述べている。

このエッセイでは一例として第一三五段を挙げている。藤原資季大納言入道が源具氏宰相中将に対して「わぬしの問はれんほどのこと何事なりとも答へ申さざらんや」と豪語し、それが宮中の話題となり、御前試合をするという大事になってしまう。結局、具氏の思わぬ質問に資季は答えられず負けてしまった。庄野は、「負けた大納言の入道の方に愛嬌がある」「人間味がある」、こういう人の存在が世の中を楽しくしているとコメントしている。

エッセイ「好みと運」（『われらの文学「庄野潤三」』講談社、昭和四二年（一九六七）三月）の中でも第八九段の猫又の話を挙げ、「私は、徒然草の中でも滑稽味のある、こんな挿話が好きで、そういうのを読むと、作者の兼好という人に親しみを感じる。」と述べている。前掲の吉田精一との対談の中でも、庄野は自分の好みに合った滑稽な章段をいくつも挙げる。まず、大学生の頃、伊東静雄から直接聞き、『徒然草』の面白さに開眼した第六〇段。いもがしらが大好きで暇さえあれば食べているお坊さんに人間的な魅力を感じている。他にも第一八段、第六八段、第一一五段などを挙げているが、どれも登場人物たちの個性や人間らしさがごく短い話の中に凝縮されている。滑稽さと同時に、ふと切なさも感じられる章段も多い。ちょっとした失敗や欠点、風変わりな面がむしろその人らしい魅力として捉えられている。

庄野はこういう場合、「おかしみ」という言葉を好んで使い、創作の上で志向する重要な概念である。それはまさに福原の述べる、人間への興味関心、愛おしみに根ざす「泣き笑い」と同様のものであろう。エッセイ「喜劇の作家」(『雲』公演プログラム、昭和四三年(一九六八)五月)で庄野は「私はおかしみのあるものが好きで、いつもそういうものに出会わないだろうかと待ち受けている。」と述べる。ここで言う「おかしみ」とは、意図的で表面的な笑いではなく、「生そのもの」であり、切実に暮らす生活の場から生まれるものである。従って奥行があり、しばしば「悲哀のかげ」を落とすものでもある。こうした「おかしみ」への志向は、庄野が好む『徒然草』の滑稽な話に通じるものだと考えられる。

三　徒然草の取材能力と庄野の「聞く」志向

ではそのような話を兼好はどのように収集したのか。庄野が『徒然草』に関して注目する点の一つがその取材能力の卓越さである。

庄野は前掲の「世間話のたのしさ」の中で「よくこれだけいろんなエピソードを集めたものだと驚く。来世のこともさることながら、いまの、この現実の、人間生活に対する好奇心が強い。」「兼好はいったい、どこからどのようにして聞き込んで来るのだろう。ゴシップ好きである。あっちこっちに情報網を張りめぐらしているみたいである。とても悟り澄まして、侘び住まいしている人と思えない。」「この人は、出家の身でありながら、万障繰り合せて、おかしい話、珍しい話を聞き込んで来て、書きとめる。」と述べる。庄野が言うように、この驚異の取材能力は、現実の人間生活に対する飽くなき好奇心がなせる技であろう。

庄野はチェーホフにも同様の関心を抱いている。前掲の「喜劇の作家」でチェーホフが「小さなもので意味のあるものを見逃さない眼」を持ち、手帳には多くの断片が書きとめられていたことに庄野は注目している。チェーホフは何もかもよく見え、幸福よりむしろ不幸が見え、「人間の不幸を感じる限りなくやさしい心」を持ち、厭世家にならざるを得ないのに、「人間のすることにはおかしいことがいっぱいあって、見飽きることがないから、そっちの方へひかれる」人であると庄野は述べている。これはおそらく兼好法師にも当てはまることだろう。

庄野が『徒然草』の取材の面に注目しているのが興味深いのは、庄野自身の創作姿勢において「聞く」という行為がまさに重要な要素となっているからである。「自分の羽根」(『産経新聞』昭和三四年(一九五九)一月一三日)というエッセイがある。「先日、私の娘と部屋の中で羽根つきをやった。」と始まり、羽根つきを続けるうちに、やがてそのこつを会得する。こつと言うのは「自分が打ち返す時に、落ちて来る羽根を最後まで見ること」であり、それを心がけて打つと自然に羽子板の真中に当たるという、当たり前だが大事なことである。そして後半、そこから得た真理を自らの文学の姿勢に敷衍する。

私は自分の経験したことだけを書きたいと思う。徹底的にそうしたいと考える。但し、この経験は直接私がしたことだけを指すのではなくて、人から聞いたことでも、何かで読んだことでも、それが私の生活感情に強くふれ、自分にとって痛切に感じられることは、私の経験の中に含める。

書く対象を「経験したことだけ」と先ず強く限定した上で、そこに「私の生活感情」に強く触れ、実際に経験するほど痛切に感じられれば「人から聞いた」こと、「読んだこと」も経験に準ずるという条件をわざわざ加えている。この背後には自らが触れうる限りの、現実に生きる人々の生活を見逃さず捉えようという強い決意が感じられる。

こう宣言した昭和三〇年代から庄野はまさに市井の人々の生活を実際に聞き取り取材した「聞き書き小説」を次々と手がける。『浮き燈台』（昭和三六年）、『佐渡』（昭和三九年）、『流れ藻』（昭和四一年）、『紺野機業場』（昭和四四年）などがそれに類するものである。

「聞く」ことを創作の重要な要素と位置づける姿勢は、庄野の作品の初期の段階から垣間見られる。例えば阪田寛夫の「庄野潤三ノート1」（全集第一巻巻末、昭和四八年（一九七三）六月）によれば、昭和二八年（一九五三）の「流木」は「庄野さんがある時期、毎日ある人から話を聞いていたのを私は覚えている。」と「聞き書き」であることを証言している。また昭和二七年（一九五二）の「紫陽花」、昭和二九年（一九五四）の「結婚」も聞いた話が元となっている。同年に書かれた、初期の代表作「プールサイド小景」も、庄野が偶然見聞きした話が創作の原点となり、そのエピソードとチェーホフの「コーラスガール」とを結びつけて構想されたものと考えられる。

この「聞く」ことへの志向は現実に即した、人間の生きる姿を求める志向と裏腹である。エッセイ「私の古典」（『いけ花龍生』、昭和四一年（一九六六）二月）の中で庄野は、子供の頃からの読書傾向について「空想的、夢幻的な要素のまさったものよりは、どちらかというと現実的にありそうな筋立てのものが好きだった」「子供は空想をよろこぶものだが、私は本当にこの世の中で、だれかが経験しているようなことを書いた話の方が好きであった。そういう性質は変らないもので、いまにいたるまでずっとそうである。」「現実味のあるものでないと、心がそっちを向かない。」と述べる。また亀井勝一郎、上林暁との鼎談「私小説は滅びるか」（『群像』、昭和三六年（一九六一）三月）の中で自らの創作態度について「私の気持を言いますと、すべての文学は人間記録《ヒューマン・ドキュメント》だという考えが根本にあるわけです。」と話している。

人が生きている姿、特に人間の面白さ、おかしさに常に関心と愛情を持ち、よく見、よく聞き、書き留める。庄野はこうした姿勢をチェーホフや兼好から感受したに違いない。

四　徒然草の構成と庄野の小説の構成

庄野は、前掲の「世間話のたのしさ」の中で、兼好の取材能力の卓越した面だけでなく、その構成の巧みさについても言及している。

　或はこういうことがいえるかも知れない。徒然草は全部で二百四十三段あるが、読んでいて少しも退屈しないばかりか、一つ読めば、次が自然に読みたくなるという風なのは、随所に入っているこういう世間話の面白さのためではないかと。

人から聞いた滑稽な世間話がところどころに散りばめられていることが、『徒然草』全体を読み進める推進力になっていると述べている。確かに思想的な章段や自然に関する随想などに滑稽話が混じる、バラエティに富んだ魅力が『徒然草』にはある。序段に言う「心に移りゆくよしなし事をそこはかとなく」自由に書くスタイル。それは随筆集という形態ならではの醍醐味であるとも言えるが、庄野の小説には同様の形式が見られる。すなわち、本筋に「入れ子」のように挿入される複線的な小話が同じような効果を持ち、独特な構成とリズムを作り出している。その独特な取り入れ方は『徒然草』に通ずる。

「家庭小説」では、しばしば家族の間で小話が交わされる形で挿入される。昭和三五年（一九六〇）に発表した「静物」は、家族の静かな日常の一コマ一コマを描いた、一八の断片的な章からなる、独特な形態の小説であるが、家族の団欒の風景に時折、夫婦の深刻な過去が暗示される。そういった構成の中に子供と交わされる「おはなし」が、かなりの数と割合で断片的に散りばめられている。例えば六章では、小学二年生になった男の子が風呂の中で父親に対して、学校の壁新聞で読んだ、あひるの卵を自分のお腹で温めて孵らせた少年の話をする。一八章では男の子が「お父さん、オのつくものして」と「オハナシ」をねだって、父親はイノシシの話をする。一五章でも再び男の子に「オ」をしてくれとせがまれ、「猟の上手な老人から聞いた」という釣りの話をするという具合だ。

昭和四〇年（一九六五）に刊行した『夕べの雲』でも家族の団欒に様々なエピソードがしばしば取り込まれる。娘の晴子は「面白い話」を見つけて来ては家族に話す。ある晩、中学校の社会の授業時間に「火事だ！」と叫んだ同級生の話をする。それは結局、授業中つねりっこをしていた男子が「感じた！」と大声を出してしまったということだった。

白黒テレビが急速に家庭に普及したこの頃、海外から輸入された、ほのぼのとしたドラマやアニメがお茶の間に話を提供する。こういったものも『夕べの雲』のなかには取り込まれている。たとえば子どもたちが見ている漫画「進めラビット」は、兎と虎が連れ立って世界各地を旅するが、行く先々で悪漢の一味のために危ない目に遭う。子どもたちと一緒に何気なく見ている父・大浦の人生も実は旅であることをこの話は語りかけてくる。「コヨーテ腹ぺこ物語」という番組は西部の荒野に棲み、人間たちに場所を追われるコヨーテの家族の話である。コヨーテの話は、自然豊かな多摩丘陵の一軒家に住み始めたが、開拓の波に晒され、周囲の森林がなくなっていく大浦一家の有り様と響き合う。

初期の「夫婦小説」の一つである、昭和二八年（一九五三）の「会話」にも既にこのような志向の萌芽が見られる。「会話」では小説の半分以上の長さを占める二つの話が夫婦の会話に挿入される。結婚して三年、経済的に破綻が進み、夫である「私」は精神的にも疲れていた。話の一つは「私」が雑誌で読んでいた、ドーヴァー海峡を泳いで渡ったエジプトの陸軍中尉の話である。もう一つは妻が子供の頃読んで、姉弟三人で夢中になった、剣士・塚原卜伝の天狗昇飛切術にまつわる話である。この二つの話が行き詰まった夫婦生活に微妙な陰影を与える。

聞き書き小説の代表作である、昭和四四年（一九六九）の『紺野機業場』は、「話」の存在感がさらに際立っている。というより、一見一つ一つの話が無作為に並べられているような独特な形式を取っている。庄野自身、単行本の「あとがき」に「炉辺閑話の積み重ねのやうなもの」と述べている。

庄野は、石川県安宅町で機業場を営み、話好きである紺野友次という人物を実際に取材し、彼の生の言葉を中心に地方に住む「一家の消息」を書くことを意図した。小説家の「私」が紺野氏を何度か訪ねて彼が自身の見聞を語るにまかせて、書きとめた体裁を取る。その話は、紺野氏の話、祖父や父の話、子供たちの話、親戚の話、近所の人の話、友人たちの話、従業員の話など多岐に亘り、脱線したかと思うとまた元に戻り、時系列も行ったり来たりの連続で、未整理のまま提示される印象を与える。

この独特のスタイルに対しての同時代評は賛否両論である。例えば阪田寛夫は『サンケイ新聞』（昭和四四年（一九六九）一二月二八日）に載せた書評の中で次のように述べる。

ある人間を描くことを目的とする小説がある。また人間を将棋の駒のように使って作者の考えを伝える小説もある。しかしこの作品はそのどちらでもなく、「話」が主人公である。「話」のはなしであるという点が、

「紺野機業場」の小説としての新しさだと思う。

ではどんな話か。その特徴を一口に言うと「脱線また脱線」の面白さである。

また『信濃毎日新聞』(昭和四四年(一九六九)一二月一七日)掲載の瀬沼茂樹の書評では「風変わりで散漫な物語」とされ、「庄野潤三が試みた新しい実験であり、力をこめた作品」と評価しながらも「無条件に賛するわけにはいかない。」と戸惑いの声を漏らしている。

しかし、年代順に整理された一代記や家族の歴史という形式では書けない、この叙述法を選び取ることによってしか書けないものがあることは確かである。整理された形式では整理されてしまう複線や脱線の部分にこそ、市井の人々の息づかい、個のレベルでの手触り・肌触りの中に感じる歴史、即ち生活感情に即した「史感」が描き出されている。

以上、随筆集としての『徒然草』の形式、即ち取材能力を発揮し、自らが体験し、あるいは聞き集めた話をふんだんに散りばめた形式が、庄野の随筆のみならず、小説にも通じていることが分かる。庄野は前掲の鼎談の中で「すべての文学はヒューマン・ドキュメントだという見方からいけば、エッセイはエッセイとして、エッセイのような小説があっていいし、小説のようなエッセイがあっていいと思います。」と述べているが、枠にこだわらず、すぐれたエッセイを受容し、ヒューマン・ドキュメントとしての新しい小説の形を模索していたのである。

五　徒然草の思想と庄野の小説の思想

次に『徒然草』が形式面だけでなく、思想の上でも庄野の小説に影響を与えている可能性がある、いくつかの点について指摘していきたい。

まず一点目として、名もない市井の生活者の言葉や視点にも大きな価値を置く点である。『徒然草』は貴族社会に立脚する半面、その道を極めた、身分の低い者たちの言葉を多く取り上げている。第一〇九段では「高名の木登りと言ひし男」が、人に高い木の伐採をさせる際、軒長ぐらいの高さになって初めて「過ち、すな。心して、下りよ」[4]と言葉を掛けたのを見た兼好が「かばかりに成りては、飛び下るるとも、下りなん。如何に、かく言ふぞ」と聞いたところ、「過ちは易き所に成りて、必ず仕る事に候」と答える。兼好は「あやしき下臈なれども、聖人の戒めに適へり。鞠も、難き所を蹴出だして後、易く思へば、必ず落つ、と侍るやらん。」と木登りの教えを蹴鞠のような競技や政治にも敷衍させているが、もちろん人生全般にも通じる言葉である。経験に裏打ちされ、そこから染み出てきた深い言葉である。また直接経験過去を示す助動詞「き」を使い、兼好自身がインタビューする形式を取るのも注目に値する。

この他、双六の名人（第一一〇段）、弓道の師範（第九二段）、博奕打ち（第一二六段）など様々な分野の人々の含蓄ある言葉を載せている。どれも熟達した具体的な技能・技芸から人生に関する真理や指針を学ぶというものである。先述した庄野の「自分の羽根」も技芸から敷衍して自らの文学の姿勢をつかむという点では同様のパターンである。

庄野の「聞き書き小説」も地方の名もない生活人から学ぶというコンセプトがある。市井の職業人に取材し、その具体的な言葉や生活、人生を示し、読者はそれを肌で感じ、知らず知らず自身の生活や生き方についても思いを馳せる。海女（『浮き燈台』、昭和三六年）、鮨職人（『流れ藻』、昭和四一年）、町の工場の経営者（『紺野機業場』、昭和四四年）、馬喰（『屋根』、昭和四五年）、商人（『水の都』、昭和五三年）など、取材範囲は幅広い。

チェーホフの見聞録『シベリアの旅』（一八九〇年）の冒頭にも庄野がいたく気に入っている職業人の言葉がある。「シベリアってどうしてこんなに寒いのかね？」とチェーホフが聞いたのに対して馭者が「神様の御心でさあね！」と答えた言葉である。庄野は馭者の短い、何気ない言葉の中に真実味を感得している。庄野の志向を示す好例である。

庄野は、名も無い生活者の生活感情から染み出た言葉を切り取ることで、その状況・場面から離れた、人生や世の中全般の真理としても深く感じさせようとしているのである。

『徒然草』と思想的に共鳴していると考えられる二点目は「現世肯定的な無常観」とでも言うべき、ものの見方である。前掲の吉田精一との対談で「仏教的な無常観」について訊かれると庄野は「同感するところはあるんです。」としながらも「それよりも兼好の持っている現実肯定的な面の方にひかれます。」と述べ、第八段の例を挙げる。人間の色欲について述べた段であるが、久米の仙人が、洗濯する女の足が色白でつやつやとしてふっくらしているのを見て神通力を失ったエピソードの「肉感的な書きかた」に注目し、「こういうところは、早く坊さんになれというのと矛盾するようですけれども、実は矛盾じゃなくて、いちばん人間らしい。人間らしいからこそ、『徒然草』が何百年たっても生命があると思うんですけどね。」とコメントする。

確かに『徒然草』には世が無常であることを認識し、積極的に出家を勧める章段もあるが、来世にだけ期待を託し、世俗的な生き方を否定するのではなく、むしろ現世における人間くさい生き方をも肯定的に描き出している。第七段では「世は、定め無きこそ、いみじけれ。」と無常を肯定的に捉え、「もののあはれ」が「無常」から生ずることを説く。島内裕子は「この世が無常であることを認識したうえで、生き方の理想に思いを致している点が重要である。『もののあわれを知る』ことが、人間を人間たらしめているという洞察は、深く、また、重い。」と解説している。(5)

『夕べの雲』はまさにこのような思想が根底に流れている。「夕べの雲」のタイトル自体にもそれが表れている。小沼丹はその由来を庄野から伝え聞いている。(6)

庄野の家の傍らに大きな浄水場がある。その芝生に庄野が寝転んでいると、真上の雲が美しく色づいて、見ていると刻々と色が変る。それを見ていて、「夕べの雲」と云う題を思いついたのだそうである。その雲を見て、書く決心がついたそうである。いまあるものも、次の瞬間には変ってしまう。いまある生活の一刻も、次のときには消えてなくなる。それは、同じ形で繰返されることは二度とない。

タイトルが表すように『夕べの雲』は平和で変わらない家族の日常を描いているようで、丘の上の一軒家は、やがて開発の波にさらされ、見慣れた風景も次第に変わっていくという大きな時代のうねりの中にいる。背景にこうした「無常」があるからこそ、その日常は感慨深いものと感じられるのである。家の周囲に大きな団地が建ち、家族が気に入っていた「山」が消えて無くなることは分かっていたが、時期ははっきりしなかった。その頃の父親の大浦の思いがこう書かれている。

いいことなら、その時に喜べばいい。もしそれが悪いことなら、なお更はっきりしない方がいい。どっちみち、分った時には苦痛を味わうのだから、わざわざ途中まで出迎えに行かなくてもいい。それにこの人生では、いいことはそんなに起るものではない。それならなおのこと、はっきりさせる必要はないと、そう思っているのだった。
だから、いつから工事が始まるのか、知らない。いずれ近いうちに始まることは確からしいが、少くとも今すぐということはない。それなら、この山がこのままの姿をしている間にうんと楽しもうじゃないか。

「無常」を意識しながらも、むしろ意識するからこそ、「今」を十分に味わおうとしている。ジネンジョを調理する場面でもこうした考え方が表れる。大浦は彼等の「山」にもジネンジョがあって、いつか掘りに行こうと思っていたことを思い出す。しかしすでにその山もジネンジョも無くなってしまった。大浦は思う。「『いつか、そのうちに』というのは、われわれの生活でよく出て来る言葉である。（中略）そこで、『いつか、そのうちに』ということになるのだが、物事はいつまでも同じ状態で待っていてくれない。（中略）そうして、この世でわれわれが知り合うもので、いなくなってしまわないものはない。」

こうした無常観は他の小説でも散見され、特に「聞き書き小説」ではそうした捉え方が根底に流れている作品が多い。『浮き燈台』、『流れ藻』はタイトルにもその思想が覗える。

三点目として、無常の認識は相対的なものの見方・俯瞰的視点としても表れる。『徒然草』第一八九段では「日々に過ぎ行く様、予て思ひつるに似ず。」「不定と心得ぬるのみ、真にて、違はず。」とあり、第二一一段でも「万の事は、頼むべからず。」「身をも、人をも、頼まざれば、是なる時は喜び、非なる時は恨みず。」とある。世の中が不定であるという真理を述べるが、それが単なる認識に止まらず、生きいく上での心構えや処世術にまで発展している。島内裕子は、第二一一段を評して、[7]「第二一一段は、徒然草の後半で顕著になってきた、兼好の相対的なものの見方を反映して、人間の本性を柔軟な広がりのあるものと捉え、それによって、人生のどのような局面にも落ち着いて対応できる生き方を提示している。」と述べている。

庄野は小島信夫との対談「文学を索めて」（『新潮』、昭和四〇年（一九六五）一二月）の中で、庄野の小説を批評するときにしばしば使われていた「危機感」という言葉について小島が質問したのに対してこう答えている。

僕はさつき言つたように危機感という言葉そのものを好まない。人間が生きていることはこれ即ち不安なんだ。そんなことは言わなくたつてあたりまえだ。生まれてきた途端に、いつか死ぬわけで、死ぬ瞬間がいつ来るかわからない。ライフ・イズ・インセキュリティーという言葉があるが、生きていることはそれが直ちに不安定ということなんだ。（中略）しかし僕が自分でつまらないと思わずに書いているのは、ライフ・イズ・インセキュリティー、生きていくのは不安なことだ、しかしこれは覚悟のうちにたたみ込んであるから口にすべきではない、朝な夕なそういう気持でそういう目で、すべてのものごとを見、人間を見ている。（中略）いつ頭の上へ鉄柱が倒れてくるかわからない中で生きていこうと努力するのが人間の姿だ。

ライフ・イズ・インセキュリティーはまさに「世の不定」の英訳のような言葉である。『徒然草』同様、不定の認識に留まらず、その覚悟を忘れず、その上でどう生きるかという姿をこそ提示しているというのだ。「プールサイド小景」にもその姿勢が顕著に表れている。突然解雇された会社員の妻は「（人間の生活って、こんなものなんだわ）」と「世の不定」を痛感するが、次第にその状況を相対化し、解雇された状態のほうがむしろ人間的な生活なのではないかと思い始める。

四点目は、不完全なものに美を見いだす美意識である。『徒然草』における、その思想は第八二段に顕著に表れている。

頓阿は欠けることによって、かえってその物の価値が高まることを言い、弘融僧都は、不揃いの物にこそ良さがあると言う。兼好はこれらに共感し、さらに「或る人」の言葉を挙げ、し残した部分や隠れた部分があるからこそ、面白みがあり、可能性に富んだものとなることを補足している。

永積安明はこの章段に触れ、「『すべて、何も皆、ことのととのほりたる』、つまり完備と見え完璧と見えたものこそ、むしろ停滞であり頽落への一歩であり、『あしき事』である」と兼好が考えていたことを述べている。(8)「完備＝停滞」を「悪し」とする美意識は、世の中が変転し、停滞することがないという無常の認識や無常こそが「もののあはれ」の源泉であるという思想と結びついている。

有名な第一三七段の「花は盛りに、月は隈無きをのみ見る物かは。」「万の事も、始め終はりこそ、をかしけれ」も同様の美意識である。第一五五段にも四季に対する、そういった認識が垣間見える。「春暮れて後、夏になり、夏果てて、秋の来るにはあらず。」と終わりの中に既に始まりが含まれるという、目の前の現象を常に可動的なものとして捉える眼がそこにある。

同様の美意識、同様の眼が庄野の中にもあり、それが小説の手法とも深く関わっているように思われる。拙論でも考察したが、庄野は昭和二〇年代、自らの小説のあり方を模索していったが、その中で会得したものが、説明的な部分をできるだけカットし、読者に見えない部分を作り、結末を開き、さまざまな可能性を包含した「いま」の豊かな手触りを描きだすことであった。また「いま」を時間的・空間的に俯瞰することで、「いま」を相対化し、可動的、転換可能なものとして捉える手法であった。場面場面が一貫した思想や筋書きに従属するような小説を好まなかったのもこうした眼と無関係ではないだろう。

五点目として、歴史的な感覚・ものの見方（伊東静雄曰く「史感」）に触れておきたい。島内裕子によれば『徒然草』の中で、有職故実や物事の由来に関する章段は、短かめなのでそれほど多い印象は持たないが、全章段の三分の一に当たる約七〇段もあるという。この多さの意味について「物事の起源や由来を尋ねることは、過去と現在を繋ぐことであり、そのような由来に誰かが関心を持つ限り、過去は過ぎ去り消えてしまったものではなく、現在とともにある、ということなのだ。このような意識こそが、徒然草の考証章段を貫く兼好の視点であろう。」と考察している。(9)

庄野にも同様の意識があることを助川徳是は指摘している。(10)『夕べの雲』の時間の特質を論じる中、「故郷の家から株分けされて自宅に植わる浜木綿」「母から妻に伝えられた郷土料理のかきまぜ」「長女の古い勉強机」などの例を挙げ、「それは一口に言えば、人間が長い時間の堆積を経て継承してゆくものへの敬虔な姿勢と言うことのできるものである。ひとつの家族によって伝承されるものは、長い時間に支えられている。それは伝承されてゆくかぎり、杜絶することがない。中絶することのないものは個々の人間とは違って不死の性質をもっている。そうしたものを尊重し、守ってゆく場所としての家庭を、庄野は大切に思っている。」と述べている。『静物』以降徐々に、時間が積み重なって現代に生きている習慣や物に庄野が目を向ける傾向が強くなる。そうした歴史感覚が「いま」をより豊かにしていることは間違いない。

六　無常と日常

庄野が昭和二四年（一九四九）一月に脱稿した『逸見小学校(11)』の一節にいよいよ本土決戦を迎える海軍少尉の千野が無常を感じる場面がある。千野は実際に兵役の体験をした庄野がモデルとなっている。

桜の花を見てゐた千野は、今かうして桜を見てゐる自分と云ふものが、来年の今時分にはもう地上から影も形もなくなつてゐる、と考えた。すると、自分が死んでしまつたあとのこの世界に、季節が来てまた桜の花が咲いて、それを自分以外の他の人間が眺めるであらうと云ふことには、全く興味が起らなかつた。そして、そんな気持で見る千野の目には、今年の桜は何だかひどくもの哀れに映つた。

また、その半年後の昭和二四年（一九四九）七月二五日の「夕刊新大阪」文芸欄に載った「わが文学の課題」というエッセイにも次のような一節がある。

しかし、と僕は時々思う。こんな風に僕は生きているけれど、これから先、幾回夏を迎えるよろこびを味うことが出来るのだろう？　僕が死んでしまつたあと、やはり夏がめぐって来るけれどもその時強烈な太陽の光の照らす世界には僕というものはもはや存在しない。（中略）それを思うと、僕は少し切なくなる。
そして、そのような切なさを、僕は自分の文学によつて表現したいと考える。そういう切なさが作品の底を音立てて流れているので読み終つたあとの読者の胸に（生きていることは、やつぱり懐しいことだな！）という感動を与える――そのような小説を、僕は書きたい。

ともに「死」を強く意識することで、有限な生を愛おしみ、流れ去る今を特別な眼差しで眺め直している。それを「もののあはれ」と言ってもいいかもしれない。小説家としての出発点とも言えるこの時期に庄野は既にこのような認識を持っていたのである。世の中が無常であるという認識を推し進めれば「死の自覚」という問題に行き着く。『徒然草』第九三段はその問題を顕著に言い表している。牛を売る商談が成立するが、売る前日に牛が死んで損をしたと語る人がいて、傍らにいた人がそれに反論をするという話である。傍らの人は「一日の命、万金よりも重し」と言い、売り主はまだ生きていて、しかも牛の死によって命の大切さを知ったのだから大きな得をしたと語る。周りの人はその主張を嘲笑する。傍らの人はまた反論する。「然れば、人、死を憎まば、生を愛すべし。存命の喜び、日々に楽しまざらんや。」「人皆、生を楽しまざるは、死を恐れざる故なり。死を、恐れざるには有らず。死の近き事を、忘るるなり。」と説き、ますます周囲から嘲笑される。死の自覚が、今ここで生きているこの瞬間、日常を愛おしむことへと繋がるのである。

上田三四二は『俗と無常――徒然草の世界』（講談社、昭和五一年（一九七六）三月）の中で、この章段が生へ荷担しているのに対し、他の箇所では後世を思い、仏道に心を傾ける生き方を否定していない矛盾を取り上げて、「生への荷担と、この死への昵懇は矛盾するごとくであるが、矛盾は兼好の中で、死は生を照らすという観点によって統一されている。そしてその矛盾はまた、彼の処世の中で、俗を出てしかも聖ならぬ、市隠的な隠遁者の境涯を選ぶという決断によって、解決されているのである。」と述べている。

庄野の小説にもその配分はまちまちであるが、しばしば「死」の影が見え隠れし、何事も起こらない平和な日常と同居している。それが前面に出ているのが『静物』という小説であろう。しかし『静物』にはもちろん「死」を影として「生を愛する」日常がより鮮明に浮き出ている。そして強い「死の自覚」は庄野の戦争体験とも無縁ではない。また庄野と時代を共有する「第三の新人」の日常性の問題にも敷衍できるのではないだろうか。

以上見てきたように、庄野の作品に特徴的に表れる、相対的な物の見方や俯瞰的な眼、おかしみ、日常性、断片性などは、『徒然草』と共有される、無常の思想が根本に横たわっているのではないかと思われる。

註

（1）福原麟太郎のエッセイ集『人間天国』（文藝春秋新社、昭和三六年（一九六一）一〇月）所収。

（2）「昭和二十年代における庄野潤三の文学修業―チェーホフ受容を軸に―」（『愛知県立大学大学院国際文化研究科論集日本文化専攻編』第七号、平成二八年（二〇一六）三月）他三編
（3）庄野潤三『前途』（『群像』、昭和四三年（一九六八）八月）。伊東先生として登場する伊東静雄の言葉は一字一句日記に書きとめた通りに書いたと庄野は語っている。
（4）『徒然草』の本文引用は、「烏丸本」を底本とした島内裕子校訂『徒然草』（ちくま学芸文庫、平成二二年（二〇一〇）四月）を使用した。
（5）（4）に同じ。
（6）小沼丹『夕べの雲』解説（講談社文庫、昭和四六年（一九七一）七月）
（7）島内裕子『徒然草をどう読むか』（左右社、平成二一年（二〇〇九）五月）
（8）永積安明（『徒然草を読む』、岩波新書、昭和五七年（一九八二）三月）
（9）（7）に同じ。
（10）助川徳是『鑑賞日本現代文学㉙島尾敏雄・庄野潤三』（角川書店、昭和五八年（一九八三）一〇月）
（11）『逸見小学校』の引用は単行本『逸見小学校』（新潮社、平成二三年（二〇一一）七月）より。この小説は、庄野の死後に発見された遺稿で、原稿の末尾に昭和二四年（一九四九）一月二一日に脱稿した記載がある。

阪田寛夫の初期小説を読む

河崎良二

大正一四（一九二五）年に大阪の熱心なキリスト教徒の家庭に生まれた阪田寛夫は幼い頃から日曜学校に通い、中学二年で洗礼を受けた。しかし戦時下、教会は国家による宗教統制によって変質し、若い信者を戦場に送った。阪田も昭和一九（一九四四）年九月、高知高校二年生で大阪の歩兵三七連隊に入営した。一週間後に大陸に送られたが、漢口に着くとすぐに病気になり、以後陸軍病院を転々とし、終戦を遼陽陸軍病院で迎えた。復員は戦後二年目の昭和二一年六月である。復員して驚いたのは、戦時中抑圧されていたキリスト教が、連合国軍による占領下、主としてアメリカ軍の影響で英会話と共に大流行していたことだった。七月に阪田は東京大学に復学し、高知高校時代の親友三浦朱門と再会し、詩や小説を書き始める。本論文では復員した年に書いた未発表の短編「博多結婚」、一年後の昭和二三年の未発表小説「のれん」、「ポーリイパイプル」と、昭和二五年から昭和三一年まで同人誌「新思潮」に発表した次の六編の短編を「阪田寛夫の初期小説」として扱う。尚、阪田は昭和二六年九月に大学を卒業し、九月三〇日に朝日放送大阪本社に入社した。「平城山」以降が朝日放送入社後の作品である。

「フェアリイ・テイル」「新思潮」第一号、昭和二五年一二月。

「アプレゲール」「新思潮」第二号、昭和二六年四月。

「平城山」「新思潮」第七号、昭和二七年一一月。『わが町』（晶文社、昭和四三）収載。

「酸模」「新思潮」第一〇号、昭和二九年七月。『我等のブルース』（三一書房、昭和四四）収載。

「怖い話」「新思潮」第一五号、昭和三一年一一月。

「赤い花」「新思潮」第一六号、昭和三二年六月。『我等のブルース』収載。


筆者は令和五（二〇二三）年に上梓した著書『阪田寛夫　讃美歌で育った作家』で、阪田は大学時代に小説を書き始めるが、四〇代後半に短編「土の器」を書くまで、自分をダメな人間として貶め、笑うという自虐的方法で小説を書き、自分の内奥を隠していたと書いた。少年期にはキリスト教徒であったために非国民と言われ、戦地では敗戦まで陸軍病院を転々とするダメな兵士であったというコンプレックスが、阪田の心に重く圧し掛かっていたのである。(1)

この解釈は昭和四四年に出版された短編集『我等のブルース』の「あとがき」の言葉、「自分を安全な立場に置いておいて、その自分を嗤う——というのが、それ以来二十年間、数少ない小説の中で私がとってきた手口のように、いま思います」に基づいたものである。ところが短編「のれん」を読んでみると、その「あとがき」自体が自虐によって歪められたもので、信用できないものであることが分かった。「あとがき」では、先の引用の直前に小説「のれん」について次のように書かれている。

「老舗の商家の物語ではなく、『のれんに腕押し』という俚諺にでてくる、あの風に吹かれた暖簾のことで、『失恋しないですむ方法』という副題がついていました。つまり、女を好きになりさえしなければ、ぜったい失恋の憂き目を見ることはないという風なことを、さも大発見のように一所けんめい書いていたようです[2]。」

ところが、小説「のれん」に書かれているのは、敗戦によって根こそぎにされた日本人の価値観と信仰の問題であった。拙著の記述と重なるところがあるが、拙著では詳細に検討することができなかった初期小説を出きる限り精読し、大学時代、朝日放送時代に阪田が何を考え、何を小説で表現したかったのかを明らかにしたい。先ず、阪田が復員した年の様子から始めたい。

一九四六年六月に復員し、七月に東京大学に復学のため上京した時、阪田の心の中では小学校時代からキリスト教徒であることで感じていた重い気分が消えていた。小説『花陵』では次のように書かれている。「その間に日本の政治制度や法律は、よく勉強したアメリカの秀才たちの理論通りに近代化されていた。私にとってはあまり都合が良すぎて嘘のようだった。天皇は神でなくなり、恐ろしい陸軍は潰滅し、天皇の神性と戦争目的を支えた国家神道は、明治維新以前の自然な信仰の対象にもどされた。（略）少くとも戦後の何年間か、日本中どこでもキリスト教が英会話と共に大流行であったことだけは間違いない[3]。」

上京した日、阪田は従兄の大中恩が始めたばかりの合唱団「P・F・コール」の練習を見に行った。エッセイ「青春」には、七月の「恐らく土曜日の午後」、場所は興業銀行本店の屋上であった、と書かれている。

エレベーターを降りて屋上に通じる階段の方へと廊下を歩きだした時、とつぜん天井から声がきこえた。それは私がこれまでに聞いたことのない種類の輝きを帯びた、ほとばしりであった。いちど立止ってから、軍靴の足音をひそめて、私は階段の昇り口から爪先立って昇った。上の出口の扉があけ放されていたらしく、夏の午後の陽光と合唱のきらめきが一緒になって頭上から私を襲った。美しいだけではなく、甘い切ない弾む息吹きと言ってもよい。二年間の兵隊生活の間でも、またその前の戦争中の暗い日々にも、私はこういう輝きにめぐり逢いたく願いながら、同時に諦めてきたのであった。

私が美しいかなしい声のほとばしりをさかのぼって、まぶしい屋上に出たら、白いブラウスの女たち、軍隊の半袖シャツを着た男たち40名ほどが、日陰に立って歌っていた。21歳の大中がその人たちを文字通り掌握して、まるめた手のひらをひるがえしながら指揮していた。[4]

阪田は直ぐに合唱団に入り、以後三年間、「P・F・コール」と叔父・大中寅二の率いる赤坂・霊南坂教会聖歌隊で歌った。エッセイ「東唱の思い出」には、翌一九四七年のクリスマスの朝、NHKの第一スタジオで霊南坂教会聖歌隊は「斎藤秀雄氏の指揮、東フィルの伴奏でクリスマス・キャロルを歌った[5]」と書いている。その後、生放送で、つまり阪田たちの前で、その年の五月に総理大臣となったキリスト教徒の片山哲が、敗戦から立ち直ろうとしている国民への激励のメッセージを読み上げた。

ところが、大学で毎日のように会っていた三浦朱門に見せていた小説には希望も光も描かれていない。

1.「博多結婚」（昭和二二年）

三浦朱門に見せたという小説第一作「博多結婚」は帝塚山学院所蔵の阪田寛夫資料にある。次の引用は冒頭から三つ目の段落である。（漢字、送り仮名は原文通りである。「看護婦」は現在では「看護師」だが、当時の「看護婦」を使用する。）

南満はＱ市の中國軍政府陸軍医院　即ち元の日本陸軍病院――アカシヤや杏の樹に圍まれた帝政ロシヤ時代の箔の剥げた建物及びその附屬地が彼と彼女を含む三百余りの日本人が監視されてゐる小社会であつた。さて彼は若かつたし彼女は美しかつた。そしてとても魅惑的な鼻を持つてゐた。三百余りの人間のうち僅々十にも満たぬ女性、正確に言つて日本赤十字社甲種救護看護婦。彼女はその輝やかしき一員だつたのである。彼は幾つもの戀歌を書送つた。崑崙颪の吹荒ぶ灰色の冬から、先づ咲出たのは杏の花とそして貴女の鼻であつた。なぞとインクが滲み出しさうなセンチな歌であつた。更に彼は茶と豚と煙草を断《タ》つた。爲に腹具合はよくなつたけれども肝腎の恋路には全く効果がなかつた。最后に彼はコップ一杯の砂糖を謹呈した。所が瞬く間にコップは叺に迄飛躍して、ものの一時間も經たぬ間に此の話は部隊中に拡がつたのだ。で、それが実は彼女自身の口から洩れたのだと知つた途端彼は足腰立たぬ重病人になつてしまつた。[6]

笑を取ろうとする大衆小説の書き方である。以下、粗筋に止める。

彼女は必死に看病してくれた。少なくとも、彼はそのように思い込み、幾分熱があったことも手伝って、彼は歓喜のうちに彼女の愛を受け入れた。杏の花が散る頃に、復員の話が広がり始めた。ようやく回復した彼は、彼女との愛は本物だったのだろうかと考え始めた。隣の寝台にいる戦友、頭の禿げあがったおやじがそれに気づいて、「博多結婚」だぜと言った。「博多結婚」とは、博多で終わることを互いに了解して、それまで愛の想いを楽しむことだった。数日後、彼等は内地に向かって出発した。いよいよ博多に着くという日、夜明け前に彼は起き出してトイレに行き、何かに躓いて救命胴衣の上に倒れた。毛布の下から二つの顔が現われた。女は彼にとっての彼女だったし、男は頭の禿げたおやじだった。

阪田の最初の小説は、相思相愛だと思い込んでいた自分を笑う小説である。しかしこの小説が復員からわずか三か月後に書かれていること、さらに、阪田は同じ話を五年後の昭和二六年に同人誌「新思潮」第二号に短編「アプレゲール」として書き、昭和四四年にはそれに加筆して短編「アンズの花盛り」を書いていることを考えると、そこには愚かな自分を笑うということでは済まされない何かがあったと思われる。

2.「のれん」(昭和二三年)

Ｂ４の原稿用紙に清書されている短編「のれん」は四〇〇字詰め原稿用紙に直すと五〇枚近い作品である。冒頭部分を引用する。

田之本君がコーラスを辞めた理由に就て書かうと思ふ

なつめ坂の幼稚園といふよりも、お医者さんの幼稚園で通つてゐるふたば保育園は水曜日の夜ごとに開放されて三十年来ハレー・コーラスの練習所となつてゐた。いつたい、このお医者さん、即ち山際医院の大先生といふ方はすこぶる毛色の変つたディレツタントで、まだ坂の上一帯がずつと松林だつた頃、一生かけて、この国の不透明な家庭生活を改善するんだといふ氏一流の理想から、その実現への一つのてだてとして、私費を投じて土地を買ひ保育園を建て殆ど同時に、このハレー・コーラスもお始めになつたのださうである。馬鹿なやつだ、そんな金があつたら蔵の一つも建てればよからうにと御親類のかげ口もいろいろうるさかつた様だが、蔵どころかその御自宅さへも最初の爆撃ですつかり焼かれておしまひになつたのに、幼稚園だけは不思議に焼け残り、従つて戦争でこゝしばらく途絶えてゐたコーラスの練習も又早速始める事が出来るやうになつたといふわけだ。
終戦後、今のお宅が建つ迄は奥さんとふたり幼稚園にお住ひになつて診察もピアノのあるホールでなさつていらつしやつたが、それでも水曜の夜には診察台や机を一方にとり片附けて、ぼつぼつ集つて来た若い連中と一緒に陽氣な一晩を過されるのであつた。（略）
「合唱は、きみ、結局心のハーモニーだよ。僕は中学生の頃からもうかれこれ五十年も歌ひつゞけて来てるんだが、未だにちつとも飽きないところをみると、じつさいよつぽどいゝものに違ひないんだね。」[7]（略）

阪田の両親、あるいは叔父大中寅二の聖歌隊か従兄大中恩のコーラスをモデルにしたと思われる団員三〇名のコーラスの練習が、戦後毎週水曜日の夜に再開した。理想家である山際先生のモットーは、合唱は「心のハーモニーだ」であった。団員の皆も時にそれを感じるのがうれしくて、水曜日になるとなつめ坂を登って行く。田之本君がコーラスに入ったのは終戦の年のクリスマスの晩だった。都電の停留所で若い女性に誘われて、その夜のコーラスの会に行ったのだが、すぐに先生の指の動きと皆の声に「心のハーモニー」を感じ、その場で入団を申込んだ。それ以来すっかりコーラスの虜になった。

田之本君の父は足利将軍義詮公正系の曽孫が難行苦行の末に開いた天道教の神官で、昇進して教区長になっていた。田之本君の母は彼を産んですぐに産褥熱で亡くなり、戸籍では彼は庶子になっていた。そのために心が歪み、中学生の時に教師補で書生の玉置をいじめた。

暴君は必ず悲哀にみちた一面を背負つてゐる。之はいはゞ光と影のやうなもので、氣がつかないうちは凡ゆる天才の様に、或は狂人の様にすばらしい矛盾を一身にそなへたまゝ涼しい顔をして居れるのだが、一旦氣がついてしまふと、もういけない。教正さまのお坊ちゃんは漸く中学に通ひ出した頃、既に十分卑屈とも自身喪失症ともつかぬだらしのない日かげ者になつてゐた。にきびの一つも吹き出る齢頃だといふのに。朝夕の禮拜はその頃の田之本君にとつて最も嫌な最も恐ろしいひとときであつた。綺羅をまとつたばけ物のやうないでたちの天明氏が死死の生を象徴するお狐さまと、生生の死を象徴するお狸さまの画かれた古めかしい二枚屏風の前に端然と正座なさつて、時々祝詞ともかけ声とも判明し兼ねる秘儀の不立文字をはらわたの底からしぼり出される。御曹司たる彼は、すぐその下座に控えてゐて、その恐ろしいうなり声が洩れるたびにかたはらなる大銅鑼をごーんと一つたゝかねばならない。並居る信者は回々教徒のやうにすべて立膝で合掌瞑目する。この時天上、天下の善靈、悪靈すべて虚空の華と化し、凡ゆる罪障は結ぶ掌の先から永遠無限の虚無に解消される。（略）

これ実にありがたさのきはみには相違ないのだが死をもあきらめて始めて悟道に入り給ふた御教祖さまが、何故衆庶を救済しようなぞといふとんでもない仕事をおあきらめにならなかつたのか。そして、一向に死死の生などといふ御託宣を信じてもゐない白面の彼がやけくそに叩く銅鑼のひゞきにあはせて、一体何の因果で善男善女たちは我先にと手をあげたり尻を浮かせたり、甚だしいのは立上つて背のびして迄有難がらねばならないのか、そこんところが一向に解しかねるのである。（略）

かくして全く思ひもよらぬ反対の方向から田之本君は虚無のかなしさと甘さをしみじみ味はねばならなくなつた。[8]（略）

田之本は中学校を六年かかって卒業し、東京神田にある大学に籍を置いたが、しばらくして徴兵検査を受け、入営した。一年ほど沿岸防備の部隊でいじめられて、妥協という技術を学んだ。

「世にのれんと腕おしといふ言葉がある。のれんは決して神經衰弱にかゝることはない。戦争が終つてふと氣がついてみたら、いつのまにやら身は五尺五寸の暖簾になつて、蕭條の秋風にふらふらゆすぶられてゐたのである」[9]。

家に戻ると、父の天道教も同じで、終戦後の世の中の変化を受けて「のれん」になっていた。教主つまり、教団管理者は名ばかりの選挙制に改められた。嘗て、軍部の弾圧によつて改纂を余儀なくされた教義も、平和の輝きに満ちた、本来の民主的な姿に立ち返った。

翌日の晩、東京に向かい、友人を訪ねたが不在で、都電の停留所で電車を待っていた時に若い女性から音楽会の誘いを受けた。それが淑恵だった。彼女は終戦後に入団したのだが、同じ方向に帰る北岡と付き合っていた。田之本は練習に行っても積極的に話しかけることもなく、いつも隅っこで貧乏ゆすりをしていた。それが「のれん」にとって一番楽な自由なひと時だった。山際先生はいつもほのぼのとした温かさを感じさせる人だった。「ヒューマニティ」という言葉が心の支えになっているのだろうと彼は思った。次の年のクリスマスが近づいてきた時、古顔になってタモチャンと呼ばれていた田之本も、夜遅くまでポスターやプログラムを作った。終電車がなくなり、先生のところに泊めてもらった時、先生と奥さんとの口げんかの最中に、あなたは若い人達に去られまいとしていつも調子を合わせていらっしゃる、という奥さんの声が聞えた。田之本は、先生の「ヒューマニティ」も「のれん」だと知って、嫌になった。

新年が始まると学年末試験があり、田之本はコーラスを休んだ。四月になって久しぶりに出た帰りに、淑恵と一緒になった。淑恵はジイドの『狭き門』をお読みになりましたか、アリサの態度をどうお考えになりますか、と言った。主人公だからねと適当に答えると、タモチャンはいつもそんな風にはぐらかす、ずるいわと言った。しばらくして淑恵が、タモチャンはアリサそっくりと言った。田之本は「あなたは地上の愛より天上の愛を選ぶ人ね」と、遠回しに愛を打ち明けられたと感じて、急いで逃げた。田之本は故郷に帰り、父の側で銅鑼を叩いている。

既に見たように、阪田は小説「のれん」について「失恋しないですむ方法」という副題が付いていたと書いていた。しかし副題はないし、「のれん」は失恋について書かれた小説でもない。田之本は沿岸防備の部隊でいじめられて「のれん」になった。父の天道教も山際先生の心の支えと思われた「ヒューマニティ」も時代の変化によって靡いていた。短編「のれん」はそれに対する阪田の批判から生まれたと言えるだろう。

では「博多結婚」と「のれん」に共通したものがあるだろうか。相思相愛と思っていた看護婦は想像していた女性ではなかった。父も山際先生も自分が想像していた姿とは違っていた。確固としたものは存在しない。それが二作品に共通したものであるとすれば、敗戦後の阪田はニヒリズムに侵されていたことになる。

当時の心境について阪田は、一九七六年に書いたエッセイ「連載　夢のかげ　9」の「家庭の幸福」で次のように述べている。戦後、東京の町を歩いていると「闇屋《やみや》、暴力団、アメリカ軍、パンパンガール、浮浪児、物乞いの傷痍軍人たちが、街や駅や電車の中に満ち満ちていたから、世相を嘆くなり、あるいは赤裸々な人間の姿の中に自分を見るなり、その人次第で浮かぬ顔になる下地は十分にあったというべきだろう。／そういう時代に太宰治が書いていた小説は、たちまち私の心をとらえ、心だけではなく顔までが小説の中の男に似てしまったのである。私の浮かぬ顔は、そこに源泉があるというべきであろう[10]。」

裕福な実業家の家に生まれ、東京大学に通う選ばれた者であった阪田は、既に述べたコンプレックスを抱えていたが、同時に太宰治の小説に影響されてナルシシズムに陥っていたのである。これについてはここで詳述する余裕がないので、拙著『阪田寛夫　讃美歌で育った作家』をご覧いただきたい。次の小説も当時の阪田のニヒリズムを反映したものと言えるだろう。

いる。

3. 「ポーリイパイプル」[11]（昭和二三年）

「ポーリイパイプル」には「ルミコ傳」という副題が付いている。ルミコが語り手で、小学校三年生から女学部四、五年まで八、九年間の日曜学校と家庭での出来事を語った短編である。エピグラフとして次の詩が置かれている。

「はじめに罪あり／罪は退屈と共にあり／罪は退屈なりき／或日罪、ふと神を考へてみんとしぬ。／すなはち罪神となりし日なり／空白く雲うつろへる日なりき」（ポーリイ・パイプル　すゐこ伝第一章[12]）

「はじめに罪あり」は、言うまでもなく「ヨハネ福音書」の冒頭の言葉をもじったものである。「ポーリイパイプル」も「すゐこ伝第一章」というのも同じくもじりである。しかし、短編自体はパロディと言えるほど聖書をもじったものではない。主な登場人物はルミコ、祖母、牧師の多羅川先生、その息子三郎（さぶちゃん）、ルミコや三郎と同年代の新ちゃん、召集された牧師の後任としてやって来た酒井伝道士である。主な舞台はルミコの祖父と三郎の祖父が建てた教会である。物語は、ルミコとさぶちゃんが放課後に教会へ行って二人で教会ごっこをしたこと、日曜学校のクリスマスの劇で「徴税人ザアカイの物語」をしたこと、さぶちゃんが少年たちに呼び止められて地面に書いた十字を踏んでみろと言われたことなど、小学校時代に阪田が経験したことが書かれている。しかし中心はルミコが語る酒井伝道士である。

酒井先生が来られて二週目の日曜日、多羅川先生が不在で酒井先生が初めて説教をされた。バルトがどうの、エミル・ブルンナーがどうのと、知らない人のことばかり一時間も話をされた。「私」はがっかりして、お祈りの途中で抜け出した。すると、さぶちゃんも抜けてきた。さぶちゃんも酒井先生をザアカイ先生と呼んだ。その日の説教は「私」の家でも評判が悪かった。青年会の熱心なメンバーを除けば、誰もが酒井先生のことをよく言わなかった。

教会の日曜学校も酒井先生が来られてからすっかり変わってしまった。「私」たち中等学生のクラスでは日曜ごとに交代で信仰告白をしなければならなくなったし、修養会や聖天祈祷会なども何度もやり、その度にお祈りをしなければならなかった。先生の手の甲には昔の五銭白銅貨位の傷痕があり、そこだけ色が変わり、へこんでいた。神学校時代に血の出る様な祈りを捧げられたが、何の答もなかった。ある日、先生は寄宿舎の空き部屋に入って、「もしみこころあらばゆくてを示したまへ。さもなくばしもべのいやしき肉をばいま御手もてうちほろぼしたまへ[13]」といきなり五寸釘を打ち込まれた時の傷跡なのだそうだ。

「私」が信仰のあかしをする番になった。話すことがないので、子猫の話をするつもりだったが、ちょうどさぶちゃんがなぐられるということがあったので、その話をすることにした。「私」は初めに「人もし汝の右の頬をうたば左をも向けよ」という聖書の句を引いてから、さぶちゃんは殴られても歯を食いしばって立っていた、と話した。「私」が席へ帰ると、ザアカイ先生が立って、いつものように話の締めくくりをなさった。


「近頃のクリスチャンの悪い所は人をなぐりかへせない様な無氣力を信仰だなんて思つてゐることなのです」と急に大きな声でおつしやつたからびっくりした[14]。

「信仰とは戰ひなのです。自分との、罪との、また神との闘いでさへあります。一分も一秒も忘れることの出来ない、しかもどんなことがあつても勝たねばならん死物狂ひの戰争なのであります。そのためには精神の若さが必要だし、力が必要なんだ。それなのにこの国のキリスト教はどうだらう。たつた百年にもならぬ命で、もう老いぼれてるではないか。さんびかをうたふなとはいいはん。説教を聞いて居眠りするなとはいいはん。しかし若さだけはなくさんといてくれ。[15]」（略）

厳しい説教をされたザアカイ先生だったが、小説では、その週の金曜日の祈祷会の席上で喀血し、ルミコの父親達の世話で琵琶湖のほとりにあるキリスト教系のサナトリウムに入院した、となる。

喀血して入院というところは違うが、ザアカイ先生は一九三五年、阪田が小学校四年生の時に南大阪教会牧師に着任した、ハワイ生れで、シカゴ大学でPh.D.の学位を受けた大下角一牧師がモデルであると思われる。昭和五〇年六月に「別冊文藝春秋」に発表され、翌年二月に加筆されて『南大阪教会五十年史』に転載された短編「百カラットの大根」には、着任後の説教を聞いて、阪田の父たちは驚いた、と書かれている。「日本式の妥協や混ぜこぜや融通自在といったやりくちは、この人には通じない。すべてのことに直接に原理でぶつかり、情熱をもってはっきり裁断して物を言うから、教会の中でも自ら恃むところの強い保守家にとっては、泰平の夢を驚かす闖入者に見えたらしい[16]。」大下牧師がモデルであるとすると、ザアカイ先生の説教はもじりではないだろう。短編集『わが町』所収の「新川」を読むと、中学時代の阪田は大下牧師の説教に共感していたと思われるからである。

阪田は中学校二年生の時に大下牧師から洗礼を受けた。短編「新川」で阪田が大下牧師の影響を受けていると思われるのは、著名なキリスト教伝道者賀川豊彦の説教を批判しているところである。阪田は中学時代に三度、南大阪教会で賀川豊彦の講演を聞いた。賀川は宇宙の秩序や原子番号の話を通して神こそ宇宙の根源だと言うのだった。阪田はそれを「宇宙の秩序だの、原子番号だのを利用する所は、一切の所行をあるがままにとらえて衆生を済度する仏教の教えに似ているようであった。これならラクダが針の穴を通るのではなくて針の方がラクダの脚の下をくぐり抜けるようなものである[17]」と厳しく批判した。当時の阪田は、「私は『クリスチャン』とはこの世で一度死に、キリストにあって生まれ変わるという、てんかん持ちがひっくり返るような激しい精神生活者でなければなり得ないものだと思いこんで、尊敬し、かつ恐れていた[18]」のだった。引っ込み思案の阪田にしては異質なこの激しさは、観念的であることを免れない青春期の純粋さから出たものと思われるが、当時の日本に目を移すと別の理由が見えて来る。一九四八年の片山哲内閣の退陣である。

昭和二二年五月に内閣総理大臣になったキリスト教徒の片山哲は、国家公務員法の制定、警察制度の改革など民主主義国家日本の建設を目指す多くの法案を成立させたが、連立内閣内部での対立のために八ヵ月で退陣した。阪田にとって夢のような方向へ進んでいると思っていた敗戦後の日本はあえなく崩壊した。阪田が大きな失望と激しい憤りを覚えたとしても不思議ではない。

4.「フェアリイ・テイル」（昭和二五年）

昭和二四年に阪田は美学科から国史学科へ転科し、昭和二五年一二月二五日に高知高校以来の友人三浦朱門、荒本孝一と同人誌「新思潮」を創刊する。その第一号に「フェアリイ・テイル」を発表した。それは小学校時代の宝塚歌劇への憧れを描いた短編で、作者阪田を戯画化した伊原啓四郎が主人公である。

音楽の授業中に「いらかの波と雲の波／たかなる波の中空を／橘かおる朝風に……」と歌っていた時、急に亀田先生が鍵盤を叩きつけて「やめろ」、「何がおかしいのですか、馬野君」と言った。馬野君は隣にいる伊原君が奇妙な声を出したので、と言い訳をした。結局、伊原啓四郎は教壇の左隅で皆と向かい合って立たされた。

二週間後の土曜日の放課後、啓四郎は佐東君と一緒に馬野君の家に遊びに行った。馬野君と佐東君は音楽の時間になぜ「橘かおる」のところで笑ったか分かるか、と啓四郎に聞いた。啓四郎は分からなかった。橘薫知らんのかと言われて、知っている、姉も宝塚へ行く、と啓四郎は嘘をついた。本当は父が牧師で、浪花節や宝塚は大嫌いなので、女学校を今年出た姉でさえ映画を見に行ったことがなかった。馬野君たちは啓四郎の嘘を見抜いている感じがした。馬野君は仁川に住む佐東君に明日、一緒に仁川のヨッちゃん（春日野八千代の愛称）の家に連れて行ってほしいと頼んだ。啓四郎も行きがかり上、連れて行ってもらうことになった。

ばあやが馬野君の家に啓四郎を迎えにきたのはその日の四時半頃だった。ばあやは啓四郎の姉が生まれた頃に、酒飲みの主人と別れて、まだ乳飲み子だった葉子を連れて啓四郎の父のところへやってきたのだった。ばあやは乳母と教会の堂守を兼ねていたが、三年前に啓四郎の母が亡くなってからは、家の用事は全てばあやがやっていた。娘の葉子は高等科を出てから一時どこかへいなくなっていたが、その後、少女歌劇に入ったという話を聞いた。啓四郎は、芸名は何かとばあやに訊ねた。すると、最初は「山鳩ひばり」だったが、今度は「橘しげる」に変えてもらったと言う。啓四郎はびっくりした。葉子が「橘薫」だったら大事件だ。啓四郎は喜んで、ばあやに「橘かおる」だろうと聞くが、ばあやは「しげるやったと思う」と言う。啓四郎は、今度葉子に会いに行く時に連れて行ってくれ、とばあやに頼んだ。

次の日曜日、姉が佐東君の家に行ってはいけないと言うのも聞かず、啓四郎は出かけた。仁川に着くと、佐東君がヨッちゃんの家へ案内してくれた。馬野君は生垣の外から見るだけでは満足できず、どうしてもヨッちゃんが見たいと言う。それならベルを押してみようと門まで行ったが、馬野君がぐずぐずしていたので、佐東君がけしかけるように馬野君を押した。馬野君の体が生垣に倒れかかりペキペキッと音を立てた。中から「コラッ！」という男の声がした。三人は一目散に逃げた。途中で馬野君の姿が見えなくなった。その時、啓四郎は佐東君に、びっくりすると思うけど、「橘薫」は親戚やねんと言った。しかし、佐東君はちっとも驚かなかった。啓四郎は言わなければよかったと思った。しばらくして、馬野君が手に白いものを持ってやって来た。チョコレートだった。門まで出て来た植木屋に捕まったが、その時偶然ガラス戸が開いて、ヨッちゃんが出て来て、チョコレートをくれたと言う。佐東君はにやにやしながら、伊原君は宝塚と関係があるらしい、と言った。

以前から悪かった虫歯の治療のために、啓四郎はばあやに付き添ってもらって大学病院へ行った。その帰りに、二人で葉子のところに行くことになった。ところが、ばあやは宝塚へ行くのとは反対の電車に乗った。ばあやは難波で市電に乗り換え、心斎橋の通りを歩き、狭い路地を曲がって焼き物の豆狸がいる店に入った。ばあやはそこで六円の指輪を四円五十銭で買って、信玄袋に入れ、芝居小屋や映画館や看板や幟がひしめく通りを進んだ。啓四郎はだんだん心細くなった。迷路のような細い道を三度ばかり曲がって着いたのはペンキのはげた扉に「グランドキャバレー日の出通用門」「日の出少女歌劇」という木札がぶら下がっている建物だった。ばあやは暗い建物の中に入り、小使室兼受付で森田葉子の名前を言った。銀縁の眼鏡をかけたおっさんが、そんな人はうちにおらんと言う。ばあやが、もう三年もここでお世話になっていると言うと、男は、あいつは前借りの給金踏み倒してボーイと駆け落ちしよったと言った。ばあやが、そんなことをする娘やない、と言うと、男が、踏み倒した給金を払ってくれと言う。ばあやは持っていた信玄袋を土間に叩きつけて、外に出た。啓四郎は、明日佐東君に、橘さんどないしたとからかい半分に聞かれたら、二〇日前から親類でなくなってんと答えようと思った。

「フェアリイ・テイル」は落語のような落ちまで付いた話である。『阪田寛夫全詩集』の「年譜」には、「自分の少年時代の思い出を取り込んで書いたもので、初めて活字になって嬉しかった[19]」と書いているが、陸軍病院で二年近く過ごした阪田が書いた小説としては他愛ない話だと言わねばならない。しかし、一五年後に同じように宝塚歌劇とヨッちゃんの家を訪ねる話を短編「宝塚」として書くことを考えると、宝塚にまつわる話が阪田の中で大きな位置を占めていたことが分かる。それは「ヨッチャン」に象徴される憧れの世界だったのではないだろうか。「博多結婚」の看護婦もまた憧れの対象であった。

阪田は憧れの対象を自分を笑うという自虐的な方法で表現しようとしているのだが、この方法では阪田の真情は読者には伝わらない。

5.「アプレゲール」(昭和二六年)

舞台は阪田がいた敗戦後の遼陽陸軍病院で、主人公は作者自身を戯画化した秋田という二等兵である。昭和二〇年八月の終戦直後にソ連軍が進駐して病院を支配下に置いた。三か月後に八路軍(中共軍)が進駐してきた時、ソ連軍は日本人の部隊長を始め軍医、衛生兵、それに役に立ちそうな患者をトラックで運び去った。秋田の戦友徳山も拉致された一人だった。軍医も衛生兵もいなくなった病院で、とりあえず栗本准尉が全般の指揮を執り、本部、炊事班、作業班が組織された。秋田は炊事班にまわされた。病院に残った患者、勤務員、看護婦、併せて百人余りが食べる粟、麦、高粱の食料は翌年三月までしかなかった。ところが、八路軍は他の病院から四〇人の日本人患者を連れて来た。隊長は那須浩陸軍少尉だった。夜になって日直の看護婦里村やす子が炊事場に、増えた患者の食事伝票を切りにきた。秋田は里村が言う通りに配食表に書いた。終わると、里村は急に調子を変えて、今日来た那須少尉殿も学生なんですて、と親し気に言った。里村は秋田のために手袋を編んでいると言った。しかし秋田は徳山から、内地へ還ったら里村と一緒になる気なのだと聞いていたので困惑した。

小説「アプレゲール」は秋田が主人公だが、中心になるのは秋田が心を寄せる里村である。秋田には里村の本心が掴めない。それが小説を動かしていく。

数日後、八路軍の一隊が乗り込んできた。栗本准尉が辛島伍長を通訳にして交渉し、本部、炊事場、病棟の三分の二と看護婦宿舎を明け渡すことになった。炊事場を取られた秋田たちは洗濯工場にかまどを三つ作ることになった。翌日かまどが完成し、ささやかな酒宴が開かれた。秋田はこっそり病棟へ行き、看護婦詰所にいた里村に徳山の思いを伝えた。ところが里村は徳山のことなど眼中になかった。里村は秋田に親しげに話しかけてきた。二人とも二一歳の同い年だった。しばらくして、村上看護婦が炊事場に来た。あの子は以前から色々な噂がある人だから、皆心配してるのよ、と秋田に言った。

それから数日後、里村は炊事場の者が皆いる所へ来て、手袋が出来たと秋田に渡した。皆に囃し立てられて真赤になった秋田は部屋に駆け込んだ。はめてみると、中から紙切れが出て来た。今夜日直なので一二時過ぎに内科病棟へ来てください、と書かれていた。その夜、秋田が起きようとすると、八路軍の病棟が燃えていた。日本の病棟への延焼をくい止めねばならない。那須少尉がやって来て、直ちに消火に出動と言った。バケツの水では埒が明かず、廊下をつぶせ、と言われて秋田も丸太棒で腰板を剥ぎにかかった。そこへ里村が来て、秋田の手を引っぱって暗い中庭へ連れて行った。秋田は火事が心配だったが、里村に「弱虫」と言われ、思わず里村の肩に手をかけ、野菜貯蔵庫に入った。赤大根の上で秋田は最初のキスをした。

火事騒ぎの後、里村は日直の定位置にいなかったために那須少尉に殴られたという話が、翌朝の炊事場に伝わって来た。坂口上等兵は、讐き討たなあかんぞ、と秋田をからかった。秋田が火事の跡を見に行くと、那須少尉がやってきた。しばらくして里村が現われた。那須少尉が頬っぺた痛むかと聞くと、里村は表情も変えず、今朝内科へ患者が一名入りました、と報告すると敬礼もせずに病棟へ帰って行った。秋田は里村の平然とした態度に感心した。秋田がぼんやりしているのを見て、那須少尉は、彼女の本質を教えてやろう、一〇人の看護婦に百三〇人の男ということ、分かったたか、と言った。しかし秋田には分からなかった。

炊事場に戻ると、徳山が長春の少し先で貨車から飛び降りて、食うものも食わずに帰ってきていた。秋田はまずいことになったと思ったが、徳山はもう見込みがないという。秋田はひと目里村に会わせてやろうと思って看護婦たちのいる本部の二階へ向かった。階段を登ろうとすると、辛島伍長が降りて来た。ふと階段の上を見ると里村がいた。降りてきた里村を外へ連れ出し、徳山に一目会ってやってくれと頼んだ。しかし里村は徳山のことなど全く問題にしていなかった。病室に戻ると徳山は死んでいた。

国民軍が迫ってきた時、八路軍は大車や馬車に病人や医薬品の箱を積み込み、さらに看護婦を五人出せと要求した。里村を含む五人の名前が発表された。それを聞いて、秋田は茫然となった。出発は今夜八時だという。秋田は飯上げを済ませると、部屋に戻って里村に手紙を書いた。

やす子（失禮だけどこう呼ばせて下さい）

君を知つてまだしばらくだのにもう別れの言葉を書かねばならなくなりました。

君に「ヨワムシ」と言われたこと、昨夜一晩かかつて考えました。結局それは僕の甘さが尻尾をあらわしたのに違いありません。（略）君の一喝は僕を慄え上らせました。僕は始めて自分のいやらしさを知りました。それは辛いことでした。でも同時にそれを教えてくれた君の勇氣と知慧をどれ程嬉しく、又羨やましく思つた事でしよう。

だのに――まつたく、だのに、その君とあと數時間で別れねばならなくなつてしまいました。しかもあなたが僕の犠牲になつて行くとは。あまり出來すぎた皮肉に、僕は一體泣き叫んでいいのか、怒つていいのか、それともぶつ倒れてしまつたらいいのか、ただ一途にふくれ上つてばかり來る感情に殆ど身を支えきれなくなりました。そして何かすがりつく様な思いでこの手紙を書き始めたのです[20]。

秋田の手紙は、「あなたが僕の犠牲になつて行くとは」ということが意味不明であるように、興奮して訳が分からなくなった状態で書かれたものだった。それでも、秋田は手紙を届けようと本部二階に向かった。しかし里村はいなかった。しばらくして、里村が辛島伍長と逃げたと知った。本部に行くと、看護婦が二、三人、里村の代りに行かせて下さい、と頼んでいた。八路軍は必ずしも看護婦でなくてもよいと言っていると聞くと、秋田は何を思ったのか、里村の代りにやっていただきたい、と申し出た。馬鹿野郎と内本軍曹に怒鳴られて腹を立てた秋田は一歩踏み出したが、その瞬間に殴られて気を失った。意識が戻った時、那須少尉が前にいた。里村が辛島班長と逃げましたと言うと、少尉は知っていると言う。そしてがっかりした様に首を振り、惜しいなあ、全く惜しいなあ、と言った。いかにも見損なって残念だという口ぶりだった。

その夜、看護婦たちを乗せた馬車が営門を出た。里村の代りに行ったのは那須少尉だった。秋田は炊事場で明日から一人いなくなる「一減」を配食表に書き入れると、外に出た。なぜ病院を逃げ出す気になったのか分からなかった。棘の出た線条を張り渡した柵を越えようとして、ズボンの尻がひっかかった。数日前の夜、頭を撃ち抜かれた日本人の話を思い出した。止めて帰ろう、と思った瞬間、若い兵士に見つかった。銃剣が胸すれすれに突き出された。

小説「アプレゲール」は「博多結婚」と同様に相思相愛と思った愚かな自分を笑う小説である。しかし、「アプレゲール」には自嘲を超える真剣な思いがある。里村さんには気をつけて、みんなあなたのことを心配しているのよ、と別の看護婦から言われても、命がけで里村のいる病院に戻ってきた徳山を里村が無視しても、秋田は里村への思いを断ち切れなかった。里村が辛島伍長と駆け落ちしたと知った時も、秋田は状況を客観的に見ることができなかった。那須少尉に、惜しいなあ、と言われても、その意味が分からず、感情に流されるまま病院を出ていく。

小説「アプレゲール」は「フェアリイ・テイル」に比べると構成もしっかりしていて、小説として格段に進歩している。那須少尉という秋田を批判的に見る視点も描かれている。しかし秋田にはそれらの批判を取り込んで自らを省み、冷静に判断する力がなかった。阪田は当時の自分をそのように描いた。

「アプレゲール」から一八年後、阪田は「オール讀物」昭和四四年一一月号に小説「アンズの花盛り」を書く。那須少尉が鶴少尉に、栗本准尉が金栗中尉に変わっている他は名前も話もほぼ同じである。ただ、秋田が里村宛に書いた心情を吐露する手紙は省かれており、「アプレゲール」よりもっと軽い小説になっている。

「アプレゲール」を書いた年の九月、卒論「明治初期プロテスタントの思想的立場」を書いて卒業し、朝日放送に入社する。就職後の作品を読んでみよう。

6.「平城山」（昭和二七年）

大阪の放送会社の助手である「私」は、一つ年下の女性プロデューサー、本庄さんに気があった。七夕前のある日、本庄さんから星の光を電流に換え、それを音に換える公開実験の録音に誘われて、大阪と奈良の間にある青垣山の天文台にケーブルで上った。しかし実験はケーブルの利用を勧める宣伝だった。それでも、本庄さんは星の声の録音をすると言い張り、ナレーションの原稿を書き、「私」に手直しさせた。彼女が馬鹿だと知った「私」は、彼女をやっつけなければ気が収まらなくなり、本庄さんを投げ飛ばして、真っ暗な崖下へ蹴落とした。

軽く書かれた小説だが、これまで読んできた小説と照らし合わせてみると、憧れていた女性がそれに値しない女性であったという話の展開が同じであることに気づく。

7.「酸模」（昭和二九年）

春に六年生になる啓四郎は牧師の子どもで、父が園長をしている幼稚園の二〇歳の右近先生が好きだった。春休みに東京から遊びにきた一歳上の従兄のタクちゃんは思春期で、物も言わず、風呂も一緒に入らなかった。ところが三日目の朝、二人で教会堂の南側一面に生えている鬼芝に寝そべっていた時、タクちゃんが盲腸炎ごっこをしようと言い出した。「盲腸の手術に毛がはえていると危ない。だからあそこの毛をみんなソるんだそうだ。入院患者はみんな宮様の妃殿下に決まっている」[21]。二人は煉瓦のかけらで鬼芝を削り取った。二人は想像の世界に浸っている。

8.「怖い話」（昭和三一年）

主人公大森は臆病な男だが、外では怖くない。夜道を歩くのは平気だが、家に帰ると、死んだ叔母や従姉が夜に枕元に現れる。お化けが怖くて、夜中にトイレに行けない。会社の同僚の深田から何度か、昨秋亡くなった次男の夢を見た話を聞いた。秋の夕方、空が金茶色に染まっていた日、深田は電柱がどこまでも影を伸ばしている道を歩いていた。しかし道はどこまで行っても終わりがなかった。そういう夢を何度か見た。それが前兆だったのか、その秋、次男が急性腹膜炎で亡くなった。その日の夕方の空も金茶色だった、と深田は言った。

大森はそんな話を聞かなければよかったと思った。近頃新しい妄想が起り始めたのだ。小さな下駄を履いて勝手に外へ出始めた娘が国道に出て、トラックに惹かれる妄想に大森は悩んでいた。

「怖い話」は不安神経症に陥った男の話だが、現実を直視しないところはこれまでの小説と共通している。

9．「赤い花」（昭和三二年）

母の日くらい教会に行ってほしいと妻に言われて、娘を連れて出かけた「私」は、先代の牧師の娘であるミチコが子供を連れて来ているのを見かけ、彼女が抱えている問題に思いを巡らせる。幼い頃から「私」達夫婦の友人であるミチコは勤め先の、上が小学校一年と下が四歳の子ども、それに姑と一緒に暮らしている男に同情して、通いで世話をしていた。男は牧師志望で、奨学金とわずかな翻訳料で生活していた。経済的に苦しいのは確かだが、それ以上に精神的に苦しいのだとミチコは言った。ここからミチコの苦しみの長い分析が始まる。

「彼女の話法は随分厄介で、話が男や姑の欠点に及ぶと、すぐに又思い直して今度はその弁護をやりだすといった工合で、そのたびごとに私が説教をされている様な次第であった[22]」。「私」がいらいらして、別れた方がいいと言うと、それは出来ないの、だって、彼が好きだもの、と言う。

ふと気が付くと、牧師は説教を終えて祈り始めていた。しかし、長く教会を離れていた「私」は祈ることができなかった。妻はそれこそ信仰のなくなった証拠だと怒る。「私」は薄目を開けて辺りを見ていた。祈りの間にミチコが子どもをトイレに連れて行った。子どもの胸にもミチコの胸にも母がいない人が付ける白いカーネーションではなく赤い花が挿してあった。ミチコが「私」の席の側を通ったとき、妻が、ミチコはお腹が大きいのではないかと言った。「会衆は一同ぞろぞろ立ち上って、ははぎみにまさる友や世にあると、歌い始めた[23]」。

小説としての筋の運びが非常にうまくなっている。自分が教会へ行かなくなったことも、祈りができないというように、うまく物語に組み込んでいる。しかしミチコと子どもの関係も、妊娠しているかどうかもはっきりしない。だから、ミチコについての想像は「私」の中でぐるぐる回り続ける。この構造は「博多結婚」以来の小説と同じである。作者は現実と対峙せずに、想像を膨らませているのだ。

初期小説九編が示しているのは誰の目にも明らかである。阪田は戦争、戦地での病気、陸軍病院での療養、敗戦とその後のソ連軍、中京軍、国民軍による病院占拠、復員した敗戦後の日本の現実等々の重い問題を経験していた。ところが小説はそれらに巻き込まれた自分を笑う小説であった。ただし、「ポーリイパイプル」や「アプレゲール」には自分の内面を掘り下げようとする意図が現われていた。「アプレゲール」を書いた年に取り組んだ卒論「明治初期プロテスタントの思想的立場」も「キリスト教や近代を受けつけようとしない日本の歴史の構造[24]」を掴もうという意図で始められたものだった。「ポーリイパイプル」で見たように、阪田はキリスト教信仰の根本にあるのは「個人に於ける罪の自覚――キリストによる救い[25]」であると信じていた。ところが卒論を書くために、両親に洗礼を施した宮川牧師を始めとする熊本バンドの資料を読んでみると、彼等は「罪の自覚を欠」く人たちであり、「新政府の高級官僚に出世して郷土と国に尽[26]」そうとした人たちだった。阪田が信じていた「個人に於ける罪の自覚」は阪田が抱いていた理想であった。そのことを阪田は知らなかった訳ではない。戦時中に天皇を唯一の神として認めよという圧力に屈して、キリスト教会が変質していくのを阪田は経験して知っていた。自分が大切にしていたものが崩壊して行った。理想の女性、憧れの女性が自分の思っているような女性ではなかったという阪田の初期小説で繰返されるパターンはこの苦い認識から生まれたものだろう。だが、阪田はそれを韜晦して、自分を笑う小説を描いた。

阪田は一九九八年刊行の『讃美歌　こころの詩《うた》』に、卒業論文で「自分のちゃらんぽらんをさておいて、熊本バンドに属する人々の信仰の国家主義的傾向を、状況が一変した敗戦後の安全な地点から批判して以来、逆に『信仰』を初め、手で示せないような事柄は、できるだけ書かないことが自分を謬《あやま》らない行き方だと思うようになって来ました[27]」と書いている。しかし、幼い頃から信じてきたキリスト教とは阪田の思想、生き方そのものだったはずである。それについて語らないことは、自分の根っ子を切る行為に等しい。自分の内奥に触れないと決めた作家にできるのは実体から離れた想像の世界に遊ぶことである。「平城山」以後の自分を笑う、軽く明るい作品はその結果生まれたものである。

ただ、阪田の軽く明るい作品は、先に述べた苦い認識を包み隠す堅く分厚い殻であることを忘れてはならない。では、阪田はいつ、この自虐的偽装を破り、韜晦を捨てて自らの問題に向き合うのか。小説家阪田寛夫の誕生は一〇年先のことである。

注

（1）河崎良二『阪田寛夫　讃美歌で育った作家』編集工房ノア、令和五年（二〇二三）。自虐が消え始めるのは昭和四二年四月に発表した短編「われらのブルース」であると記した（二〇九頁）。
（2）阪田寛夫『我等のブルース』三一書房、昭和五〇年（一九七五）、二一六頁。
（3）阪田寛夫『花陵』文藝春秋、昭和五二年（一九七七）、六六〜六七頁。
（4）阪田寛夫「青春」「コールMeg創立二〇周年記念　日本縦断演奏会」パンフレット、一九七七年六月。
（5）阪田寛夫「東唱の思い出」「第41会東京放送合唱団定期演奏会　阪田寛夫の詩による合唱曲の夕」パンフレット、一九八〇年一一月一七日。
（6）阪田寛夫「博多結婚」帝塚山学院所蔵阪田寛夫資料、昭和二一年（一九四六）、一〜二頁。
（7）阪田寛夫「のれん」帝塚山学院所蔵阪田寛夫資料、昭和二三年（一九四八）、一頁。

（8）阪田寛夫「のれん」三頁。
（9）阪田寛夫「のれん」四頁。
（10）阪田寛夫「家庭の幸福」「連載　夢のかげ　9」「あけぼの」聖パウロ女子修道会、一九七六年九月、三二頁。
（11）阪田寛夫「ポーリイパイプル」帝塚山学院所蔵阪田寛夫資料、昭和二三年（一九四八）。「ポーリイ　パイプル」、「ポーリイ・パイプル」とも書かれている。Ｂ４の無地ノート一七枚の両面に書かれているが、加筆や削除が多い。第一稿と思われるが、阪田寛夫資料には完成稿が見つからないので、これを完成稿として扱う。
（12）阪田寛夫「ポーリイパイプル」一頁。
（13）阪田寛夫「ポーリイパイプル」一〇頁。
（14）阪田寛夫「ポーリイパイプル」一一頁。
（15）阪田寛夫「ポーリイパイプル」一二頁。
（16）阪田寛夫「百カラットの大根」『南大阪教会五十年史』日本基督教団南大阪教会、昭和五一年（一九七六）、「付録」三頁。
（17）阪田寛夫「新川」『わが町』晶文社、昭和四三年（一九六八）、一八〇頁。
（18）阪田寛夫「新川」一八〇頁。
（19）阪田寛夫「年譜」伊藤英治編『阪田寛夫全詩集』理論社、平成二三年（二〇一一）、九一六頁。
（20）阪田寛夫「アプレゲール」「新思潮」第二号、昭和二六年（一九五一）四月、三六頁。
（21）阪田寛夫「酸模」『我等のブルース』五九頁。
（22）阪田寛夫「赤い花」『我等のブルース』一〇三頁。
（23）阪田寛夫「赤い花」一一〇頁。
（24）阪田寛夫『花陵』七四頁。
（25）阪田寛夫『花陵』八一頁。
（26）阪田寛夫『花陵』八三頁。
（27）阪田寛夫『讃美歌　こころの詩《うた》』日本基督教団出版局、平成一〇年（一九九八）、一五七頁。

阪田寛夫、〈周りの人〉を書く

中尾　務

1　初期同人誌時代

残された書簡において、阪田寛夫と富士正晴のつきあいは、朝日放送のラジオ番組「お母さんの童話」への原稿を阪田が富士に依頼するところからはじまっている。この朝日放送社員と執筆者という関係は、まもなく文学仲間ないしは文学上の後輩先輩という関係にもなる。

つぎにしめすのは、自作の小説「酸模」掲載の第十五次『新思潮』第十号（一九五四年七月）を送った阪田寛夫に富士正晴が返信を送付、それに対する阪田からの礼状である。（この礼状にいたるまでの書簡はみつかっていない。）

〈略——以下も亀甲内、引用者〉僕は自分がどつちを向いているかゞよく分らない方で、他の誰かに言われてなる程そうかと感心したり、そのコトバにとらわれてしまつたりします。

自分で読返してみて、安岡章太郎みたいな所があるのと、それから如何にも書き直し書き直した跡の見えるチンマリした文体が、之が僕の体の中にある本質みたいなものであろうかと考えました。

この次は英雄豪傑の話を書いてみようと思つて居ります。

（一九五四年七月九日消印　富士正晴宛て阪田寛夫封書）

ここでの〈安岡章太郎みたいな所がある〉という自作評がマイナスのそれであることはいうまでもない。あとでも触れるが、第十五次『新思潮』時代の阪田寛夫小説の大半は、自身を主人公とした自虐的作品。「酸模」も同様、一部虚構が入るものの、阪田小学生時代の性的関心に焦点をあてたものである。

ところで、引用最後の行で、阪田寛夫は、小説「酸模」の軟弱な主人公から一転、〈この次は英雄豪傑の話〉を書くと予告しているのであるが、この予告は、なかなか実現されない。

第十一号（一九五四年十一月）では、小説ではなく、詩「わたしの動物園」を発表。

第十二号（一九五五年七月）、第十三号（一九五五年九月）、第十四号（一九五六年六月）での発表作は、なし。

第十五号（一九五六年十一月）で小説「怖い話」を発表するが、この作品は〈英雄豪傑〉とはまったく逆、阪田自身をモデルとする〈臆病な男〉のものがたりである。

つづく第十六号（一九五七年六月）で小説「赤い花」を発表するが、この作品もまた〈英雄豪傑〉とは無縁、教会を舞台とするものだった。

第十五次『新思潮』最終号となった第十七号（一九五八年二月）で、ようやく〈英雄豪傑の話〉、その名もずばり「英雄時代」が発表される。〈この次は〉と富士正晴宛て封書で記して四年もたってからのことだった。それこそ満を持してといいたくなるような作品「英雄時代」では、古代、播州の〈柔弱、泣き虫〉だったキナが〈英雄〉になるまでが描かれるが、作品末尾近くにおいて作者が顔を出す恰好で、〈最初、私は英雄に転化したキナを羨ましく思つたが、それは感傷的な気持であつて、本当は固くて強い奴は私にはやつぱり手に負えないのであった。〔略〕キナの物語を記述して私が得た唯一つの収獲《ママ》はこれであつた。〉（傍点引用者）と記されるのである。富士正晴に予告した〈英雄豪傑の話〉は、まさに腰くだけにおわっているのである。（「英雄時代」は、のち、構成を変更、大幅に加筆・削除、「加古川」と改題、『放送朝日』連載「わが町」第十二回目に発表される。）「英雄時代」を読んだ富士正晴は、〈はなはだ奇妙なものですが、中々面白くて呵々大笑するところが処々ありました。もつとも作者にとつてはこれは全くの鬱屈的所産でありましょうが。〉（一九五八年二月二十二日付ハガキ）と書き送る。富士は、英雄小説腰くだけ部分に阪田の内面を読みとっていたか。

富士の返信にたいして阪田は、こう書き送っている。

富士さんからまつさきに葉書が届き、うれしく拝読いたしました。僕は早くアカの他人のことを書けるようになりたいと思つていますが、やつぱりどこかにいつもの手口がはいつてきて、うしろめたい作品になつてしまいます。

（同年三月四日消印ハガキ）

引用文中、〈早くアカの他人のことを書けるようになりたいと思つています〉という箇所に目をとめたい。自身ではなく〈アカの他人〉を書きたいという願望は、もちろん、先にみた四年前の富士正晴宛て書簡中、〈この次は英雄豪傑の話をかいてみようと思つて居ります〉という文言にすでに内在していたとみていいだろう。

第十五次『新思潮』創刊は、一九五〇年十二月。

創立同人は、荒本孝一、阪田寛夫、三浦朱門の三人。『新思潮』を名のるも、一高出身者は、ひとりもなし。三人とも高知高校出身。第二号（一九五一年四月）から能島廉（当初は、本名の野島良治）が参加。荒本、阪田、三浦、能島のうち、三浦を除く三人が、かつての高知高校陸上競技部員。能島のつぎにも高知高校陸上競技部出身者が参加、三浦を〈まことに憂うべき状態〉（座談会「第十五次新思潮」『愛と死と青春と』）と嘆じさせた。

創立同人の三浦朱門は、第二号に掲載の「画鬼」が『文學界』同人雑誌評にとりあげられ、「冥府山水図」と改題されて『展望』に転載。一九五二年、『文學界』発表の「斧と馬丁」で第二十七回芥川賞候補になる。

第五号（一九五二年四月）から参加した曾野綾子は、一九五四年、『三田文学』発表の「遠来の客たち」で第三十一回芥川賞候補になる。

第三号（一九五一年八月）から参加、小説をかいていた村上兵衛は、一九五六年、『中央公論』に載せた「戦中派はこう考える」が評判をよび、社会評論に転ず。

第十二号（一九五五年七月）から参加した有吉佐和子は、同号に発表した「盲目」を書き直し「地唄」と改題、翌一九五六年、文學界新人賞候補作として『文學界』に掲載、第三十五回芥川賞候補になる。

第十三号（一九五五年九月）から参加した梶山季之は、村上、有吉が脚光をあびたことについて、自伝的長篇『わが鎮魂歌』で、〈才能ある二人が、文壇に認められたことを喜びながらも、ある種の妬みと、焦りとを感ぜずには居られなかった〉と記しているが、その梶山も、一九六二年、『黒の試走車』で、たちまちベストセラー作家となる。

一方、創立同人の阪田寛夫は、小説家としては無名のまま、第十五次『新思潮』の終刊をむかえているのである。

2　阪田寛夫の〈転機〉について

すでに述べたように、第十五次『新思潮』は、一九五八年二月、第十七号を出して終刊。その五年後の一九六三年二月、阪田寛夫は、朝日放送を退社する。

退社の少し前からの阪田寛夫の富士正晴宛て書簡を覗いておきたい。なお、活版印刷と明記している箇所以外は、すべて手書きである。

小説書いていますがやり方が判りません。

（一九六三年賀状）

このたび文学の勉強に専心するため、朝日放送を退社いたしましたのでおしらせします。〔以上、活版印刷〕今の所　子供のうたのほかは需要がありません。小説を書きたいと思つております。

（同年二月十八日消印ハガキ。退職挨拶）

小説は本当に書けません。うたでカネをいたゞいている次第です。

（一九六四年賀状）

小説を今年こそは、と思いますが。（肩に力が入ってうまくいきません）〔丸カッコ内も原文〕

（一九六六年賀状）

この時期、阪田寛夫は、放送・音楽関係で、主だった賞をつぎつぎとさらい、受賞請負人とまでいわれたという。傍目には順風満帆、しかし、〈文学〉〈専心〉の本人に即せば、どうにもこうにもさっぱりといった状態だった。

阪田寛夫自身、かつて、庄野潤三宅で、阪田の自虐的小説「平城山」（第十五次『新思潮』第七号）について島尾敏雄がいった「こういうものを書いてしまうと、あとが書けなくなる」（『我等のブルース』「あとがき」。講談社文庫『わが町』鬼内仙次解説「いさかい」）ということばを何度も思い出していたのではないだろうか。島尾の「平城山」評について、阪田は、当初その意味が分からなかったが、〈「書けなくな」ったのは事実でした〉（『我等のブルース』「あとがき」）と回想している。

小説発表ゼロの年が、一九五九年、一九六〇年、一九六一年、一九六二年、一九六三年、一九六四年とつづく。この長い長い不振の時期に、阪田寛夫が小説執筆から離れていたわけでなかったことは、阪田の長女・内藤啓子さんが寄贈された帝塚山学院の阪田資料からうかがうことができる。

小説を書くことは書くのだが、なかなか書き上げることができない。やっとのことで書き上げたものは意にみたないものだった。

スランプからようやく抜けだしたのは、一九六五年。これ以降、第七十二回芥川賞受賞作「土の器」までの阪田寛夫作品を列挙すると、つぎのようになる。

一九六五年四月号より「わが町」を十五回連載（『放送朝日』）。

一九六六年七月号「音楽入門」（『文學界』）。同年十一月号「「男は馬垣」」（『文學界』）。同年十二月号「悪い習性」（『風景』）。

一九六七年四月号「我等のブルース」（『文學界』）。同年八月号より「国際コムプレックス旅行」を十一回連載（『放送朝日』）。同年十月号「サロイアンの町」（『風景』）。

一九六八年二月号「ロンドン橋落ちた」（『文學界』）。同年九月号「一九二五年生れ」（『文學界』）。同年十一月号「コノオレ」（『風景』）。同年十二月号「タダキク」（『三田文学』）。

一九六九年十一月号「アンズの花盛り」（『オール讀物』）。同年十二月号「日本の童謡」（『別冊文藝春秋』）。

一九七〇年一月号「八月十五日」（『三田文学』）。同年九月号「ミュージカル必勝法」（『別冊文藝春秋』）。同年十月号「天山を見る」（『三田文学』）。同年十二月号「ガリラヤの幽霊」（『風景』）。

一九七二年六月号「鳥が来た」（『婦人之友』）。同年十月「桃次郎」（『びわの実学校』第五十五号）。

一九七三年三月号「桃雨」（『早稲田文学』）。

一九七四年十月号「土の器」（『文學界』）。


この十年にわたる阪田寛夫の文学的足どり【注】のなかで、転機は一九七三年にあったと河崎良二はいう。

> 転機は一九七三年に来ます。〔略〕六月より刊行の『庄野潤三全集』（全十巻）の各巻末に「庄野潤三ノート」を翌年まで書き続けるという仕事でした。七月には母の死。翌一九七四年十月に母の死を描いた小説「土の器」を発表。〔略〕「庄野潤三ノート」という仕事が阪田さんの文学を変えたと考えて間違いないでしょう。
>
> （「阪田寛夫の文学」二〇一七年三月『帝塚山派文学学会』創刊号）

きわめて妥当な見解である。

たとえば、長きにわたって阪田作品をみてきた庄野潤三の〈阪田にとって辛い日が続いていた。そのうち、〔昭和〕四十八年三月の「早稲田文学」に阪田の久しぶりの短篇「桃雨」が発表された。〔略〕読み終った瞬間、／「もし今、阪田に電報を打つとすれば、どういう文面にすればいいだろう」／と考えた。バンザイといいたかった。〉（『文学交友録』「三好達治・阪田寛夫」）という記述は河崎良二の指摘を裏打ちしており、また、芥川賞受賞直後のインタビューでの阪田寛夫の〈小説というと肩に力がはいって、えらく大変なもんという気がしましてね〉、〈書いても、なにをしてるかさっぱりわからず、庄野潤三全集の解説を書いてやっとわかってきたんです〉（「『土の器』で芥川賞を受ける阪田寛夫」一九七五年一月十八日『朝日新聞（全国版）』朝刊）という発言も河崎の指摘を裏打ちしている。あと少しつづけるなら、阪田の『庄野潤三ノート』「あとがき」での〈私の側からいえば結果として庄野さんの作品について書く仕事は、ある角度から自分をしらべることにもなった。〉という記述も河崎の指摘をよりつよく支えるものとなっている。

ただ、ここで、河崎良二の見解をうべなった上でという前提でいうなら、阪田寛夫の〈転機〉にはもうすこし時間的な幅をもたせたるべきではないかという思いが筆者にはある。

つぎにみるのは、阪田寛夫の『讃美歌 こころの詩《うた》』「連載を終えて」からの引用である。

四十歳を過ぎてから、同人雑誌時代と違って、自分のことを書かなくなりました。自分のことよりも周《まわ》りの人のことを書いたほうがおもしろい、と先輩に言われて、そうしたら、多少は気持ちが楽になりました。『土の器』は、そんなジャンルになりましょうか。

引用文中、〈自分のことよりも周りの人のことを〉と提言した〈先輩〉は、内藤啓子の『枕詞はサッちゃん』

に〈父の小説がちっとも物にならない時に、／「どうして君は自分のことの代わりに、自分の身の廻りの人を書かないのか。読者として、君自身のことより興味がある」と庄野さんにアドバイスを受けた。〉とあることから、庄野潤三のことと分かる。

〈自分〉から〈周りの人〉へ。

この描写対象の変化に、阪田寛夫の転機をみていいのでないだろうか。「英雄時代」発表後、阪田が、富士に宛てた手紙で述べた、自分のことより〈アカの他人〉を書くという方向から軌道修正、〈周りの人〉を書くという方向に向ったとみていいだろう。

父方の祖父・阪田恒四郎を主人公とした一九七三年の「桃雨」、母・京を主人公とした一九七四年の「土の器」が、ともに〈周りの人〉を描いた作品であることはいうまでもない。そして、同じく、〈自分〉でなく〈周りの人〉を主人公としているという点で、父・阪田素夫をモデルとした一九六六年の「音楽入門」、第十五次『新思潮』同人・能島廉をモデルとした同年の「男は馬垣」、詩人・佐藤義美をモデルとした一九六九年の「日本の童謡」は、「桃雨」「土の器」と同系列に入ると考えられるのである。

もちろん、「音楽入門」「男は馬垣」という一九六六年の二作と、「桃雨」という一九七三年作とのあいだには、従来の〈自分〉を主人公とした作品も多く書かれている。前述の富士正晴宛てハガキに〈アカの他人〉を書こうとこころがけても〈どこかにいつもの手口がはいつてきて、うしろめたい作品になつてしまいます〉とあるように、習い性となった自虐的手法から容易に脱却できないでいるのである。

しかし、同時に、その〈自分〉を主人公とする作品においても、神学生・カプチノ、次女・なつめ、イスラエル旅行をともにした遠藤周作、戦後、八路軍に従軍した看護婦・佐伯運子ら、〈周りの人〉たちの過去・現在の姿が鮮やかに描出されていることにも気づかされるはずである。

もちろん、「音楽入門」「「男は馬垣」」二作が「桃雨」以降の作品のような完成度をもたないということもあるが、しかし、そのことが、「桃雨」発表、「庄野潤三ノート」連載開始の七年前に阪田寛夫の変貌がはじまっていたことを否定する材料にはならないだろう。

こまごましたことをいいたてるようだが、『讃美歌　こころの詩』「連載を終えて」で、〈自分〉から〈周りの人〉へ描写対象を移した時期を〈四十歳を過ぎてから〉と阪田が回想していることも見逃したくない。

阪田寛夫は、「音楽入門」「「男は馬垣」」を発表した年に、満で四十一歳をむかえ、「桃雨」を発表した年には、満で四十八歳をむかえている。四十代後半を回想して〈四十歳を過ぎてから〉とは、まずいわないのではないか。

3　能島廉と阪田寛夫

〈自分のこと〉より〈周りの人のこと〉を書くようにいったのが、庄野潤三。その庄野に慫慂されて書いた「庄野潤三ノート」連載が〈自分をしらべることにもなった〉――阪田寛夫の妻いうところの〈庄野大明神〉の霊験まことにあらたかということになるが、阪田みずからがつかみとったものもあったのではないか。

第十五次『新思潮』四人目の同人・能島廉作品との関係から阪田寛夫の文学をながめておきたい。

能島廉の文学的出発は、三浦朱門の影響圏からはじまっているが、その内実は、主知主義的な三浦の文学とはへだたっている。むしろ、対蹠的な位置にあるといっていい。

〈私は〔略〕目ぼしいコーヒー屋も知らない。スマートな服の着こなしも出来ない。自分で知らない高尚な文学や思想の話に合槌を打つことも出来ない。洋食の食い方も知らない。ダンスもできない〉(「駒込蓬莱町」)

あるいは、

〈写真を人に見られると、私はいたたまれない羞恥を感じる。甚だ風采が上らないからである。〔略〕写真と鏡は一切見ないことにしてある。人にアルバムを見せて饗応することと、廊下などに鏡をはめこんである建物ほど、世の中に悪趣味なものはない、と信じる。〉(「服装について」)

能島廉の二作品からの引用であるが、まったき自虐的私小説なのだ。

「嘘吐け!」

声に出して笑いながらも、そういった思いで、能島廉の〈どの小説も読み流した〉と阪田寛夫はふりかえる(「「男は馬垣」」)。

恋人もろくにできない、風采あがらぬ男。能島廉は、そうみずからを描いたが、阪田にいわせれば、能島は、もてにもてたという。

未亡人サロンという、表向きは素人、実質はプロの女性のいる店にいっしょに入って、能島がのけぞるように椅子にすわったとたん、そのプロフェッショナルたちは〈浮足立〉った。はじめての店ほどそれがよく分かったと阪田はいう。

能島廉の結婚歴は、ゼロ。同棲は、二度。

はじめに同棲したのはF子さん。一九五一年、第十五次『新思潮』の同人になった能島廉は、東大文学部独逸文学科学生。『新思潮』のあつまりで、好きな女性の名前を部屋の粗壁に記すことになって、能島の書きこんだ名をみた三浦朱門が声をあげた。彼女とは、三浦の学齢前から親同士が知り合い。中央線のアナベラといわれた美形の不良女学生時代を経て、いまや彼女は画家と結婚、上の子が小学校高学年。彼女は、能島より十二、三歳年上のはず……。三浦に問いつめられて、一緒に住んでいるんですと固い声で能島は答えた。

後日、三浦朱門はF子さんに会って、別れてやってほしいと頼みこんだが、芋の買い出しにいかなければと彼女は話を打ちきった。このあと、ふたりは別れたかたちをとり、四畳半に能島が、廊下つづきの三畳に彼女が住むこととなった。実情を知るのは、高知高校時代からの友・下村幸雄ただひとりという徹底した秘し方だった。

卒業後、能島廉は、小学館に入社。同社勤務の村上兵衛の紹介によるもの。のんびりした、小説執筆のさまたげにならない職場と村上はすすめたが、おりからの漫画ブームできわめて厳しい職場環境となり、子供雑誌を編集する能島を消耗させ、ギャンブル、ことに競輪に溺れさせることになった。

F子さんは、一九五七年、脳卒中で没。このとき、同人たちのあいだで、捨てられた腹いせにかつて暮した、杉並馬橋の能島の下宿で服毒死したと誤報されたのは、同棲をひたかくしにしたことによる。F子さんの子供がなんともいえない眼で喪主の自分をにらんでいた、能島は葬儀の日のことを繰りかえし下村幸雄に語った。能島の競輪への耽溺に拍車がかかった。

二度目の同棲相手は、G子さん。能島の編集する雑誌に三谷晴美の筆名で少女小説を書いていた瀬戸内晴美からの、おもしろい不良少女という触れこみのあと、G子さんは小学館に姿をあらわした。

一九五七年、はじめて、瀬戸内晴美を訪問したとき、G子さんは、二十一歳。「二号なんです」というのが、自己紹介の弁だった。G子さんは、まもなく、囲われていたアパートを脱け出し、瀬戸内が、半ば同棲していた小田仁二郎と一緒に出していた同人誌『Z』とは別に、女性だけを集めて創刊した同人誌『α』に参加した。G子さんのペンネームは、大野あき子。日本近代文学館所蔵『α』で二作を読んだにすぎないが、大野あき子の小説は、なかなかに達者なもの、性への傾斜が顕著なのは瀬戸内の影響か。

G子さんが、能島を小学館に訪ねたのは、一九五九年のこと。

不良少女と言うから、セーターの胸がとび出し、黒いスラックスに平底の靴をはいたおねえちゃんを想像していたら〔略〕襟足の蒼い背筋の通った美人であった。磨き上げた不良少女だなあと感心した。椅子に浅く腰をおろし、視線を私の胸のところにおいた。一分の隙もない構えであった。不良少女の優等卒業生だ〔以下、略〕

（能島廉「競輪必勝法」）

作家志望のふたりの関係は、二年で破綻。彼女と別れた翌月の一九六一年三月、能島廉は、慢性腎盂炎で阿佐ヶ谷の河北病院に入院。年末、医師のすすめで、高知に帰郷。翌年秋、回復しないまま上京。

一九六三年四月、能島廉は、小学館を退社。阪田寛夫の朝日放送退社のわずか二ヵ月後のことであった。〈文学の勉強に専心するため〉と退社挨拶に印刷した阪田と同様、能島にも筆一本で立とうという強い思いがあった。阪田は、第十五次『新思潮』最終号となった第十七号に「英雄時代」を載せた翌年の一九五九年から小説発表ゼロの年がつづいていたが、能島の場合、阪田より三年早く、第十二号に「事実美談」を載せた翌年の一九五六年から小説発表ゼロの年がつづいていた。能島の場合、参加した第二号から毎号休みなく短篇を発表していただけに、そのスランプは目だった。

小学館退社の一年半後の一九六四年十月、病を押してギャンブルにかようち、能島廉は、鷺宮の下宿で吐血、ふたたび河北病院に入院。血液中の残留窒素、致死量の一・五倍。独り身の能島を阪田の妻・豊が看護。第十五次『新思潮』同人たちもかけつけた。十二月十六日、能島は危篤の状態でも、酸素マスクをはずしてしゃべり、自分で小用にたつといいはって、ベッドに飛び起き、〈かつとはりさけるほど目を開いたまま〉〈こときれ〉た（瀬戸内晴美「鎮魂」）。享年、三十五。

没後まもなく遺稿集のはなしが出て、有吉佐和子が集英社会長・相賀徹夫にじかに願って刊行のはなしがまとまり、阪田寛夫が中心になって編集。一九六五年十二月、能島廉遺作集『駒込蓬萊町』が集英社から刊行。吉行淳之介は、帯に〈円熟しにくい、また円熟を拒否する資質であり、未完成がそのまま、魅力となっていた〉と記した。

遺作集『駒込蓬萊町』には、十六頁の挾み込み付録『第15次新思潮　能島廉（野島良治）追悼号』が添えられた。これも、阪田寛夫中心で編集。阪田をふくめた同人の面々の能島廉追悼文のあと、最後におかれた「能島廉年譜」も阪田が編んだ。

能島廉遺作集の編集時、阪田寛夫は、かつて雑誌発表時には、「嘘吐け！」と笑いながら〈読み流した〉能島廉の作品を、今度は腰をすえて読み直し、能島作品と自身の作品に共通するマイナス面を思い知ったのではないだろうか。

能島廉遺作集刊行の翌年、阪田寛夫は、能島廉をモデルとする「「男は馬垣」」を執筆。そこで、能島の私小説「駒込蓬萊町」は、「本郷肴町」と名をかえて、こう評されている。

　どうもその劣等感の立て方に、気に食わない所がある。
　自分は駄目な男だという安全地帯にさえ立てば、いくら世を切り、俗物を攻撃したところで、両刃の剣で本人が傷つくという心配はないからだ。

実に手きびしい。が、この評言は、みずからをも刺すものであった。阪田寛夫は、「「男は馬垣」」をおさめた『我等のブルース』「あとがき」で、自身の初期同人誌時代を、こうふりかえっているのである。

自分を安全な立場に置いておいて、その自分を嗤う——というのが、それ以来二十年間（一九四八年執筆の「のれん」以来）、数少ない小説の中で私がとってきた手口のように、いま思います。

能島廉没後三十年ちかくたった一九九二年、阪田寛夫は、再度能島をモデルとした「よしわる伝」を発表。あらためて能島の「駒込蓬萊町」をとりあげ、能島の〈小説がかけなくなった〉事由について、こう記す。

〔略〕最低の位置に自分を据えたお陰で、野島〔＝能島〕はただ一人無疵なのだった。その代り、と言ってよいかどうか、同じように自分を戯画化し卑小化して相手を斬る「劣等感もの」を書いていた私の経験から言えば、そのあと、同じように長い間小説が書けなくなった。

主人公を〈無疵〉で安全な位置にたたせた自虐的私小説の執筆。阪田寛夫は、ここに能島廉が小説を書けなくなった要因をもとめ、阪田自身も同じ体験をしてきたと述べているのである。

阪田は、こうつづける。

トランプのdoubtというゲームは、負けがこんで、手許に札が溜まると、誰一人上がれないように、百発百中で防ぐことができる。書き手の精神の衰弱と、駄目な自分の戯画化で人を斬る企みとは、密接な関係があるのかも知れない。

能島廉のしごとは、阪田寛夫にとって、決して他人《ひと》ごとではなかったのである。亡友能島のしごとを見直すことは、みずからのしごとへの痛みをともなった見直しにつながったというべきか。

「「男は馬垣」」にはなしをもどすと、阪田寛夫は、この作品の締めくくり、主人公の「おれは、一番さいごに〈文壇に〉出るからな。残りもんに福や」ということばのあとの、〈それは困る!〉、〈もし彼の宣言通りになったら、はみ出た私はどうなるか〉、〈私は生まれてはじめて〉〈おそろしい競争者だと思った〉という箇所を梶山季之に唯一褒められたこととして、梶山追悼文「鳥の顔」において披瀝、〈いつも、自分から先におれはアホや、と言ってしまうような小説を書いている私にしては、珍しく本音が出たからであろう〉とつづけている。自分と同じく自虐の資性をもった友を描くことで自虐の魔から抜け出した、そうふりかえっているとみていいだろう。

整理しておくと、こうなる。

一九六五年、能島廉遺作集『駒込蓬萊町』編集、あわせて「能島廉年譜」作成。

一九六六年七月、〈周りの人〉である父・阪田素夫をモデルとした「音楽入門」発表。同年十一月、やはり〈周りの人〉能島廉をモデルとする「「男は馬垣」」発表。

しかし、一朝一夕に〈自分〉から〈周りの人〉に描写対象を移しえたわけでない。すでに述べたように、「音楽入門」「「男は馬垣」」のあとも、自身をモデルとする、〈いつもの手口がはいってき〉た〈うしろめたい作品〉がしばらくつづくのである。「音楽入門」「「男は馬垣」」二作発表の一九六六年から「桃雨」発表の一九七三年のあいだと、時間の幅をもたせて阪田寛夫の転機をみるゆえんでもある。

あとすこし、このあたりのことについて。

「音楽入門」「「男は馬垣」」二作を発表した一九六六年と、「桃雨」を発表した一九七三年。この二つの時間のあいだの阪田寛夫日記もちょっと覗いておきたい。

一九七一年一月十八日。この日、遠藤周作のエッセイ集『切支丹の里』を読んでいた阪田寛夫は、同書中「父の宗教・母の宗教――マリア観音について」の章から、〈告白小説はあまりに手軽な救済形式だということを小説家は知るようになる。それは精神医学による告白療法と同じ意味を持っているにすぎない。〉という箇所を書き写して、つぎのように記す。

告白小説は精神症の告白療法にすぎぬこと。

この一行を阪田は長い四角で囲んでいる。
阪田寛夫が写しとった遠藤周作の文章は、そのあと、〈精神医学は心理の疾病はいやせても心理のもっと奥にある世界――あの魂の領域まで手を入れることはできぬ。〉（傍点原文）とつづけられているのである。
遠藤周作が問題にしているのは、告白小説でも精神医学でもなく、あくまで〈魂の領域〉にかかわることなのである。一方、阪田寛夫が、書き写したあとさらに要約するというかたちで問題にしているのは、〈告白小説〉のいわば限界性。

いいかえれば、遠藤周作は宗教について述べ、阪田寛夫はそれを文学に読みかえているということになる。自虐的告白小説からなんとか足抜けしようとしている阪田の姿勢がこんなところにもうかがえると思われるのだが、どうだろう。

【注】

未発表長篇「スペイン階段の少女」をめぐって

富士正晴記念館で、富士に宛てた阪田寛夫の書簡六十五通を閲覧して以来、ずっと気になっていた一行がある。

長い小説を書きあぐねて、歌を書いてくらしております。

（一九七二年十二月十七日消印速達ハガキ）

アンソロジー『酒の詩集』を編むことになった富士正晴からの阪田寛夫の詩「らいおんだあ」を収録することへの諾否の返事をもとめる往復ハガキに、許諾の旨記した阪田が付した一行である。

気になっていたのは、もちろん、その前半、〈長い小説を書きあぐねて〉という箇所。七十年代前半において、阪田寛夫に長篇小説の発表はないのである。〈書きあぐねて〉とあるから、完成しなかったのか。そう思って、気がかりを封じこめようとしたが、では、その未完の長篇はどんな作品だったのか、モデルはあるのか、あるなら誰？　あれこれ気になることがふえ、そのまま時間が過ぎた。そして、昨年（二〇一七年）の十二月はじめ。内藤啓子『枕詞はサッちゃん』の半ば、つぎの文章に出会った。

父の部屋を片付けた時に一番たくさん出てきたのが、『スペイン階段の少女』の原稿である。何回も書き直したもの、それらのコピーが山ほどあった。

一九七〇年から数年かけて、同題の小説を書いていたのだが、結局出版されなかった。〔略〕

父が朝日放送に在籍していたとき、子どもむけの番組に出演する児童劇団があった。当時メンバーだった少女（とその弟）がこの小説のモデルらしい。〔略〕

両親に連れられてローマに移り住むも、父親の仕事がうまくいかず、仕事と資金の工面に親たちは日本に戻って、高校生だった姉弟がローマに残される。まだまだ日本人が海外に住む、ましてや子どもだけで暮らすなんて珍しかった一九六〇年代初めの話だ。〔丸カッコ内も原文〕

早速、内藤啓子さんに〈一九七〇年から数年かけて〉という「スペイン階段の少女」執筆時間の下限についておたずねしたところ、〈おそらく2年か3年かかっていたかと。高校の時の友人に大学生になって再会した時「オジサン（阪田寛夫への妻娘からの呼び名）のイタリアの小説まだ出来ないの」という会話をした記憶があるからです。〉（二〇一七年十二月十四日消印封書）というご返事をいただいた。阪田が富士正晴に〈長い小説を書きあぐねて〉と書き送った時間は、〈イタリアの小説まだ出来ないの〉と内藤さんが語った時間に先行しているようであり、もしそうなら、一九七二年、阪田が難渋していた長篇小説は「スペイン階段の少女」にあたるとみてよさそうだ。

内藤さんからの便りのあと、帝塚山学院で、「スペイン階段の少女」関連資料を閲覧させてもらったが、同資料のうちでもっともまとまっていたのが、四百字詰原稿用紙二百九十九枚の「スペイン階段の少女」。筆跡は、阪田寛夫以外の複数のひと。そのうちに、内藤啓子さんが入っているもよう。

二百九十九枚の原稿の内訳は、つぎのようになっていた。

Ⅰ　一枚の写真　六枚
Ⅱ　魚子の手記　二百二枚
Ⅲ　父の話　三十六枚
Ⅳ　いまの魚子の話　五十五枚

Ⅰの「一枚の写真」において、作者の阪田寛夫が、Ⅱ以下の概要を説明。Ⅱの「魚子の手記」は、魚子のモデルとなった元児童劇団員の女性から一九七〇年にみせてもらった手記をもとに執筆、Ⅲの「父の話」とⅣの「いまの魚子の話」は、魚子の父のモデルと魚子のモデルに一九七七年に取材したことを聞き書きのかたちでまとめた、と。なお、魚子の読みは、ナナコ。

この作者自身による説明から、『枕詞はサッちゃん』で〈一九七〇年から数年かけて〉執筆されたという「スペイン階段の少女」は、そっくりそのままというわけではないだろうが、内容的には、Ⅱの「魚子の手記」にあたると考えられた。完成されたかどうかは不明ながら、この〈一九七〇年から数年かけて〉執筆された作品を仮に原「スペイン階段の少女」

とするなら、四百字詰二百九十九枚の「スペイン階段の少女」にいたるまでに、一九七〇年、モデルとなった女性の手記を入手、原「スペイン階段の少女」執筆、一九七七年、女性とその父に取材、構成を変更して、あらたに「スペイン階段の少女」執筆に着手という経緯をたどったと考えられる。構成変更したのちのこの系列の作品の執筆時間の下限は不明であるが、阪田寛夫資料から、八十年代に入ってさらなる改稿があったことが判明している。

『枕詞はサッちゃん』において、〈もしも今の世に受け入れられるものなら出版したらどうかと考え、一応それらしき順番に並べ〉〈新潮社のS氏〉に読んでもらったが〈S氏のお眼鏡にもかなわなかった〉と記されているが、このとき〈新潮社のS氏〉に渡された原稿が、先にみた四百字詰原稿用紙二百九十九枚の「スペイン階段の少女」であるとみられる。「音楽入門」から「桃雨」にいたるまでの七年間の阪田寛夫のしごとをみる上で、四百字詰二百九十九枚の「スペイン階段の少女」中、「Ⅱ 魚子の手記」は、七十年代前半着手の原「スペイン階段の少女」のもとのかたちをとどめていると考えられるだけに見逃せないということになろう。

とはいえ、新たに阪田寛夫長篇の存在を知って、まだひと月余り。倉卒な推測や判断はつつしまなければならない。ただ、この七十年代前半着手の長篇を念頭におくと、全詩集所収の伊藤英治作成「阪田寛夫年譜」中、〈(一九七〇年)八月、小説取材のためイタリアへ旅行。〉という一行も、また、「音楽入門」から「桃雨」にいたるまでの七年のあいだで、一九七一年の一年にだけ小説発表がないことも、ともに分かりやすくなるかのよう。あと少しこだわりたいところである。

帝塚山派文学学会―紀要第八号―より

橋本多佳子の挑戦
～句集『紅絲』を中心に～

倉橋　みどり

一、俳人・橋本多佳子について

俳人・橋本多佳子は明治三二（一八九九）年、一月一五日、東京本郷で生まれた。本名は山谷多満。祖父の山谷清風は山田流箏曲の家元で幼いころから琴の稽古に勤しんだ。

さて、大正時代から昭和初期に俳誌「ホトトギス」で活躍した男性俳人、阿波野青畝、高野素十、水原秋櫻子、山口誓子の下の名前（俳号）の頭文字をまとめ、4Sと呼ぶ。それに準え、ほぼ同じ時代に活躍した女性俳人を4T＋1Hと称する。橋本多佳子はそのひとりに数えられた。多佳子以外は杉田久女、中村汀女、三橋鷹女、星野立子で、それぞれ下の名前の頭文字をとって4T（汀女、鷹女、立子、多佳子）＋1H（久女）とした。それまでは男性俳人が大部分を占めていた俳句の世界で、大正時代から昭和初期、おのおの個性を大胆に詠む女性俳人が何人も登場した。その中でも多佳子は先駆者のひとりであり、いまなお俳壇では大変著名な俳人である。

橋本多佳子は「大変美しい人であった」という。そして、その評判について回るのが、「かつて芸妓であった」という噂で、結婚についても、客であった橋本豊次郎に見初められたと言われることがある。『俳句とエッセイ』に掲載された辺見じゅん氏の小説「冬の虹　橋本多佳子」[1]にも、「当時、多佳子が雛妓であり、酒席で豊次郎に会い、彼がその美貌に魅せられたという伝説が残っている」とある。平成になってからのことだが、昭和四一（一九六六）年生まれの私とほぼ同世代の女性俳人から「あなたが調べている橋本多佳子って、芸妓さんだった人でしょ?」と言われたこともある。

しかしながら、多佳子の生前に発行された『橋本多佳子句集』（以下『文庫版』[2]）の年譜にも、生前に書き遺した文章にも、花柳界にいたとするもの、またはそう思わせるものは一切見つかっていない。『橋本多佳子全集』（以下『全集』[3]）の年譜には、師である誓子、多佳子主宰の俳句結社「七曜」を引き継いだ二代目の主宰・堀内薫氏、三代目主宰となる四女の橋本美代子氏など周囲の人々の記憶が多く盛り込まれていると考えられるが、そこには、この結婚について「多佳子の伯母の渋谷家と豊次郎の母とは知人で、同じ広島県人であったことから結婚の話がまとまる」とある。多佳子自身は、エッセイ「とり戻した『一途の道』病気で知る『随順の道』」（昭和三六年）に、「十八歳のときまで芸一途のあけくれでしたが、運命は私を結婚に導きました。最初反対していた母も、琴の修業を続けるといふ約束でゆるしてくれました」と書いている。

この件について、私の俳句の師であり、多佳子の四女である美代子氏に直接訊ねたことがある。「それは噂で、事実ではないんですよ」と即答され、「結婚前、多佳子が婦人雑誌から取材を申し込まれたことがあったそうです。多佳子の母は、そのようなこと（むやみに表に出ること）に関わるものではないと即座に断ったというほど厳しい家だったと伯母から教えてくれたことがありますから」とおっしゃった。

親しい仲間内の集まりなどで、多佳子は祖父から習った琴を披露することもあったようで、そこから想像が働いたこともあっただろうが、噂の根っこは、京都の芸妓・磯田多佳女との混同があったと私は考えている。「文芸芸妓」とも称される磯田多佳女は、多佳子より二〇歳上の明治一二（一八七九）年生まれ。京都のお茶屋に生まれ、芸妓の道に入った多佳女は、和歌や俳句、絵をたしなみ、夏目漱石、谷崎潤一郎、浅井忠など一流の作家や画家との交流も深かった。「ホトトギス」主宰の高浜虚子もそのひとりで、多佳女に俳句を手ほどきしただけでなく、多佳女をモデルにした「昔薊」「続風流懺法」という小説まで書いている。

橋本多佳子は、結婚を機に本名の「多満」を「たか子」と改名し、以後しばらくは、自分の名前を「たか子」または「多加子」と書き、当初の「ホトトギス」への投句は「多加女」を使用していた。これを「多佳子」と表記するようになったいきさつには、虚子と磯田多佳女との交友が関わっている。

多佳子自身が、「とっておきの話」「鎌倉記」という二つの随筆でこのエピソードを紹介している。「とっておきの話」から引用する。

私はこの小説（筆者注・「昔薊」のこと）を読んで初めて、磯田多佳女が高浜虚子先生に俳句を見て貰つてゐたことを知りました。（中略）同じ頃私は九州の小倉に住んでをりまして、月々虚子先生に俳句を送り、教へを受けてをりました。

その頃私は俳句の号を、多加女としてゐました。（略）ところが、或る日虚子先生から私へ頂いたお手紙の宛名が変つてゐたのです。今から思へば、この磯田多佳女のタカが書いてあつたのです。でも私はなんにも知りませんから、虚子先生が字を変へて下さつたものと思ひ込み、その美しい字がすつかり気に入つて、その後ずつとそれを使つてをりました。

当時、先生のお心の中には、多佳女の美しい面影が絶えずあつたやうですし、京都への手紙も多く書かれたでせうから、同じ名の私の字を書き間違へられたとしても、決して不思議ではありません。(4)

「鎌倉記」でもほぼ同様のエピソードが紹介されている。(5) このいきさつが多佳子や虚子周辺に伝わっていく中で、いつしか「橋本多佳子」と芸妓「磯田多佳女」とが混同していったのではないか。ここで改めて、多佳子自身がかつて芸妓であったという事実はないことを明記しておきたい。

二、帝塚山時代の橋本多佳子

多佳子は一八歳で、大阪橋本組の創立者・橋本料左衛門の二男橋本豊次郎と結婚する。大正六（一九一七）年一〇月二八日のことであった。結婚を機に、東京から大阪へ転居し、大正八（一九一九）年に小倉へ転居するまで過ごした住所はよくわかっていない。

多佳子が帝塚山で過ごしたことがはっきりとしているのは、昭和四（一九二九）年一一月から昭和一九（一九四四）年五月までのおよそ一五年間で、住所は大阪市住吉区帝塚山二丁目八一であった。(6) ここで、『全集』年譜から豊次郎、帝塚山に関連する記述を抜き出しておきたい。(7)

大正六（一九一七）年　多佳子一八歳の頃

橋本豊次郎は、大阪橋本組の創立者・橋本料左衛門の四人兄妹の次男。何事にも優等生であった兄に比べられ、少年時代は孤独だった。一九歳ごろ単身アメリカに渡る。米国で、職を転々としながら、土木建築を学んで帰国。多佳子の娘たちは父を母よりもロマンチストであると思っている。

大正八（一九一九）年　多佳子二〇歳の項
豊次郎は大阪橋本組の北九州出張所の駐在重役として小倉に移住。生来からだが弱かったことでもあり、仕事は殆ど支配人に任せる。七月、小倉にて長女淳子が出生。

昭和四（一九二九）年　多佳子三〇歳の項
一一月　義父料左衛門死去により大阪帝塚山に移住。淳子、国子は大阪の帝塚山学院小学部へ転校。付属小学校に全集、児童の本、書棚などを寄贈。

昭和六（一九三一）年　多佳子三二歳の項
橋本多佳子一家は、誓子夫妻、波津女の親里の浅井一家と、新年を宝塚ホテルで過ごす。これが昭和一二年まで続く。

昭和一二（一九三七）年　多佳子三八歳の項
一月、小倉の櫓山荘へ一家で行く。豊次郎は帰阪後発病。八月、山口波津女の父、浅井啼魚が狭心症で急逝。豊次郎は多佳子に支えられながら、病躯をおして告別式に出席。その一か月後、九月三〇日、豊次郎死去、享年五〇歳。多佳子は、病弱の夫に付ききり、妻、秘書、母と、虚弱な一身に数役を背負うて大任を果す。

※傍線は筆者

多佳子の四女・橋本美代子氏に聞き取り[8]したところ、帝塚山に橋本家が移住したのは、父（豊次郎）が、帝塚山学院の教育方針に共感したためだったという。豊次郎や多佳子は「帝塚山学院は学力より文化を大事にする学校だから」と話していた。ちなみに豊次郎の実家である橋本家は「よく覚えていないが、農人橋あたりにあったように思う。帝塚山になかったことは確か」（美代子氏）。その家は、「橋本多佳子さんの家は、自然堂佐藤義詮邸の北隣にあった。葉桜が塀をこして道路の上に伸び出ていた。」と『帝塚山風物誌』にある[9]が、美代子氏によると「お隣の自然堂さんへはしょっちゅう遊びにいった。仏教の集まりのようなことをされてて、父母も、子どもたちが自然堂へ行っていれば安心という感じでした」。四姉妹はそろって帝塚山学院へ通学したが、家からは子どもの足でも歩いて五分という近さである。「よく忘れ物をした。家に戻ると、父（豊次郎）と母（多佳子）がゆっくりと朝食を食べていて、それがとてもおいしそうだったことを覚えています」と美代子氏は楽しそうに思い出してくださった。

なお、年譜にある「帝塚山学院付属小学校に橋本豊次郎が寄贈した書棚や書籍」については、帝塚山学院に残っている寄贈に関する書類を確認してもらったところ、これに関する記録はなかった。

昭和一九（一九四四）年五月、多佳子は四人の娘とともに、大阪の帝塚山から、奈良市あやめ池町南四丁目（現在は南八丁目）に疎開する。疎開先が奈良になった経緯には、帝塚山学院が関係していると推測される。戦時中の昭和一六（一九四一）年、大阪の帝塚山学院が創立二五周年を記念して、男子を受け入れる中学校を新設したいという構想が生まれ、奈良の地が選ばれることになった。この構想が実現に向けて進行する過程で、学院関係者が多佳子に疎開先を紹介もしくは手配したように、美代子氏からうかがったことがある。『帝塚山風物誌』によると、「あやめ池に帝塚山学園を建てて、その序に住宅地として土地を売り出すために住宅展が開かれ、その住宅展がそのまま分譲されたのであった。住宅は殆ど帝塚山学園の関係者が優先的に買うことになったのである。[10]」とある。また、多佳子が疎開した「あやめ池」と現在の帝塚山学園がある「学園前」は、近鉄電車の駅では隣駅であることを付け加えておきたい。

ここで、多佳子の随筆に「大阪」について触れたものをピックアップしておこう。

ただ総じて昔から物足りなさを覚えるのは好みを現はさないことであつた。案外若い人が色に対して冷淡なのではあるまいか。云ひかへれば自分の色を持たぬひとが多いのである。服装の一部に自分の色を滲みさして欲しいものだ、それは女の心をどの位豊にしてくれるであらうか。大阪では有合せのものを――たとへ高価なものでも――身につけてゐる感が時折見られる。大阪の美しさはやつぱり伝統的なものの中にあるのではないかと思ふが、そのよさを知つてゐるお嬢さんは幾人あるのであらう。ただ批判なく現代的な色彩を身につけるにはせはしく、せつかくの大阪地の味がすつかり荒されてゐるのを見る。その点実に惜しくてならない気がする。

「大阪の新しさ旧さ」昭和二〇年[11]

大阪人の「軽み」は大阪弁が負つてゐるやよさから来るものを思ふ。……私など大阪に住んでかれこれ三十年にもなるのに、生れた土地の固さがそのまま根に残つてとれず、「あんたはん関東だつしやろ。」とは、結婚当時から云はれつづけ、いまに云はれるのである。

「大阪弁」昭和三一年[12]　※傍線筆者

傍線箇所に「三十年」とある年数には、明らかに奈良に疎開（後に定住）してからの年月も含まれている。多佳子にとっては、大まかにいうなら、奈良も大阪の一部だという感覚があったのだろう。その感覚は、関西以外の土地から就職を機に大阪に来て、さらに結婚を機に奈良に暮らすようになった筆者自身も、大づかみで「大阪のほうで働いている」と表現することがままあり、よく理解できる。また、多佳子には終生関西弁は身につかなかったようで、それは、同じように関西弁がごくまれにしか出てこない美代子氏の話しぶりからも伝わってくる。

帝塚山に住んだ年月だけでなく、そこから生まれた人間関係が多佳子や娘たちに与えた影響は決して少なくないと確信するが、これまでの多佳子研究では「手つかずの時期」であるといってよい。私自身も同様である。今後少しずつ調査を進めてみる必要性を痛感している。

三、小倉時代の多佳子

ここで、時間を少し巻き戻し、小倉時代の橋本家と多佳子について触れておきたい。多佳子が俳句と運命的ともいえる出合いをしたのがこの時期だからである。

大正八（一九一九）年、豊次郎が、大阪橋本組北九州出張所の駐在重役として赴任することになり、多佳子も小倉へ転居。豊次郎は結婚記念にもらった大分農場を開き、経営を始めるとともに、小倉市（現在の北九州市小倉北区）中原《なかばる》に、櫓山荘を新築した。櫓山は雑木林の小山で、藩政時代には藩の遠見番所（物見櫓）があったため、こう呼ばれるようになった。

この山の頂上近くに建てられた櫓山荘は、豊次郎自身の設計による三階建の洋館だった。

『全集』の年譜には、

一階は客間、居間、ホール、料理室、化粧室、浴室で、日本部屋は女中部屋だけ。二階は寝室、書斎、ホールの他はみな日本間。寝室はキルクの床で、ベッド。二階のホールからは非常口として山へ階段が付けてある。三階には広い日本間があり、長持等のおかれた納戸など、どの階の窓も大きくて、ステンドグラスに趣向をこらしている。（中略）このステンドグラスも、玄関の白と濃い茶の市松模様の敷石も全て英国からの特別注文。庭にはテニスコートがあり、花壇には四季折り折りの花を咲かせる。国東半島の廃寺から買った石塔、灯籠（筆者注・のちにあやめ池の家に移され、現在は奈良市内の法華寺にある）等も置かれた。三階の壁の穴から、「モシモシ」と声をかけると、一階の壁の穴から聞こえてくる仕掛などもある。ロマンチスト豊次郎の自画像とも言うべき個性ある夢多い建築だった。[13]

と説明されている。

この櫓山荘で、次女・国子（大正一〇年生まれ）、三女・啓子（大正一二年生まれ）、四女・美代子（大正一四年生まれ）が誕生。昭和四年までの九年を過ごす。小倉の日々で、豊次郎は、のちの小倉児童芸術協会を援助し、自ら会長となって、北原白秋、野口雨情、中山晋平という錚々たる詩人や作曲家を顧問にしたほど文化への関心が高く、櫓山荘は小倉の文化サロンになっていった、妻の多佳子にもピアノや絵、茶道など多くの習い事をさせたという。

そして、大正一一（一九二二）年三月二五日は俳人多佳子にとって運命の日となる。長崎旅行の帰途の高浜虚子を迎える句会が櫓山荘で開かれたのだ。橋本夫妻に俳句のたしなみがあったわけではない。橋本家のかかりつけの小児科医であった太田柳琴氏が、俳人として「ホトトギス」に所属していたことが縁となり、玄界灘を一望でき、当時としては珍しかった洋館の櫓山荘が、格好の句会場として選ばれたのである。メンバーは大田柳琴、吉岡禅寺洞、曽田公孫樹など六、七人。その中に、のちに多佳子にとって俳句の最初の師となる杉田久女もいた。

その頃私ははたちぐらゐで、俳句の先生といつたら芭蕉のやうなおぢさんかと、いつかうれしくもなかつたのであります。「俳句をしませんか。」と先生にいはれても、「はア」といつただけなんです。ちやあうど四月ごろ（筆者注・実際は三月二五日）で、少し寒かつたと見えて壁に切つた暖炉に火を焚いてゐました。椿を私は山から切つてきて暖炉の上に差しておきましたが、落ちましたのでそれを暖炉にくべますと、先生は直ぐ、

落椿投げてだんろの火のうへに

と詠まれました。私は、俳句とはきれいなはかないものが詠えるなアと思ひました。

「春の句について」昭和三四年(14)

それまで俳句＝古臭いものと決めつけていた多佳子だったが、この虚子の句によって、俳句に興味を覚えた。そして、その日のうちに杉田久女に俳句を習わせてもらうよう夫に頼み込んだという。すでに多くの習い事をしていた多佳子が、自発的に学ぶ意思を示したのは初めてのことだった。

思いがけず自分がモデルになったことに対する新鮮な驚きがあっただろう。まるでつぶやきをそのまま五七五にしたようなところも、俳句に対する知識がほとんどなかった多佳子には親しみを感じさせたと思う。さらに、のちの多佳子作品から浮かび上がってくる多佳子の「好み」に、この虚子の一句〈落椿投げてだんろの火のうへ

に〉が見事にはまったのではないか。

潔く、はかなく、散り落ちた椿。このときの椿について、多佳子は「椿を私は山から切つてきて」と書いているから、赤い藪椿だろう。現在では公園に整備されてしまった櫓山荘跡だが、一部敷石などが残る場所を歩くと、何本もの藪椿の木があった。

野性味あふれる藪椿の深い赤と暖炉の火の赤という取り合わせ。その強くくっきりとしたイメージと緊張感は、〈月一輪凍湖一輪光りあふ〉〈乳母車夏の怒濤によこむきに〉などにも通じるものがある。

小倉での多佳子は、大阪に本社を構える建設会社の小倉支社長夫人。瀟洒な洋館で何不自由なく暮らしている。杉田久女をモデルに、「菊枕」という小説を書いた松本清張は、多佳子をモデルにした「花衣」（後に「月光」とタイトルを変えた）という自伝的な短編小説を発表している。


当時珍しかった自動車に夫婦で乗って城下町を疾駆していたからである。そのときのゆき子（筆者注・多佳子をモデルにしたヒロインの名前）は純白の洋装で、鍔の広い真白な帽子をかぶっていたような気がする。背の高い、すらりとした姿は自分にはとうていよりつぎがたい貴婦人のように映った。ゆき子の美貌は当時全市に高い話題になっていた。(15)

もちろんこれは小説で、すべてを真に受ける必要もないとは思うが、美代子氏によると、当時の多佳子はいつも着物で、この洋装の美女というのは、関東大震災後、しばらく小倉の櫓山荘に身を寄せていた妹の登喜江ではないかということである。いずれにせよ、当時の橋本家は小倉の町でかなり注目される存在であったことが伝わってくる一節である。

さて、多佳子がさっそく投句を始めたのが大正時代の「ホトトギス」だが、多佳子の句が雑詠欄に初めて入選したのは大正一五（一九二六）年五月号。橋本多加女の名前で、「暖かや餅店の出る草の原」の一句が掲載されている。

初入選については、年譜などには昭和二（一九二七）年一月号の〈たんぽぽの花大いさよ蝦夷の夏〉よりも前にすでにあったが、多佳子の存在が注目を得るきっかけとなったのは、昭和二年、「ホトトギス」四月号に入選した「樺太旅行四句」であった。

大干潟打よす昆布そのままに
うとみ見る我丈ほどの女郎花
曇り来し昆布干場の野菊かな
夏川や根ごと流るる大朽木

おおらかな句風である。

四、誓子と多佳子

多佳子の一人目の俳句の師は杉田久女で、二人目の俳句の師は山口誓子である。

『文庫版』の年譜では、昭和一〇（一九三五）年の項に、「一月より山口誓子先生に師事す」とある。多佳子が誓子と初めて会ったのは、昭和四（一九二九）年のこと。大阪中央公会堂で行われた「ホトトギス」四百号記念俳句大会でのことであった。この年の一一月、夫の父の死去で、橋本家は九年間住んだ小倉から橋本組の本社がある大阪帝塚山に転居していた。それもあり、昭和四年一一月二三日に大阪で開催された「ホトトギス」の四百号記念大会に、多佳子と小倉からやってきた久女は連れ立って参加した。この二人を受付で迎えたのが、当時すでに俳壇で頭角をあらわし、「四S」のひとりと称されていた二八歳の誓子であった。

この出会いを機に、前年に結婚したばかりの誓子が大阪に住んでいたこと、誓子の妻・波津女の父で俳人の浅井啼魚が橋本家（豊次郎の父）と親交があったことなどが重なり、浅井家と橋本家の家族ぐるみの交流が始まった。

同じ頃（昭和四、五年頃）、多佳子は大阪在住の「ホトトギス」同人らの勉強会「無名会」に加わり、やがて誓子に指導を受けるようになった。

そして、昭和一〇（一九三五）年四月、誓子のすすめにより、多佳子は「ホトトギス」を離れ、「馬酔木」に入会。「馬酔木」の主催者は水原秋桜子。多佳子にとって、昭和一〇年とは、誓子に師事し始めた年というよりは、多佳子が誓子に師事するということを決意し、俳壇に正式に表明した年であると考えるのが正しい。そして、このときから正式に始まった誓子と多佳子の師弟関係は、多佳子が亡くなるまで続くのである、

だからこそ、多佳子の第一句集の『海燕』（昭和一六年）[16]の冒頭には、「昭和十年以前」というくくりがあるのだろう、この句集には、多佳子の昭和二（一九二七）年から一五（一九四〇）年までの四百余句が年代順に配列されていて、選はいうまでもなく誓子である。「昭和十年以前」の句はわずか八句にすぎない。

昭和一〇（一九三五）年といえば、誓子が書下ろしの句集『黄旗』[17]を発表し、新興俳句の旗手として、俳壇をあっといわせた年である。それ以後闘病も始まるが、同時に、

ピストルがプールの硬き面にひびき　（『炎昼』所収、昭和一一年）
枯園に向ひえ硬きカラアはさむ　（〃、昭和一二年）
夏の河赤き鉄鎖のはし浸る　（〃、昭和一二年）[18]

といった初期の代表作となる句を次々と発表する。多佳子にとっては、誓子の俳句理論も実作も実に新鮮でまぶしく見えていたことだろう。『海燕』所収の多佳子の句には、誓子の影響が鮮やかである。

積雲も練習船も夏白き
船室（キャビン）より北風（きた）のマスト
洗面器ゆげたち凍てし地に置かれ

句材は硬質で現代的、つまり誓子好みの句材を、誓子が提唱する「写生構成」を意識して詠んでいる句がずらりと並ぶ。「や・かな・けり」の切れ字はほとんど使っていない。

昭和一二（一九三七）年、多佳子が夫の豊次郎を失ったときの句にも誓子の影響は顕著である。「月光と菊」というタイトルで六句が並ぶ中に〈月光にいのち死にゆくひとと寝る〉という句がある。多佳子は最愛の夫が息をひきとる時間を、感情を極限まで抑え、言葉と言葉を衝撃させることによって自己の内面を打出す「写生構成」に徹し、詠んだ。

また、「曼殊沙華」七句など、これも誓子が当時実践していた「連作俳句」のスタイルで掲載している。多佳子は昭和一〇（一九三五）年を境に、伝統的俳句から新興俳句へ、客観写生から写生構成へと鮮やかにスイッチしたと言ってよい。その成果を存分に披露した第一句集だったのだが、その結果は「女誓子」という酷評を得る結果に終わった。

五、多佳子の挑戦

第二句集『信濃』[19]は、昭和一六（一九四一）年から二一（一九四六）年までの二五七句所収。毎年避暑に訪れた野尻湖畔の山荘での日々で得た「信濃抄」と、大阪から移った奈良あやめ池の自宅周辺での「菅原抄」の二部構成である。この句集では、「羅針盤」「スケートリンク」といった誓子仕込みのモダンで硬質な句材はまったくといってよいほど登場しない。

この時期の多佳子も、誓子に師事をしてはいたが、誓子は、健康状態が優れず、昭和一六（一九四一）年に大阪から四日市に移住した。同市富田、天ヶ須賀海岸、鈴鹿市白子鼓ヶ浦海岸と転々としながら、戦後の昭和二八（一九五三）年までの一二年間を過ごした。奈良の多佳子と伊勢の誓子。この距離が、多佳子にとっては誓子の型を充分過ぎるほど咀嚼した上で、自分らしさを伸ばすためには有効に働いたようである。その成果が『信濃』の素朴で温かみあふれる次のような句に表れている。

子を負へる子のみしなのの梨すもも　（昭和一六年）
ひとの子を濃霧にかへす吾亦紅　（昭和一六年）
母と子のトランプ狐啼く夜なり　（昭和二一年）

第二次世界大戦中は、モンペ姿で自ら畑を作り、まだ嫁がずにいる次女と四女を養った多佳子には、時間的にも精神的にも熱心に句作する余裕はなかったようだ。しかし、そんな多佳子のもとへ、四日市市で静養中の誓子からはさかんに句稿が送られてきたという。万が一のときのために句稿を疎開させたのである。

昭和二〇（一九四五）年八月一五日、ようやく終戦。その翌年の昭和二一（一九四六）年は、文芸評論家の桑原武夫がいわゆる「俳句第二芸術論」を発表し、俳壇に大きな衝撃を与えた年でもある。俳人・多佳子にとってもこの年は大きな転機となった。

同じあやめ池在住、俳人で毎日新聞奈良支局長であった和田辺水楼が、多佳子に西東三鬼を紹介、続いて平畑静塔とも知り合う。辺水楼、三鬼、静塔はともに京大俳句出身。戦時中には治安維持法違反により検挙された。京都、東京などで多くの俳人が検挙された京大俳句事件の当事者であった。

血気盛んな三鬼と静塔は、この年の秋、多佳子を加え、「奈良俳句会」を開始した。東大寺にほど近い旅館日吉館で毎月句会を開いたのである。のちに榎本冬一郎、右城暮石、古屋英雄らが加わるが、当初は三人で、冬は炬燵に三方から足を入れ、夏は三鬼と静塔は半裸で句作をし、疲れれば眠り、覚めればまた作り、ときには連句を巻いたこともあったという。

「まるで昔の蘭学塾の男女学生のような交際であったと今から思えばなつかしい位のいささかがさつなものだった」（「多佳子と私」[20]）と静塔は回想し、多佳子自身は「奥様時代の私の世界は完全に吹き飛ばされてしまつた。私は覚悟をした。厳しい二人を向うにして悪戦苦闘をすることによつて自分を創り直さう、知らぬ世間を知らうとした」（「日吉館時代」[21]）と振り返っている。

奈良俳句会での覚悟を決めた濃密な時間が、すでに芽生えてはいた「多佳子らしさ」を着実に育んでいった。そして、それは第三句集『紅絲』[22]で大きくあでやかな花を咲かせる。

この句集の序文に、山口誓子はこんな文章を寄せた。

こんどの第三句集「紅絲」は、「信濃」をさらに飛躍せしむることによつて、「海燕」が受けた世評（※筆者注・第一句集「海燕」は女誓子と批判された）を完全に乗り越え、世評を強く引き離したものとなつた。[23]

どのような点が「世評を強く引き離した」というのか。その答えは、多佳子自身が「後記」に記した構成の新しさにあったと考えられる。

「紅絲」は俳誌「天狼」創刊の昭和二三年一月に始り、約三年間の作品を収めました。（中略）尚「紅絲」は年代に分けず一つの題名のもとに一群の作品を集めてみました。[24]

通常の句集の場合、俳句作品は制作年順に配置されることがほとんどだ。だが、『紅絲』は違う。全句が、ひとつの題名でまとめられ、非常にドラマティックな構成になっている。例を挙げてみる。「炉火」という題名でまとめられた一群は以下の通りである（※◎印は筆者）

風邪髪の櫛をきらへり人嫌ふ
風邪髪に冷き櫛をあてにけり
つひに来ず炉火より熱き釘ひらふ
泣きしあとわが白息の豊かなる

心見せまじくもの云へば息白し
渦巻く炉火ともすれば意志さらはる、
許したししづかに静かに白息吐く◎
いぶり炭悲しくてつい焔立つ
激しき心すでに去りたる炉火の前
死ぬ日いつか在りいま牡丹雪降る
雪窪に雪降る愛を子の上に
忘れられし冬帽きのふもけふも黒し
鶏しめる男に雪が殺到す◎
鶏の臓剥してぬくし雪ふりをり
鶏の血の垂りて器に凍むたゞこれのみ
咳が出て咳が出て羽毛斃りゐる
斃りたる一羽の羽毛寒月下◎
寒月に焚火ひとひらづゝのぼる◎

風邪の床に臥せっている場面から雪の場面、さらに鶏をしめる場面への展開は、非常にドラマティックである。「風邪」「白息」「許す」「火」「鶏」「雪」「羽毛」「寒月」など、隣り合う句に共通の季語やイメージで重なりやつながりを持たせながら展開していく。この感じ、何かに似ている。そう、「連句」と似ているのだ。

「連句」といえば、日吉館時代の多佳子が三鬼、静塔とともに巻いた連句があり、俳句の総合雑誌「俳句研究」

昭和二二（一九四七）年九・一〇月号に、師の誓子にみつからないよう「偽名」で発表されたという。

凩の巻（七重＝多佳子、伽藍＝三鬼、鹿角＝静塔）

凩の音松籟とわかれ去る　七重
　枕屛風の藍は古びず　鹿角
山荘の夕べの星を低く見て　伽藍
　裏門しめに出でて呼ばるゝ　七
もかげして河面にひゞく月の前　伽
　港の工場荒れて虫鳴く　鹿
経師屋の昔の職の秋深み　伽
　疲れし妻に酒をすゝむる　七
のど傷をかくす白粉よくのびて　鹿
　御難の窓をのぞくはした女　伽
夕涼む人のうわさを気に病んで　七
　堕胎ぐすりの煮える丑満　鹿
伯母とゆく京もはづれの月の宿　伽
　虫篝して後座の席入　七
白萩と文殻なども掃き寄せて　鹿

眉ふさふさと塔頭の縄　伽
花見茶屋母子は馴れぬ茶を汲みて　七
瀬田の霞に蓑かくれつゝ　鹿
船大工ゆまりて春の草ぬらす　伽
鴉が下りて何かついばむ　七
入墨の襦袢干したり裏畑に　鹿
機織る窓に質札をよむ　伽
白壁に幼きころの恋の文字　鹿
明け易き夜の旱も鶏鳴き　七
国持たぬ猶太の人の部屋を借り　伽
ユーハイムから菓子とゞきくる　鹿
密輸船みぞれの沖に見えかくれ　七
地下室を出るゴム底の靴　伽
月の汽車千金の座にえびねして　鹿
馬関芸者と云ふが柿食ふ　七
寄席を出て夜寒の橋に高笑ひ　伽
名題ひろめの手拭たゝむ　鹿
蔦の葉を影に染めたる比翼紋　七
心はづみし露路の下駄音　伽

莫蓙に散る花を払ひて出舟まつ　鹿
馬の輝く春の朝風　伽[25]

イメージの一部をつなげながら、思いがけない展開を見せるのが「連句」の醍醐味であろう。多佳子はこれに魅力を感じ、俳句の連作で挑戦したのだと思う。それが成功に終わったことは、発刊当時の激賞と、いまなお『紅絲』が俳人たちの間で読み継がれていることが証明していると思う。また、先に◎をつけた句は、独立した一句の評価が高く、いずれも多佳子の代表句に取り上げられることがよくあるものである。

なお、第四句集『海彦』[26]は、昭和三二年、多佳子五八歳のときに角川書店から刊行された。昭和二六年から三一年までの約六年間の四九六句を収録している。この句集では、四季に分けたうえで年代順に並べてある。

多佳子自身が「『紅絲』を出したあとはどうしても句が作れず、作れない苦しさから手当たり次第にものにぶつかってゆきました」（『海彦』の旅」）昭和三三年[27]と振り返っているように、『紅絲』で浴びた脚光、一人歩きする賛美と批判ゆえに多佳子が味わうことになった苦しみ。それを積極的に旅を重ねることで乗り越えたことは、『海彦』が、内容的に決して『紅絲』の二番煎じになっていないことから伝わってくる。

そして、その旅の多くに、昭和二三（一九四八）年に出会った愛弟子の津田清子を伴ったという。また、昭和三〇（一九五五）年には、長年の療養生活を経て、ようやく健康を取り戻した師・誓子について初めて旅をした。四国の室戸岬へ、冬の旅であった。

崎に立つ遍路や何の海彦待つ

『海彦』のタイトルは、誓子との旅で得たこの句から採られた。

昭和三一（一九五六）年夏、岐阜在住の松井利彦に招かれ、誓子と鵜飼を見に行ったこともある。昔から鵜舟に女性が乗ることは固く禁じられていたが、多佳子はどうしてもと鵜匠に懇願した。鵜匠頭は一晩思案した末に、黒装束で男装することを条件に多佳子の同乗を許したという（このときの句は第五句集『命終』に収録[28]）。そのほか、九州、博多、名古屋、信州長野から北軽井沢へ、淡路島、和歌山、長崎と阿蘇など多くの旅をした。その成果がバラエティ豊かな内容となった『海彦』は、絶賛をもって迎えられ、多佳子の俳人としての評価は確固たるものとなる。読売新聞の俳壇選者、テレビ出演をするようになったのもこの頃からである。

最後の句集『命終』は遺句集となった。昭和三一（一九五六）年から昭和三八（一九六三）年までの八年間七四一句が収録。師の誓子が、多佳子の没後に、「天狼」「七曜」、俳句総合誌などに発表された句に句帳に記されていた句を加えて編んだ。

印象的なタイトルは、「この雪嶺わが命終に顕ちて来よ」から採られた。

多佳子は『紅絲』『海彦』で充分過ぎる評価を得たが、その評価にあぐらをかかず、常に新鮮な句への追求を止めなかったことが、集大成となった『命終』を読むとよくわかる。

最後の入院の前日に、多佳子が短冊にしたため、笑顔で美代子氏に手渡した一句〈雪の日の浴身一指一趾愛し〉〈雪はげし書き遺すこと何ぞ多き〉が遺作となった。

約四か月の入院の後、昭和三八（一九六三）年五月二九日多佳子永眠。死因は肝臓癌。六四歳であった。

六、多佳子のヴァイタリズム

『橋本多佳子全集』に、生前の多佳子と親交のあった神田秀夫氏の解説がある。神田は、読者に対し、「現代が貴方を読むことにどういふ意味があるか、あるとすればそれは何か」と問いかけ、自らこう答えている。

僕は、それは貴方のヴァイタリズムだと思ひます。在りし日、貴方は、メカニズムの世界を提唱する誓子(『命終』)に寄り添ふやうにして句を作られました。さうは云つても、誓子先生だつて、コンピュウターやウアード・プロセッサーを使って句を作られてゐたわけではありません。けれど、あれから二十余年、世の中のすべての面に現実にメカニズムが浸透して来ました。さうなると人間は天邪鬼なもので、日常それを使ひ、或ひは、それに使われてゐるものには、心が動かず、この身と心とを傾けて、たとへ傷ついても倒れても、それで生きたかひがあつたと思へるやうなものは何かないかと、さがしはじめました。かくて今、女性が多くなつた俳句の社会でも、貴方のヴァイタルな世界が、再び顧みられ、浮上しつつあります。これが今の貴方の価値です。[29]

この評はいまなお多くの人々の共感を呼ぶ答えとなり得ていると思う。

多佳子の「ヴァイタルな世界」とは、「生き生きとしてみずみずしい世界」のこと。すなわち「いのちきらめく世界」とでも訳せばぴったりくるのではないかと思う。

多佳子の作品には、一貫して、自分の宿命を宿命として受け入れるしなやかな強さがある。その強さがあるからこそ、自分のいのち、そして、ほかのいのちへの慈しみが生まれる。このすべてのいのちへの慈しみが、多佳子俳句を貫く普遍的な魅力である。その慈しみが、あるときは対象を慈しむあまり、鹿や蝶や蛍、曼殊沙華、椿になりきってしまったかのような句となり、自らの髪、指、足裏に自分の感情を繊細に響かせた句になっているのだ。

だからこそ、多佳子の俳句の一句一句を読めば、そこには確かに多佳子のいのちが感じられ、この先もきっと、多佳子の俳句は多くの人の心に響くもので在り続けると確信する。

注

（1）辺見じゅん「冬の虹　橋本多佳子」『俳句とエッセイ　杉田久女と橋本多佳子　ふたりの美女のものがたり』牧羊社、昭和六三（一九八八）年二月一日、三〇六頁。「冬の虹　橋本多佳子」は作家の辺見じゅんによる小説。辺見じゅんと多佳子は特に交友はなかった。

（2）『橋本多佳子句集』角川書店（角川文庫）、昭和三五（一九六〇）年七月三〇日。

（3）『橋本多佳子全集』立風書房、平成元（一九八九）年一一月一五日、第二巻「橋本多佳子年譜」（堀内薫編）。

（4）橋本多佳子「とつておきの話」（朝日放送・昭和三三年三月二五日）『橋本多佳子全集』第二巻一八二頁。

（5）橋本多佳子「鎌倉記」（「天狼」昭和三三年十月）『橋本多佳子全集』第二巻一八六頁。

（6）倉橋みどり『北を見るひと』角川学芸出版、平成二五（二〇一三）年三月二五日、二二三頁。「橋本多佳子年譜」（北九州市立文学館　中西由紀子編）による。

（7）『橋本多佳子全集』第二巻「橋本多佳子年譜」（堀内薫編）三五七、三五八、三六〇、三六〇、三六一頁。

（8）令和六（二〇二四）年八月二二日、橋本美代子氏（九九歳）への聞き取りを行った。

（9）庄野英二『帝塚山風物誌』垂水書房、昭和四〇（一九六五）年五月三一日、七九頁。

（10）庄野英二『帝塚山風物誌』垂水書房、昭和四〇（一九六五）年五月三一日、七九頁。

（11）橋本多佳子「大阪の新しさ旧さ」（昭和二〇年）『橋本多佳子全集』第二巻三六頁。

(12)橋本多佳子「大阪弁」(昭和三一年)『橋本多佳子全集』第二巻一八九頁。
(13)『橋本多佳子全集』第二巻「橋本多佳子年譜」(堀内薫編)三五八、三五九頁。
(14)橋本多佳子「春の句について」(昭和三四年)『橋本多佳子全集』第二巻三三四頁。
(15)松本清張『月光』双葉社(双葉文庫)、平成一八(二〇〇六)年四月一日、「月光」のタイトルで所収。
(16)橋本多佳子第一句集『海燕』香蘭社、昭和一六(一九四一)年一月一〇日。
(17)山口誓子第二句集『黄旗』龍星閣、昭和一〇(一九三五)年二月二八日。
(18)山口誓子第三句集『炎昼』三省堂、昭和一三(一九三八)年九月二〇日。
(19)橋本多佳子第二句集『信濃』臼井書房、昭和二二(一九四七)年七月五日。
(20)平畑静塔「多佳子と私」『橋本多佳子全句集』立風書房、昭和四八(一九七三)年五月二五日、四一三頁。
(21)橋本多佳子「日吉館時代」『橋本多佳子全集』一二九頁。
(22)橋本多佳子第三句集『紅絲』目黒書店、昭和二六(一九五一)年五月二五日。
(23)山口誓子「序」『紅絲』頁数なし。
(24)橋本多佳子「後記」『紅絲』一六五頁。
(25)『橋本多佳子全集』第一巻四七〇頁。
(26)橋本多佳子第四句集『海彦』角川書店、昭和三二(一九五七)年二月二五日。
(27)橋本多佳子「『海彦』の旅」(昭和三三年)『橋本多佳子全集』第二巻三一七頁。
(28)橋本多佳子第五句集『命終』角川書店、昭和四〇(一九六五)年三月二九日。
(29)『橋本多佳子全集』第一巻四七五頁。

あとがき

帝塚山派文学学会は平成二七年（二〇一五）一一月一日に設立して現在に至っている。この間の研究活動として令和六年（二〇二四）三月までに研究会を二二回行い、四八本の研究発表と、公開講座などを一四回開催して、毎年一回、紀要を発行してきた。そこで本文学学会の一〇周年を記念して、これまでの紀要に掲載された論文の中から抜粋した「論文編」と、総会などの折に識者や作家にゆかりの方々にご講演をいただいた中から抜粋した「講演編」を出版することになった。

「帝塚山派」を提唱されたのは木津川計氏である。文学学会としての研究対象については紀要の創刊号に「帝塚山派文学学会が研究対象とする文学者（作家・詩人・歌人・俳人）」を掲げている。まず一として旧住吉村あるいは旧住吉区に居住した、あるいは職場をもった文学者で、伊東静雄、橋本多佳子、藤澤桓夫らである。二として帝塚山学院卒業の文学者で、石濱恒夫、阪田寛夫、庄野英二、庄野潤三、西垣脩らである。さらに三として帝塚山学院で教鞭をとった文学者である、佐澤波弦、長沖一、寿岳文章、小野十三郎、杉山平一、島田陽子らである。つまり、帝塚山学院を中心に北は北畠、西は玉出、東は播磨町、南は墨江までの半径一キロ半の楕円で描ける地域が帝塚山派の活躍場所ということになる。したがって、町名に帝塚山が付けられている地域のみではない。これを私は「帝塚山文化圏」と名付けているが、まさしく文化としての「帝塚山」なのである。木津川氏は、その特徴を「含羞」という、「どぎつい大阪文化」の中でも特異な位置を占めるものとされている。

帝塚山派の一人である大谷晃一氏は、帝塚山学院の近辺で育たれ、帝塚山学院短期大学で「大阪学」を講じられて一世を風靡したが、「文学の土壌」についての著作がある。同じ豊穣な土壌からは、同じ匂いの作物が育ち、開花する。この一〇年におよぶ研究の経過を見れば、帝塚山派の豊穣さを感じることができるだろう。さらに、織田作之助がかつて「大阪人とは地理的なものを意味しない。スタンダールもアランも私には大阪人だ。」と言っていたように、帝塚山派も同様に拡散、拡充していくものなのかもしれない。

二〇二五年三月末には研究会は二六回目を迎え、紀要は第九号を刊行することになる。帝塚山派文学の研究は現代文学の中では未開拓の分野とも言えるが、研究発表は毎回新事実を掘り起こし、大変に刺激的なものになっている。より多くの方々に帝塚山派文学を知っていただきたい、そして会員となって研究していただきたいという願いから、学会創立一〇周年に当たり論文集・講演集の刊行を企画したわけである。また、本文学学会の設立に尽力をいただき、初期の紀要発行を牽引していただいた八木孝昌運営委員の急逝に際して、哀悼の意を表したい。

最後に、記念論集・講演集の出版に当り助成金を賜わりました帝塚山学院、帝塚山学院同窓会連絡協議会、住吉村常磐会に感謝の意を表したい。

高橋俊郎

執筆者略歴

河崎良二（かわさき・りょうじ）

大阪市立大学（現大阪公立大学）大学院博士課程所定単位修得後退学。博士（文学）。帝塚山学院大学名誉教授。著書『英国の贈物』、『静かな眼差し』、『透明な時間』、『阪田寛夫 讃美歌で育った作家』（編集工房ノア）、『語りから見たイギリス小説の始まり――霊的自伝、道徳書、ロマンスそして小説へ――』（英宝社）。

鶴﨑裕雄（つるさき・ひろお）

関西大学大学院博士課程修了。文学博士。帝塚山学院大学名誉教授。著書『戦国の権力と寄合の文芸』（和泉書院）、『戦国を往く連歌師宗長』（角川書店）、編著『地域文化の歴史を往く』（和泉書院）、共著『中世日記紀行集』（岩波書店）等。

高橋俊郎（たかはし・としろう）

前大阪市立中央図書館副館長（図書館司書・教育委員会部長）。龍谷大学文学部哲学科卒業。同志社女子大学嘱託講師、大阪文学振興会総務委員、大阪春秋編集委員など。共著『大大阪イメージ』（創元社）、『織田作之助』（河出書房新社）、『大阪春秋155号・回想の藤澤桓夫』、『同161号・帝塚山モダニズム』など。

永岡正己（ながおか・まさみ）

大阪市立大学（現大阪公立大学）大学院社会福祉学専攻修士課程修了。日本福祉大学名誉教授。共編著に『日本社会福祉の歴史・付史料』、『日本キリスト教社会福祉の歴史』（ミネルヴァ書房）、『吉田久一とその時代』（法藏館）など。詩集に『時間が流れ込む場所』（編集工房ノア）など。日本詩人クラブ、関西詩人協会会員。

下定雅弘（しもさだ・まさひろ）

京都大学大学院文学研究科博士課程単位取得退学。博士（文学）。岡山大学名誉教授。著書。『白楽天』（角川ソフィア文庫）、『長恨歌――楊貴妃の魅力と魔力』（勉誠）、『柳宗元詩選』（岩波文庫）、『陶淵明と白楽天――生きる喜びを詠い続けた詩人――』（角川選書）、『精選漢詩集――生きる喜びの歌――』（ちくま新書）、『白居易と柳宗元――混迷の世に生の讃歌を』（岩波現代全書）、『中国古典をどう読むか――規範からの逸脱、規範への回帰』（勉誠）。『杜甫全詩訳注』（講談社学術文庫、松原朗と共編著）等。

福島理子（ふくしま・りこ）
大阪大学大学院博士課程単位修得後退学。帝塚山学院大学名誉教授。著書に『江戸漢詩選3　女流』（岩波書店）、『梁川星巌』（共著、研文出版）、註釈に『鷗外歴史文学集　6～9　伊沢蘭軒』（共著、岩波書店）など。

内海宏隆（うつみ・ひろたか）
國學院大學文学部文学科卒業。文化学院芸術科卒業。芸術至上主義文芸学会、木山捷平文学研究会、山口瞳の会、野上彰の会などに所属。近作に「野上彰ノオト——書誌と研究」Vol・1、2、3、4（令和二、三、四、六年）、『森安理文著「最後の俳人文士・塩谷鵜平翁」』（「芸術至上主義文芸」47、令和三年）、『児童文学者・和田義臣と七星閣について』（「芸術至上主義文芸」49、令和五年）などがある。

宮坂康一（みやさか・こういち）
早稲田大学大学院博士後期課程修了。帝塚山学院大学専任講師。著書『出発期の堀辰雄と海外文学』（翰林書房）。論文「堀辰雄の死生観の形成　——『風立ちぬ』生成を通して——」（岩波書店『文学』第十四巻第五号）、「堀辰雄『美しい村』における「変化」——作品及びプルウスト受容の「変化」——」（『国文学研究』第百七十七集）。

一條孝夫（いちじょう・たかお）
東京都立大学大学院人文科学研究科修士課程修了。帝塚山学院大学名誉教授。著書『大江健三郎——その文学世界と背景』（和泉書院）、『藤野古白と子規派・早稲田派』（和泉書院）、『大江健三郎・志賀直哉・ノンフィクション——虚実の往還』（和泉書院）ほか。

上坪裕介（うえつぼ・ゆうすけ）
日本大学大学院芸術学研究科博士後期課程修了。博士（芸術学）。日本大学芸術学部文芸学科准教授。単著『山の上の物語　庄野潤三の文学』（松柏社）、共著『庄野潤三の本　山の上の家』（夏葉社）など。

村手元樹（むらて・もとき）
名古屋大学文学部卒業。愛知県立大学大学院国際文化研究科博士後期課程単位取得満期退学。聖カピタニオ女子高等学校校長。論文「庄野潤三の聞き書き小説「紺野機業場」論——『徒然草』との関連性を踏まえて——」（『愛知県立大学大学院国際文化研究科論集』第二三号（日本文化専攻編第一三号））ほか。共著『名古屋謎解き散歩』（KADOKAWA）。

中尾務（なかお・つとむ）
神戸大学大学院文化学研究科単位終了。『VIKING』

同人。『大和通信』編集人。『小島輝正ノート』（浮游社）、『初期「VIKING」復刻版』（三人社）「解説」など。

倉橋みどり（くらはし・みどり）

山口県立山口女子大学国文学科卒業。フリーの編集者・ライターとして、雑誌・新聞で奈良特集の企画・執筆などに携わる。奈良市観光大使。俳句結社「寧楽」主宰。著書に『北を見るひと』（角川学芸出版）、句集『寧楽』（角川書店）、『祈りの回廊をゆく～奈良町・高畑編』（飛鳥園）、『奈良の朝歩き、宵遊び』『神饌供えるこころ　奈良大和路の祭りと人』（淡交社）。

帝塚山派文学学会創立一〇周年記念論集　編集委員会

帝塚山派文学の研究

―帝塚山派文学学会　創立10周年記念論集―　論文編

令和七年四月三〇日　発行

編　　集　帝塚山派文学学会
創立10周年記念論集　編集委員会

発行所　株式会社　遊　文　舎
大阪市淀川区木川東四－一七－三一
電話　〇六－六三〇四－九三二五

印刷・製本